HAMID UND KINZA

PATRICIA M. St JOHN

HAMID UND KINZA

VERLAG BIBELLESEBUND
WINTERTHUR/MARIENHEIDE

Originaltitel: »Star of Light«
Erschienen bei: Scripture Union (Bibellesebund), London

Deutsch von E. I. Aebi

ISBN 3-87982-054-6

9. Auflage
56.–58. Tausend

Zeichnungen: Frank Chabry
Umschlag: Marco Avigni
Druck: Breklumer Druckerei Manfred Siegel KG

VORWORT

Bitte schaut Euch eine Landkarte von Nordafrika an. Seht Ihr den kleinen nordwestlichen Zipfel von Spanisch-Marokko? Dort vermischen sich die Wasser des Mittelländischen Meeres mit den wilden Strömungen des Atlantischen Ozeans. An der atlantischen Küste donnern und schäumen die Wogen über weite, ununterbrochene Sandflächen. Da und dort ist ein Damm erbaut worden und in dessen Schutz eine kleine Stadt. Alles übrige ist einsames Uferland, das erst gegen die Sanddünen und schliesslich gegen die Berge ansteigt.

Diese Berge reichen als gewaltige Gebirgszüge bis zur mittelländischen Küste hinüber und blicken stolz auf jene stillen, blauen Wasser herab. Manche dieser Gipfel sind sehr hoch, an den Abhängen mit Föhren und verkümmerten Wacholderbüschen bewachsen und bis zum Sommeranfang mit Schnee bedeckt. Andere wiederum sind hohe Weidehügel oder nackte Felsgipfel, an deren Fuss Obstgärten und Olivenhaine grünen. Und zwischen diesen Hainen kauern die Dörfer: ein Ziehbrunnen in der Mitte, ringsum ein paar Lehmhütten mit Strohdächern und als Grenzbezeichnungen grüne Kaktushecken.

Die Menschen, die hier leben, nennt man Mauren. Ihre Religion ist der Islam oder Mohammedanismus, nach Mohammed, dem Propheten dieser Religion, so genannt.

Ich selbst wohne in der Stadt, in die Hamid sein Schwesterlein Kinza gebracht hat, und ich habe mich auch in seinem Heimatdorf aufgehalten. Ich kenne viele kleine Jungen, die auf die Strasse gesetzt wurden, weil ihre Mutter sich wieder verheiratet hatte. Das traurige Schicksal kleiner Kinder, die nicht erwünscht waren und deshalb irgendwo auf eine Treppenstufe gelegt wurden, und das Elendsleben kleiner Blinder, die an Bettler vermietet wurden, all das muss ich als Missionarin immer wieder hören oder mitansehen. Und wie viele Menschen habe ich angetroffen, die weite und beschwerliche Reisen unternommen hatten, um Heilung von ihrer Krankheit zu suchen. Manchmal haben wir Missionare ihnen helfen können.

So sind denn in der Geschichte von Hamid und Kinza eine Menge von Ereignissen aus dem Leben der maurischen Jungen und Mädchen meines Bekanntenkreises zu einem Ganzen zusammengeflochten. Alles, was Hamid von seinem inneren Erleben sagt, ist mir von einem heimatlosen kleinen Jungen anvertraut worden, der, soweit ich es beurteilen kann, wahrhaft glücklich geworden ist, weil er von Jesus hörte und ihm das Herz öffnete.

Mehr darf ich jetzt nicht verraten. Ihr wollt ja die Geschichte selber lesen. Und wenn Ihr das Buch schliesslich weglegt, wollt Ihr dann nicht in Gedanken hie und da zurückkehren zu Hamid und Kinza und zu den vielen Kindern, die in den unzähligen über die Berge verstreuten Dörfern leben? Wollt Ihr dann manchmal für sie und für die Missionare beten, die das Licht in ihre Finsternis zu tragen suchen? Ich danke Euch.

Patricia St. John

Ein kleines Mädchen kam an einem strahlenden Frühlingsmorgen den Bergeshang herabgerannt. Behende setzte es mit seinen nackten braunen Beinen über die wild wachsenden Ringelblumen hinweg. In den bewässerten Wiesen weiter unten im Tal blühten die Zwetschgenbäume; von oben betrachtet, zogen sich zwei breite Bänder wie weisser Schaum die Flussufer entlang. Übermütige Zicklein tollten zwischen den Blumen, und die Störche hatten eben begonnen, ihre Nester auf den Strohdächern zu bauen. Die weite Natur war emsig und heiter, und all die Kinder, die über den Berg verstreut lebten, liessen sich von der Frühlingslust anstecken: sie tanzten und jauchzten und liefen miteinander um die Wette.

Rahma, die quer über die Weiden gerannt war, landete mit einem Satz auf dem Fussweg und hüpfte darauf weiter bergab. Sie war sieben Jahre alt und klein gewachsen, weil sie selten genug zu essen bekam. Ihr Stiefvater und seine Frau hatten sie nicht gern, ja sie schlugen sie manchmal. Ihre Kleider waren zerrissen, und sie musste so schwer arbeiten, wie es anderswo nur Mütter zu tun haben. All das Belastende ihres kleinen Lebens konnte jedoch ihre Freude nicht dämpfen, wenn ihr gelegentlich einmal ein Extra-Vergnügen über den Weg lief. Und heute war das Glück ihr hold. Sie sollte allein die Ziegen hüten, während ihr Bruder irgendeinen geheimnisvollen Gang mit der Mutter unternahm.

Zwei Stunden lang sollte sie frei und allein sein, bloss in Gesellschaft von Störchen und Ziegen! Zwei volle Stunden mit den Zicklein in der Sonne spielen dürfen! Niemand würde sie schelten oder sie an den Mühlstein jagen oder ihr schwere Wassereimer aufladen. Ihr müder Körper, von den Fesseln der Arbeit befreit, fühlte sich so leicht wie ein Wolkenstreifen, und die Ringelblumen, der schillernde Fluss und der Sonnenschein bauten eine goldene Welt um sie auf, eine Welt, auf die keine noch so trübe Zukunft ihre Schatten zu werfen vermochte.

Von weitem erspähte Rahma ihren Bruder. Er wollte gerade ein Pärchen übermütiger Zicklein einfangen, das in ein Feld mit jungem Weizen einzudringen suchte. Der Frühling machte die Tierlein ganz toll, und sie rannten nach allen Richtungen ausser der rechten, blökten dabei quietschvergnügt und sprangen hoch in die Luft. Hamid, ihr Hüter, nahm es ihnen nicht übel, war ihm doch ähnlich zumute. Dicht vor dem Feld stiessen die drei aufeinander, und Rahma rannte mitten in sie hinein. Ihre dunklen Kirschenaugen strahlten, und das glatte, schwarze Haar hing ihr in wilden Strähnen um Gesicht und Nacken.

Lachend und schreiend lenkten sie die Zicklein auf die Weide hinaus, wo die übrige Herde graste. Hier wandte sich Hamid seiner Schwester zu und musterte sie erstaunt. Er war es nicht gewohnt, sie so fröhlich und guter Dinge zu sehen; denn Landmädchen lernen früh, ruhig und bedächtig einherzuschreiten und immer auf die älteren, erfahreneren Menschen zu hören. Ausserdem war Rahma schon siebenjährig und beinahe eine «kleine Frau»!

«Warum bist du gekommen?» fragte Hamid.

«Um die Ziegen zu hüten. Die Mutter braucht dich.»

«Weshalb?»

«Ich weiss es nicht. Du sollst irgendwohin gehen. Sie hat geweint und dabei das Schwesterlein angeschaut. Vielleicht ist es krank.»

Das Leuchten in ihren Augen erlosch, als sie an die Tränen ihrer heissgeliebten Mutter dachte. Einzig der Sonnenschein und die Freiheit hatten den Gedanken an die Mutter in den Hintergrund treten lassen. Doch die Mutter weinte neuerdings oft, wenn sie mit Rahma allein war, so dass das Kind sich beinahe daran gewöhnt hatte.

«Gut», sagte Hamid, «aber pass mir auf die Ziegen auf! Da hast du einen Stock.»

Und damit ging er in Richtung auf das Dorf davon. Er schritt rüstig aus, denn er wollte seine Mutter nicht warten lassen. Aber er sprang nicht und schaute nicht um sich, wie Rahma es getan hatte. Zu viele Fragen waren in ihm erwacht!

Warum sah seine Mutter seit einiger Zeit so besorgt aus, als laste eine geheime Furcht auf ihr? Und warum schien sie das Schwesterlein verbergen zu wollen, sobald ihr Mann oder die ältere Frau in der Nähe waren? Freilich, die beiden hatten die Kleine nie leiden mögen, aber sie wussten doch, dass sie da war! Weshalb sie denn verstecken? Ja, die Mutter schien sich schon zu sorgen, wenn er oder Rahma nur mit dem Schwesterlein spielten. Sie pflegte sie gleich wegzuschicken. Ob sie sich vor bösen Geistern fürchtete? Oder vor Gift? Hamid fand keine Antwort. Vielleicht hatte die Mutter ihm heute etwas zu sagen. Er schritt rascher aus.

Mit einem Seufzer erinnerte sich Hamid, dass seine Mutter früher nie so ängstlich dreingeschaut hatte. Damals hatten er und Rahma und drei kleine Geschwister mit der Mutter und dem Vater, der sie liebte, in einem Lehmhäuschen weiter unten im Tal gewohnt. Doch dann hatten die Kleinen zu husten begonnen und waren immer magerer geworden. Als der Schnee fiel und Brot und Heizung spärlich wurden, waren sie schwächer, immer schwächer geworden und schliesslich in Abständen von wenigen Wochen gestorben. Man hatte sie alle drei am Osthang des Berges, wo man dem Sonnenaufgang entgegensieht, begraben. Ringelblumen und Massliebchen wuchsen auf ihren Gräbern.

Im Winter begann dann auch der Vater zu husten. Niemand achtete darauf, denn ein Mann muss doch den Lebensunterhalt für seine Familie verdienen. So fuhr er denn fort zu arbeiten. Im Frühjahr pflügte er seine Felder und säte seinen Samen. Eines Abends aber kam er nach Hause und sagte, er könne nicht mehr arbeiten. Bis zum folgenden Herbst lag er auf seiner Matratze und wurde immer schwächer. Zohra, seine Frau, brachte mit Hamid und Rahma das reife Korn ein und ging Ährenlesen, soviel sie konnte, um ihn und die Familie einigermassen ernähren zu können. Aber es nützte alles nichts. Er starb, und seine noch junge, schöne Frau blieb als bettelarme Witwe mit den beiden kleinen Kindern zurück.

Sie verkauften das Haus, die Ziege, die Hühner und den Acker und zogen zur Grossmutter. Einige Monate später wurde noch ein Schwesterlein geboren, und mit ihm kehrten neue Hoffnung und Sonnenschein in die leidgeprüfte kleine Familie ein. Sie nannten das Kind «Kinza», das heisst «Liebling», und nie wurde ein Kindlein liebevoller gehegt und gepflegt. Seltsamerweise spielte es aber nicht wie andere seines Alters. Nie schlug es die Händchen zusammen oder griff nach Dingen. Es schlief viel oder schien ins Leere zu starren. Hamid hatte sich oft gewundert, weshalb die bunten Blumensträusschen, die er dem Schwesterlein brachte, ihm gar keine Freude zu machen schienen.

Als Kinza einige Monate alt war, hatte die Mutter einen Heiratsantrag erhalten und sofort angenommen. Sie hatte ja keine Arbeit und kein Geld, um Brot zu kaufen für ihre Kinder! So zog die Familie in ihr neues Heim ein.

Es war kein sonderlich glückliches Heim. Si Mohammed, der Mann, war bereits mit einer älteren Frau verheiratet. Da sie aber nie Kinder gehabt hatte, begehrte er eine zweite Frau. Es machte ihm nichts aus, auch Hamid bei sich aufzunehmen; ein neunjähriger Bub konnte ganz nützlich sein, um die Ziegen zu hüten. Auch gegen Rahma hatte er nichts einzuwenden, weil ein siebenjähriges Mädchen eine brauchbare kleine Magd sein kann. Aber wozu das Schwesterlein gut sein sollte, das konnte er nun allerdings nicht einsehen. Und so wünschte er, Kinza wegzugeben.

«Manche kinderlose Frau würde gern ein Mädchen aufnehmen», meinte er. «Und überhaupt: weshalb sollte ich das Kind eines andern Mannes grossziehen?»

Doch die junge Mutter brach in fassungsloses Weinen aus und weigerte sich, irgendwelche Arbeit anzurühren, bevor er nicht seine Meinung änderte. Da willigte er schliesslich widerstrebend ein, Kinza eine Zeitlang zu behalten. Seither waren ihretwegen keine Worte mehr gewechselt worden. Oder hatte sich in den letzten Wochen etwas zugetragen, von dem Hamid und Rahma nichts wussten? Wachte deshalb die Mutter so sorgsam über Kinza? Sah sie deshalb so sorgenvoll aus?

Eine Stimme weckte Hamid aus seinen Träumen. Er sah seine Mutter unter einem alten, verkrümmten Olivenbaum stehen, der seine Schatten über einen Ziehbrunnen warf. Sie trug zwei Eimer, hatte sie aber nicht gefüllt, und Kinza war mit einem Tuch auf ihren Rücken gebunden. Die Mutter schien es sehr eilig zu haben.

«Komm rasch, Hamid!» rief sie ungeduldig. «Wie langsam du gehst! Verstecke die Eimer im Gebüsch! Ich habe sie nur mitgebracht für den Fall, dass Fatima mich fragen sollte, wo ich hinwolle. Komm jetzt, schnell!»

«Wohin, Mutter?» fragte der Junge erstaunt.

«Warte, bis wir um die Ecke sind.» Und schon hastete die Mutter durch das hohe, grüne Gras den Berg hinauf. «Man könnte uns vom Brunnen aus sehen und Fatima erzählen, wohin wir gegangen sind. Mach schnell! Gleich sag ich dir's.»

Sie eilten vorwärts, bis sie den Bergesarm überschritten hatten und vom Dorf aus nicht mehr gesehen werden konnten. Von hier fiel der Blick in ein anderes Tal. Die Mutter setzte sich, löste das Tuch und nahm die Kleine auf den Schoss.

«Schau sie gut an, Hamid», befahl sie. «Spiele mit ihr und zeige ihr Blumen.»

Fragend schaute Hamid in das merkwürdig alte, geduldige Gesichtchen seiner kleinen Schwester. Sie erwiderte sein Lächeln nicht. Sie schien vielmehr irgend etwas in weiter Ferne zu betrachten und ihn gar nicht zu bemerken. Mit einem plötzlich aufwallenden Angstgefühl bewegte er seine Hand vor ihren Augen hin und her. Kinza blinzelte nicht einmal. Sie blieb regungslos.

«Sie ist blind», hauchte er schliesslich. Seine Lippen fühlten sich ganz trocken an, und sein Gesicht war bleich.

Die Mutter nickte und sprang auf.

«Ja», erwiderte sie, «sie ist blind. Ich habe es vor einiger Zeit schon bemerkt, aber ich habe es vor Fatima und meinem Mann verborgen gehalten. Wenn sie es wissen, werden sie mir Kinza bestimmt wegnehmen. Was geht das blinde Kind eines andern Mannes sie an? Es wird nie arbeiten, nie heiraten können ...»

Tränen erstickten ihre Stimme und füllten ihr die Augen, so dass sie auf dem holperigen Weg stolperte. Hamid ergriff sie beim Arm.

«Wohin gehen wir, Mutter?» fragte er wieder.

«Zum Grab des Heiligen», erwiderte sie und eilte weiter, «dort oben hinter dem nächsten Hügel. Sie sagen, er sei ein mächtiger Heiliger und habe schon viele geheilt. Fatima hat mir bloss nie Gelegenheit gegeben zu gehen. Jetzt denkt sie, ich hole Wasser. Ich wollte, dass du mitkommst, weil es ein einsamer Weg ist und ich mich fürchte, allein zu gehen.»

Schweigend stiegen sie bergan. Dort, wo die grünen, blumenbesäten Weiden felsigem Gelände wichen, lag in einer Mulde eine kleine, von einem überhängenden Busch geschützte Gruft. Der Busch war mit schmutzigen Papierfetzchen behangen. Jedes dieser Zettelchen erzählte eine Leidensgeschichte. Denn hierher kamen die Kranken, die Bekümmerten, die Kinderlosen, die Ungeliebten und brachten ihre Lasten zu dem Gerippe des Verstorbenen. Und sie alle gingen ungeheilt und ungetröstet wieder heim.

Die Mutter legte Kinza vor die Öffnung der Gruft. Sie neigte sich zur Erde nieder, richtete sich wieder auf und rief dabei den Namen Gottes an, von dem sie nichts wusste, und den Propheten Mohammed. Das war ihre letzte Hoffnung. Doch während sie betete, zog eine Wolke vor der Sonne vorüber, und ein kalter Schatten fiel auf das Kindlein. Es fröstelte, begann zu weinen und tastete schutzsuchend nach den Armen der Mutter. Einen Augenblick starrte die Frau wie gebannt auf das Gesicht ihres Kindes, dann hob sie es mit einem enttäuschten Seufzer auf. Gott hatte nicht auf sie gehört, Kinza war noch immer blind.

Den Heimweg legten Hamid und seine Mutter in grösster Eile zurück. Es war schon spät, die Sonne ging bereits hinter den Bergen unter. Die Störche flogen klappernd an ihnen vorbei wie dunkle Gestalten vor einem rosaroten Hintergrund. Hamid war im Innersten enttäuscht und empört und in hellem Aufruhr gegen den herrlichen Glanz, der über der Welt lag.

Leuchtende Ringelblumen, zarte junge Weizenhalme, feurige Sonnenuntergänge – was nützte all das? Das Schwesterlein würde sie nie sehen können! Gott kümmerte sich offenbar nicht darum, und der tote Heilige wollte wohl auch nicht helfen. Kleine Mädchen waren ihm anscheinend nicht wichtig genug.

Schweigend erreichten sie den Brunnen. Hamid zog das Wasser herauf, reichte die Eimer seiner Mutter und stob davon, um Rahma und die Ziegen zu holen. Auf halbem Weg kamen sie ihm entgegen, denn Rahma hatte sich vor den wachsenden Abendschatten zu fürchten begonnen. Sie schob ihre kleine Hand in die seine, und die Ziegen, die auch gern heimkehren wollten, drängten sich um die Beine der Kinder.

«Wo bist du gewesen?» fragte Rahma.

«Beim Grab des Heiligen. Weisst du, Kinza ist blind. Vor ihren Augen ist es immer dunkel. Darum hält die Mutter sie versteckt. Fatima und Si Mohammed sollen es nicht merken.»

Entsetzt stand Rahma still.

«Blind?» wiederholte sie. «Ja – wie ist's denn mit dem Heiligen? Hat er sie nicht gesund machen können?»

Hamid schüttelte den Kopf.

«Ich glaube nicht, dass dieser Heilige viel wert ist», sagte er herausfordernd. «Die Mutter ist ja schon zu ihm gegangen, als der Vater so gehustet hat. Aber es hat nichts genützt. Der Vater ist trotzdem gestorben.»

«Es ist Gottes Wille», meinte Rahma achselzuckend und machte eine hoffnungslose Gebärde, so als wollte sie sagen: Da können wir nichts mehr ändern.

Eng aneinandergeschmiegt, weil es immer dunkler wurde, kletterten sie die Anhöhe zu ihrem Dorf hinan. Die Augen der Ziegen leuchteten bereits wie kleine, grüne Laternen.

«Ich hasse die Dunkelheit», flüsterte Rahma fröstelnd. Aber Hamid hob die Augen zum Himmel, der tiefblau über dem Geäst der Olivenbäume hing.

«Ich liebe die Sterne», antwortete er.

Zehn Minuten später gingen sie an den ersten, finsteren Hütten ihres Dorfes vorbei. Da und dort erblickten sie durch geöffnete Türen ein in irdenem Topf glühendes Kohlenfeuer und Familien, die beim trüben Schein einer Lampe um ihr abendliches Mahl kauerten. Doch als sie sich ihrem eigenen Heim näherten, konnten sie schon von weitem die zornige Stimme Fatimas, der älteren Frau, hören.

Fatima hasste die neue Frau und ihre drei Kinder und machte ihnen auf jede erdenkliche Weise das Leben schwer. Sie selbst war gebeugt und zusammengeschrumpft durch lange Jahre der Trunksucht. Zohra hingegen war jung und schön. Fatima hatte sich stets nach einem Kindlein gesehnt; Zohra hatte deren sechs gehabt. Da war es vielleicht nicht allzu verwunderlich, dass die ältere Frau so eifersüchtig war und sich über die Ankunft der jüngern sehr aufgeregt hatte. Ihrem Zorn machte sie dadurch Luft, dass sie den lieben langen Tag wie eine Königin mit gekreuzten Beinen auf ihrer Matte sass und Zohra mit Rahma wie Sklavinnen herumjagte. Heute war Zohra nur entwischt, weil Fatima eingeschlafen war. Unglücklicherweise hatte sie aber nicht lange geschlafen. Wütend über die Abwesenheit der jungen Frau hatte sie ein Nachbarskind auf die Anhöhe geschickt, um auszukundschaften, wo Zohra steckte. So geschah es, dass Zohra, als sie mit ihren Eimern ankam, eine wohlunterrichtete Fatima vorfand.

«Du böses, faules, falsches Geschöpf du!» schrie Fatima sie an. «Mich kannst du nicht hintergehen! Gib mir das Kind! Ich will selber sehen, warum du es vor mir versteckst und so heimlich tust mit ihm, jawohl, und warum du mit ihm zum Heiligengrab schleichst! Gib's her, sag ich dir. Ich will es haben.»

Mit rohen Fingern entriss sie die Kleine dem schützenden Arm der Mutter und trug sie ans Licht. Zohra aber liess mit einer hilflosen Gebärde der Verzweiflung die leeren Arme herabsinken. Ach, Fatima musste es ja doch einmal wissen! Auf die Dauer konnte sie, Zohra, die traurige Tatsache nicht verborgen halten, und es war wohl ebensogut, wenn Fatima von selbst dahinter kam.

Inzwischen waren die älteren Geschwister eingetreten. Sie duckten sich erschreckt und mit weitgeöffneten Augen in die dunkelste Ecke des Raumes. Lautlose Stille herrschte, während Fatima mit den Händen über des Kindleins Glieder strich und auf das ernste Gesichtchen herabstarrte. Hamid, der den Atem anhielt, wurde auf kleine Geräusche aufmerksam, die er nie zuvor beachtet hatte: das gemächliche, regelmässige Wiederkäuen des Ochsen im Stall nebenan, das Rascheln im Stroh, wenn die Zicklein sich an ihre Mutter drängten, das schläfrige Gackern der auf der Stange sitzenden Hühner.

In das gespannte Schweigen hinein brach plötzlich eine triumphierende Lachsalve der alten Frau, und Kinza, deren Ohren äusserst empfindlich waren und lauten Lärm und zornige Stimmen kaum zu ertragen schienen, stiess einen Schreckensschrei aus. Fatima hob sie auf und schleuderte sie in den Schoss ihrer Mutter zurück.

«Blind!» rief sie, «blind wie die Nacht! Und du hast es gewusst. Die ganze Zeit hast du's gewusst. Du hast sie hierher in das Haus deines Mannes gebracht, damit sie eine Last sei für uns alle. Nie wird sie arbeiten, nie heiraten können! Und du hast sie versteckt gehalten, damit wir es nicht merken. O du verlogenstes aller Weiber! Unser Gatte soll noch heute abend alles wissen. Auf jetzt und bereite sein Nachtmahl zu! Und du Rahma, fache die Glut an! Wenn er gegessen hat, werden wir sehen, was er dazu zu sagen hat.»

Das erschreckte kleine Mädchen sprang auf und machte sich am Blasebalg zu schaffen, bis die Flammen aus der Glut emporschossen und seltsame Schatten an die Wände warfen. Zohra ihrerseits legte mit zitternden Händen ihr Kindlein in die von einem Dachbalken herabbaumelnde hölzerne Wiege und begann, in aller Eile die Bohnen zu zerdrücken und Öl darunter zu schlagen. Ihr Mann war zu einem Nachbarn gegangen und konnte jeden Augenblick zurück sein.

Eben war sie fertig geworden, als man schon seinen energischen Schritt auf dem Fussweg hörte. Ein paar Sekunden später stand er im Türrahmen, ein grosser Mann mit schwarzen Augen, schwarzem Bart und einem harten, grausamen Zug um den Mund. Er trug ein langes Gewand aus dunkler, im Hause gesponnener Ziegenwolle und einen weissen Turban um den Kopf. Er grüsste seine Frauen und Stiefkinder nicht, sondern liess sich mit verschränkten Beinen vor dem niedrigen runden Tisch nieder und verlangte sein Essen. Ob er den Triumph in Fatimas Blick und die weissen, verängstigten Gesichter Zohras und ihrer Kinder bemerkte? Jedenfalls sagte er kein Wort.

Zohra stellte die heisse Schüssel in die Mitte des Tisches, und die Familie scharte sich darum. Löffel waren keine vorhanden. Doch Brot war da, und Zohra brach zwei grosse Stücke davon für ihren Mann und Fatima und drei kleine für sich, Hamid und Rahma.

«Im Namen Gottes», murmelten sie alle, indem sie ihr Brot in die Schüssel tauchten. Diese Worte sollten die bösen Geister vertreiben, die möglicherweise in der Nähe des Tisches lauerten. Mittags, wenn die Sonne schien, kam es zwar vor, dass Rahma vergass, die Worte mitzusprechen. Aber am Abend vergass sie es nie! Die zuckenden Schatten und düstern Ecken ängstigten sie; sobald die Lampen angezündet waren, kamen ihr die bösen Geister als etwas Wirkliches und allzu Nahes vor. Und ganz bestimmt war das kleine Haus am heutigen Abend mit bösen Geistern erfüllt: finstern Geistern der Eifersucht, des Zornes, des Hasses, der Grausamkeit, der Furcht. Selbst die kleine Kinza in ihrer baumelnden Wiege schien etwas davon zu verspüren, denn sie wimmerte im Schlaf. Si Mohammed runzelte die Stirn.

«Ich mag das Geplärr nicht», knurrte er. «Nimm das Kind hoch!»

Die Mutter gehorchte. Sie nahm das Kindlein und hielt es fest an ihre Brust gedrückt. Fatima wartete, bis der Hausherr gegessen hatte, dann streckte sie die Hand aus und befahl mit drohender Stimme:

«Reich mir dieses Kind!»

Da übergab ihr Zohra das Kindlein und brach in Tränen aus.

«Was ist denn los?» fuhr Si Mohammed auf. Seine Frauen mochten streiten, soviel sie wollten – in diesem Lande stritten sich die Frauen immer –, aber es war ihm in der Seele zuwider, wenn sie es in seiner Gegenwart taten. Und heute war er den ganzen Tag hinter dem Pflug hergegangen, er war ehrlich müde.

«Ja, was ist los?» stichelte Fatima und hielt das Kindlein unter die Lampe, so dass das Licht ihm plötzlich voll auf das Gesichtchen fiel. Doch Kinza blinzelte nicht einmal und wandte den Kopf nicht zur Seite. Si Mohammed schaute das Kind unverwandt an.

«Blind!» schrie Fatima, wie sie es zuvor schon getan hatte. «Blind, blind, blind! Und Zohra hat es gewusst! Sie hat uns beide hintergangen!»

«Nein, nein!» schluchzte Zohra und wiegte sich weinend hin und her.

«Doch, das hast du!» rief die Alte.

«Still, ihr Frauen!» befahl der Mann streng. Und wieder herrschte tiefstes Schweigen in der schwach erleuchteten Hütte. Rahma wurde es auf einmal kalt vor Angst, und ohne sich bemerkbar zu machen, näherte sie sich dem erlöschenden Kohlenfeuer. Ihr Stiefvater forschte in dem winzigen Gesicht, liess den Lichtschein immer wieder darauf fallen, bewegte die Hände vor den starren Augen hin und her, bis er überzeugt war, dass die alte Frau die Wahrheit gesprochen hatte. Schliesslich sagte er:

«Wahrhaftig, sie ist blind.»

Doch der gefürchtete Zornesausbruch kam nicht. Er reichte Kinza ihrer Mutter zurück, kniff die Augen zusammen und zündete sich seine lange Pfeife an. In aller Ruhe zog er an seiner Pfeife, und die Hütte füllte sich mit übelriechendem Qualm. Endlich meinte er:

«Blinde Kinder können ganz einträglich sein. Hüte das Kind gut. Es kann uns viel Geld einbringen.»

«Wie denn?» fragte Zohra angstvoll und drückte ihr Kindlein fester an sich.

«Mit Betteln», erwiderte der Mann. «Natürlich können wir nicht selbst mit ihr betteln gehen, denn ich bin ein sehr ehrenwerter Mann. Aber es gibt genug Bettler, die sie gern mieten würden, damit sie mit ihnen auf den Marktplätzen sitze. Die Leute haben Mitleid mit blinden Kindern und sind freigebig gegen sie. Ja, ich glaube, ich weiss bereits einen, der dafür bezahlen würde, das Kind zu mieten, wenn es ein wenig älter ist.»

Zohra wagte kein Wort der Widerrede. Hamid und Rahma jedoch wechselten über den Tisch hinweg einen langen, empörten Blick. Sie wussten, an welchen Bettler der Vater dachte: es war ein alter, schmutziger und zerlumpter Mann, der grauenhaft fluchen konnte. Und dem sollte ihre liebe kleine Kinza ausgeliefert werden? Bestimmt würde er sie misshandeln und ängstigen.

Zwischen seinen halbgeschlossenen Augenlidern fing der Vater den Blick auf. Böse klatschte er in die Hände und befahl: «Geht schlafen, Kinder, schnell!»

Eilig erhoben sich die beiden, murmelten «gute Nacht» und verzogen sich in die dunkelsten Stellen im Raum. Hier lagen den Wänden entlang einige Strohsäcke. Die Kinder legten sich nieder, zogen eine Wolldecke über sich und schliefen ein. Sie zogen sich nicht aus, wuschen sich auch nicht und sprachen kein Abendgebet. Ja, wenn irgend jemand etwas Derartiges vorgeschlagen hätte, so wäre es ihnen bestimmt sehr dumm vorgekommen.

Weshalb Hamid in dieser Nacht erwachte, hätte er nicht sagen können, denn gewöhnlich schlief er fest, bis die Sonne aufging. Doch diesmal richtete er sich um zwei Uhr morgens plötzlich im Bett auf und war hellwach. Das Mondlicht schien durchs Fenster herein, geradewegs auf Kinzas Wiege, und die Kleine stöhnte und wälzte sich unruhig im Schlaf.

Hamid glitt von seinem Strohsack herab und stellte sich neben Kinza in die schöne, silberglänzende Lichtinsel. Die übrige Familie schlief im Schatten; Streit und Leid waren ausgelöscht und vergessen. Hamid schaukelte die Wiege und streichelte das dunkle Köpfchen seines Schwesterleins, bis das gerunzelte Stirnchen sich glättete. Ganz ruhig lag das Kindlein da, ein Händchen wie hilfesuchend auf der Decke hingestreckt.

Mit finsterem Blick wachte Hamid über dem Kind. Und plötzlich schlug eine warme Welle beschützender Zärtlichkeit in ihm hoch. Kinza war so klein, so geduldig, so unfähig, sich selbst zu verteidigen. Nun, er wollte schon dafür sorgen, dass ihr kein Leid geschah! Sein ganzes Leben lang wollte er sie durch das Dunkel führen und sie mit seiner Liebe beschirmen. Er würde ihr Licht und ihr Schutz sein. Einen Augenblick schwoll ihm das Herz vor Beschützerstolz. Doch gleich darauf durchzuckte es ihn schmerzhaft beim Gedanken daran, dass er selbst noch ein kleiner Junge und völlig in der Gewalt seines Stiefvaters war. Der könnte Kinza von ihm wegreissen, und dann würde seine Liebe machtlos sein.

Gab es denn keine stärkere Liebe, die sie schützen konnte? Kein gewisseres Licht, um sie zu führen? Hamid wusste es nicht. Zärtlich beugte er sich über Kinza, um sie zu küssen, und stahl sich dann auf leisen Sohlen wieder zu seinem Lager zurück. Über Kinzas Züge huschte ein Lächeln; sie steckte zwei Finger in den Mund und schlief in ihrer Mondscheinwiege so selig wie eine kleine Prinzessin in ihrem Palast.

Die blinde Kinza sass auf der Schwelle ihrer Hütte und hob das Gesicht der Sonne entgegen. Heute war Donnerstag, und an diesem Tag ging Kinza zur Arbeit. Sie war jetzt 2½ Jahre alt, nach Si Mohammeds Meinung alt genug, um wie die übrigen Familienglieder ihren Lebensunterhalt zu verdienen.

Still und geduldig sass Kinza da, die schmächtigen Beinchen unter dem Körper gekreuzt, die Hände ruhig im Schoss gefaltet. Es war noch früh, und Hamid, der sie jeweils auf ihren Arbeitsplatz trug, war mit der Kuh auf den Weideplatz gegangen und würde erst in einer halben Stunde zurück sein. Mittlerweile war Kinza frei, das Leben zu geniessen, und das tat sie denn auch auf ihre Weise.

Nie hatte sie die Sonne hinter dem Berg aufgehen sehen. Wenn sie aber ungefähr um diese Zeit auf der Türschwelle sass, dann konnte sie damit rechnen, dass auf einmal eine sanfte Wärme sie überflutete und ihren Körper in Wohlbehagen hüllte. Sobald die ersten Sonnenstrahlen das erwartungsvoll erhobene Gesichtchen berührten, lachte Kinza vor Wonne und streckte die Arme aus wie nach einem geliebten Freund. Danach faltete sie die Hände wieder in ihrem Schoss und blieb tiefbefriedigt sitzen, bis es ihr zu heiss wurde. In ihrem kurzen Leben war Kinza von den Menschen, denen sie im Wege war, schon oft gestossen und geschlagen worden. Die Berührung der Sonne aber war nie anders als sanft gewesen, deshalb war sie ihr so lieb.

Solange Sonnenschein und gutes Wetter herrschten, war Kinza im grossen und ganzen ein glückliches kleines Menschenkind. Da sie das Licht nie gesehen hatte, fehlte es ihr nicht. Auch gab es ja so viel Angenehmes, das sie fühlen konnte! Da war einmal Mutters Schoss mit seiner Wärme und Geborgenheit. Da waren die starken Arme ihres Bruders. Da waren die feuchten Nasen der Zicklein. Da waren die Sonne und der Wind, der ihr übers Gesicht strich. Manchmal durfte Kinza neben ihrer Mutter sitzen, wenn sie das Korn verlas. Dann füllte sie sich die Hände mit warmen Hülsen und liess sie durch die Finger gleiten. Das bedeutete das grösste Vergnügen für sie.

Auch gab es viel Schönes zu hören: das Blöken, Gluckern und Muhen der Bewohner des kleinen Bauernhofes und das gedämpfte Geräusch des Mühlsteins, was bedeutete, dass die Mutter in der Nähe war. Dann das muntere Klirren der Eimer, das Rahmas Rückkehr vom Brunnen ankündigte; das Pusten des Blasebalgs und das Knistern der Holzkohlen, das in der nahen Zukunft etwas zu essen verhiess. Am schönsten aber dünkte Kinza das Getrippel der heimkehrenden Ziegen, denn auf die Ziegen folgte Hamid, und für Kinza war Hamid der herrlichste Mensch auf Erden.

Sie kannte die Schritte sämtlicher Familienglieder. So merkte sie denn auch jetzt an dem besonderen Geräusch, das seine nackten Füsse auf der trockenen Erde machten, dass Hamid auf sie zukam. Sie streckte die Arme aus und stiess einen Laut des Entzückens aus. Hamid hob sie auf und band sie auf seinem Rücken fest.

«Markttag, Schwesterlein», erklärte er. «Hast du etwas zum Frühstück gehabt?»

Kinza nickte. Vor einer guten halben Stunde hatte sie ein Schüsselchen süssen schwarzen Kaffee getrunken und ein Stück Schwarzbrot gegessen. Das war das beste Frühstück, das sie kannte, und sie hatte es in vollen Zügen genossen.

«Also los», sagte Hamid und trug sein Schwesterlein zum Dorf hinaus. So lange wie möglich blieben sie im Schatten der Olivenbäume, denn im Sommer scheint die Sonne morgens um neun Uhr schon brennend heiss. Doch allzu bald mussten sie die Bäume hinter sich zurücklassen. Der Weg zum Markt führte durch Weizenfelder, die reif waren zur Ernte; die Halme beugten sich unter ihrer goldenen Last, und die Luft war schwer vom einschläfernden Duft der Mohnblumen. Kinza, die die Fähigkeit besass, einzuschlafen, wo und wann sie es wünschte, legte den Kopf an die Schulter ihres Bruders, schloss die Augen und liess sich vom Wind, der über die Kornfelder strich, in den Schlaf singen. Auch die Kühe am Fluss sahen schläfrig aus. Knietief standen sie im Sumpf, während ihnen die Fliegen unentwegt um die Köpfe summten.

An diesem Vormittag schienen sehr viele Leute unterwegs zu sein. Am Donnerstag ging nämlich nicht das Dorf auf den Markt, sondern der Markt kam ins Dorf. Jedes grössere Dorf in der Gegend hatte seinen bestimmten Tag, an dem alle, die irgendetwas zu verkaufen hatten, über die Berge reisten und sich auf ihrem angestammten Platz auf dem Markt niederliessen. Darum hiess zum Beispiel Hamids Dorf das «Donnerstags-Dorf». Mehrmals musste Hamid in ein Kornfeld ausweichen, um einen stattlichen Händler durchzulassen, der hoch zu Pferd dahergeritten kam, während seine Frau, unter einer schweren Last gebeugt, hinter ihm herkeuchte.

Je mehr sie sich dem Marktplatz näherten, desto dichter wurde der Verkehr. Gelbes, verbranntes Gras beherrschte die Gegend, hie und da spendeten Eukalyptusbäume willkommenen Schatten. Die Verkäufer sassen mit gekreuzten Beinen auf der Erde, ihre Ware vor sich aufgestapelt, und die Käufer umringten sie laut schwatzend. Kinza hasste den Markt. Sie hasste das Drängen und Drücken und den Lärm; sie hasste den Staub, der sie niesen machte, und die Fliegen, die ihr über das Gesicht krabbelten, und die Flöhe, die sie in die Beine stachen. Am allermeisten aber hasste sie den Augenblick, da Hamid sie im Stich liess und sie allein mit dem alten Bettler zurückblieb.

Um den Abschiedsschmerz zu lindern, hatte Hamid einen Plan ausgeheckt. Wenn es ihm gelang, während der Woche ein Geldstück zu erbetteln, auszuleihen oder zu «stibitzen», so sparte er es für den Donnerstagmorgen. Auf dem Weg über den Markt tauschte er es stolz gegen einen Klumpen klebriges, grünes Zuckerzeug ein, das mit Nüssen bespickt war. Solchen grünen Zucker zu schlecken, war für Kinza ein wahrer Hochgenuss.

Mit der Sicherheit eines alten Marktgängers steuerte Hamid geschickt durch die Menge. Er drückte, stiess, bückte sich und gebrauchte seine Ellbogen, bis er den Sandflecken erreichte, wo Kinza neben dem alten Bettler zu sitzen hatte. Er richtete es so ein, dass er vor dem Bettler ankam; Kinza sollte Zeit haben, ihren grünen Zuckerstengel zu lutschen. Im geheimen schleckte Hamid erst selbst ein paarmal daran, dann reichte er ihn, warm und feucht, wie er war, seinem Schwesterlein. Sie ergriff ihn mit der rechten Hand und begann sogleich, ihn mit ihrem rosigen Zünglein rundum abzuschlecken. Ach, wie liebte sie diese süsse Klebrigkeit! Mit der Linken klammerte sie sich an den Saum von Hamids Kleid, für den Fall, dass er in Gefahr käme, von der lärmenden Menge weggeschwemmt zu werden.

Es dauerte nicht lange, bis der Bettler auf die beiden zugeschlurft kam. Er war erstaunlich alt und schmutzig, und sein Mantel sah aus wie ein Zusammensetzspiel, das im Begriff ist, auseinanderzufallen. Er trug eine Art Trommel, klein und grellfarbig, die mit zierlichen Schellen behangen war. Höflich küsste Hamid ihm die Hand und nahm das Geldstück in Empfang, das der Vater allwöchentlich für das Ausleihen der kleinen Blinden erhielt. Anstatt ihn jedoch wie sonst barsch zu entlassen, brummte der Bettler diesmal:

«Wenn dein Vater auf den Markt kommt, so sag ihm, ich habe mit ihm zu reden.»

Hamid nickte, löste sich sanft aus Kinzas Griff und machte sich davon. Und Kinza, die sich verlassen fühlte, weinte still vor sich hin, bis der alte Bettler es merkte und ihr einen Klaps gab. Da schluckte sie die Tränen hinunter, gab sich einen Ruck, und die Arbeit konnte beginnen.

Während der ersten Hälfte des Tages war diese Arbeit nicht sonderlich schwer. Kinza brauchte bloss dazusitzen und die Hand auszustrecken, das Gesicht dem Licht zugewandt, damit jedermann sehen konnte, dass sie blind war. Der alte Bettler bearbeitete währenddem seine Trommel, um die Aufmerksamkeit der Leute auf Kinza zu ziehen, sang eine eintönige Weise und wiegte sich hin und her. Zahlreich waren die Menschen, die mit dem kleinen, blassen Kind Erbarmen hatten und ihm Geldstücke gaben, die es seinem Meister reichte. So sass Kinza unbeweglich bis gegen Mittag. Die Sonne stieg höher, und der Staub und die Fliegen wurden dichter. Die Volksmenge wogte um sie, und umherstreifende Hunde beschnüffelten sie. Ein- oder zweimal übersah jemand sie völlig, bis er plötzlich über sie stolperte. All das war sehr aufregend und hielt sie wach.

Am Mittag gab Kinzas Meister ihr ein Stück dunkles Roggenbrot und eine Tasse Wasser, ja, weil sie heute recht viel Geld eingebracht hatte, sogar eine zerdrückte Pflaume. Die war köstlich! Kinza schleckte jeden einzelnen ihrer zehn Finger gründlich ab, damit ja kein Tropfen Saft verloren gehe.

Der Nachmittag war mühsamer als der Vormittag, denn gegen zwei Uhr wurde Kinza schläfrig. Ihr Köpfchen, um das ein Baumwolltuch gebunden war, wurde immer schwerer und begann bedenklich hin und her zu wackeln, und die Augen konnten ganz einfach nicht mehr offen bleiben. Wie sehnte sie sich nach Mutters Schoss! Unbemerkt rutschte sie näher an die Lumpen des Alten heran und fand schliesslich einen Ruheplatz für ihr müdes Köpfchen.

Doch nur wenige Minuten dauerte das Glück. Der Alte sah, was geschehen war, und setzte die Kleine mit einem Ruck aufrecht. Ganz benommen rieb sie sich die Augen mit den Fäusten, streckte sich und plumpste vornüber. Nochmals richtete er sie heftig auf, gab ihr einen Klaps und setzte sie mit dem Rücken gegen seine Seite. Da sass sie nun, halb wach, halb schlafend, das eine zum Betteln ausgestreckte Händchen vom andern gestützt und döste vor sich hin. Doch plötzlich fiel sie hin, denn der Bettler war mit einer hastigen Bewegung aufgestanden.

Ungeduldig packte er sie mit beiden Händen und setzte sie wieder zurecht.

«Böses Kind», schimpfte er, «sitz still und bettle, bis ich zurückkomme!»

Er hatte sich erhoben, weil er am Rande der Menschenmenge die hohe Gestalt Si Mohammeds erblickt hatte, die nach ihm Ausschau hielt. Der Bauer würde nicht auf offenem Markt mit ihm, dem Bettler, sprechen wollen, deshalb zogen sich die beiden hinter den gewaltigen Stamm eines Eukalyptusbaumes zurück.

«Du hast nach mir verlangt?» fragte der Bauer.

«Ja», antwortete der alte Bettler. «Ich ziehe vom Dorf weg. Die Landleute werden je länger je geiziger und gottloser und geben ehrlichen Bettlern kaum mehr etwas. Darum gehe ich in die grosse Stadt an der Küste, ich und meine Frau. Das grosse Fest wird bald beginnen, und man sagt, auf den Strassen der Stadt werden die Bettler reich. Was ich nun sagen wollte: Gib mir das blinde Kind, das du da hast. Du gehörst nicht zu der ehrenvollen Gilde der Bettler, dir wird die Kleine nie etwas nützen. Aber mir bringt sie viel ein. Meine Frau wird für sie sorgen, und ich werde dir einen guten Preis für sie zahlen.»

Kinzas Stiefvater zögerte. Er wusste, dass er sich da auf einen hässlichen Handel einliess. Aber er brauchte dringend Geld. Seine Kuh hatte sich auf dem Acker eines Nachbarn verlaufen und war ins Kuhgefängnis eingesperrt worden. Sie konnte nur um einen hohen Preis losgekauft werden. Dieses Jahr war überdies seine Ernte karg. Und schliesslich war Kinza, obwohl sie etwas einbrachte, doch ein hungriges Mäulchen mehr, das gefüllt werden wollte.

Ein unbestimmtes Etwas, das vielleicht vorzeiten einem Gewissen ähnlich gewesen war, regte sich in ihm. Aber er weigerte sich, darauf zu achten., Schliesslich war Kinza nicht sein Kind. Hamid war elf Jahre alt, das heisst beinahe ein Mann, und konnte auf die Strasse gestellt werden, wann es ihm, Si Mohammed, beliebte. Rahma konnte in drei oder vier Jahren verheiratet werden. Aber Kinza? Wer weiss, ob das nicht die erste und letzte Gelegenheit war, um sie loszuwerden.

«Wieviel willst du mir geben?» fragte Si Mohammed.

Der Bettler nannte einen geringen Betrag. Über solche Gemeinheit geriet der Bauer in rasende Wut und nannte einen äusserst hohen Betrag. Worauf der Bettler in rasende Wut geriet über solche Habgier, jedoch seinen Preis ein wenig höher hinaufschraubte, während der Bauer den seinen ein bisschen herabsetzte. So ging die Verhandlung eine ganze Weile hin und her. Man hätte meinen können, die beiden wollten sich gegenseitig ermorden. Aber die Vorübergehenden wandten kaum die Köpfe, ist das doch in diesem Land die übliche Weise, einen Preis festzusetzen. Die endgültige Summe lag dann auch genau in der Mitte zwischen den beiden erstgenannten Beträgen.

«Gut», schloss der Bettler. «Am ersten Tag der nächsten Woche, in der Morgendämmerung, verlasse ich das Dorf. Wenn du mir das Kind bringst, gebe ich dir das Geld. Es soll vor Zeugen geschehen.»

Sie waren beide zufrieden, liessen sich aber nichts anmerken. Der alte Bettler kämpfte sich durch die Menschenmenge zu seinem neuerworbenen Besitztum zurück. Er hoffte, dass es in der Zwischenzeit ein paar Geldstücke erbettelt hätte. Aber das neuerworbene Besitztum hatte nichts Derartiges getan. Es war auf einen Flecken Erde gekrochen, der halb in der Sonne, halb im Schatten war, und lag, zusammengerollt wie ein müdes Kätzchen, in tiefem, seligem Schlaf.

Hamid stand mit erhobenem Antlitz am Rand des Marktplatzes, den Blick auf die Turmspitze der Moschee geheftet. Er wartete darauf, dass der Priester dort oben erscheine und den Vier-Uhr-Gebetsruf erschallen lasse. Mit diesem Ruf schlug die Stunde für Kinzas Befreiung. Dann konnte Hamid sie heimtragen, und sie war wieder für eine Woche in Sicherheit.

Die Menge begann sich zu verlaufen, und Hamid konnte bisweilen einen Blick auf sein Schwesterlein werfen, das wie ein Häuflein Elend neben seinem harten Meister kauerte. Kinza war in Ungnade, weil sie geschlafen hatte, und ihr erschöpftes Aussehen fachte Hamids Ungeduld, sie zu erlösen, nur noch an. Er trat von einem Bein aufs andere. Schliesslich grub er die Zehen in den heissen Sand. Aber keine Sekunde liess er den Turm der Moschee aus den Augen.

Die Moschee war der Dorftempel, ein Gebäude mit einem viereckigen Turm, der mit seiner blendend weissen Farbe scharf vom leuchtenden Blau des Himmels abstach. Auf der Turmspitze glitzerte ein goldener Halbmond, das Wahrzeichen der mohammedanischen Religion. Auf einmal trat der alte Priester auf den hohen Balkon des Turmes heraus. Er hatte einen langen Bart und sah in seinem Priestergewand sehr würdig und ehrfurchtgebietend aus. Sein singend vorgetragener Gebetsruf schallte über den Marktplatz zu den zerstreut liegenden Häusern des Dorfes hinüber:

«Es ist ein Gott, und Mohammed ist sein Prophet!»

Strenggläubige Mohammedaner strömten in die Moschee, um ihre Gebete zu verrichten. Andere zogen ihre Schuhe aus und beteten, wo sie eben standen, nach Osten gewandt, mit tiefen Verneigungen, und manchmal knieten sie nieder und berührten den Boden mit der Stirn. Ihnen allen galt der Ruf als Ruf zum Gebet. Für Hamid aber war es der Ruf, Kinza zu befreien. In dem Augenblick, wo er den Priester erblickte, fegte er über den Marktplatz, küsste flüchtig die Hand des Bettlers und nahm sein Schwesterlein auf die Arme.

Er hatte Kinza einen lederartigen Ring aus in Öl gebackenem Hefeteig, eine Art Pfannkuchen, mitgebracht. Sie griff gierig danach und biss gleich ein Stück ab. In der übergrossen Freude, die Arme ihres Bruders wieder um sich zu fühlen, geriet der ganze lange Tag mit seinem Hunger und Durst und Müdesein in Vergessenheit. Sie schmiegte sich an Hamid, drückte das Lockenköpfchen an seinen Hals und jauchzte vor Entzücken. Der steife Rücken, die müden Glieder entspannten sich. Sie verschluckte sich fast beim Essen, stopfte den Rest Pfannkuchen in ihr Röckchen und schlief bald ein. Gerade das hatte sie sich ja in den letzten drei Stunden so sehnsüchtig gewünscht!

Leicht gebeugt unter seiner Last wanderte Hamid in der sengenden Hitze am Fluss entlang nach Hause. Unter einem Feigenbaum liess er sich zu einer Ruhepause nieder und sah den trägen Kühen bei der Tränke zu. In nächster Nähe wuschen ein paar Frauen ihre Kleider; sie rieben die weissen Gewänder auf Steinen sauber. Bald würden die Feigen reifen und der Oleander an den Flussufern blühen. Schläfrig begann Hamid über den Fluss nachzusinnen. Wohin floss er eigentlich, wenn er dieses Tal hinter sich liess und in eine fremde Welt hinaustrat, von der er, Hamid, nichts wusste? Eines Tages wollte er sich aufmachen und selbst nachforschen. Jawohl, wenn der Oleander blühte, wollte er losziehen und einfach ihrer roten Spur folgen, den ganzen, weiten Weg bis an das grosse Wasser hinunter.

Dösend sass Hamid unter dem Feigenbaum, bis die Sonne sich dem Gipfel des Berges näherte und die Welt mit jenem seltsamen Licht überflutete, das sie zugleich verklärt und mit Frieden erfüllt. Die Kornfelder rauschten nicht mehr, die Kühe hatten aufgehört zu fressen. Alles schien den Atem anzuhalten und auf den Sonnenuntergang zu warten. Da lief der Junge auf den Zehenspitzen eilig bergan. Auch er störte die lautlose Stille nicht.

Und wieder war die Familie um die irdene Schüssel vereint und ass bei Feuerschein und Kerzenschimmer ihr Abendbrot. Kinza erwachte erfrischt aus ihrem Schlaf und sass rotbackig und vergnügt auf dem Schoss ihrer Mutter. Wie ein hungriges Vögelchen sperrte sie den Mund auf, um gefüttert zu werden. Hamid beobachtete sie verstohlen, und sein Blick wurde zärtlich, als er sich den Druck des müden Körperchens gegen seinen Rücken in Erinnerung rief. Immer, immer wollte er seine kleine Schwester beschützen und glücklich machen, jawohl!

Die Kühe käuten wieder im Stall, und ein alter Hund mit einem zerrissenen Ohr tappte herein und legte den Kopf auf Rahmas Schoss. Motten und Fledermäuse flatterten hin und her. Die Katze schlich herbei und steckte den Kopf in die Schüssel, um ihr Teil vom Familienmahl zu erhalten. Zweimal schob man sie weg, aber sie war sehr ausdauernd, und schliesslich liess man sie gewähren. Es war ja genug da für alle!

Ein Windhauch wehte den Duft der Gewürzkräuter, die vor der Hütte in Kistchen wuchsen, zur Tür herein. Hamid fühlte sich müde von seinem Tagwerk und legte sich gleich zum Schlafen nieder. In seinen Träumen wuchs der alte Bettler höher, immer höher, bis er schliesslich riesenhaft und schreckenerregend zwischen ihm und Kinza stand. Da erwachte Hamid und merkte, dass der Mond aufgegangen war und dass die Erwachsenen noch immer um das erloschene Kohlenfeuer sassen und redeten.

Es war wohl der neue Ton von Furcht und Flehen, der in der Stimme seiner Mutter mitschwang, der ihn geweckt hatte, denn keiner der Anwesenden hatte laut gesprochen. Im Mondschein konnte er die Gesichter deutlich erkennen: Der Stiefvater sah grimmig und entschlossen aus, Fatima grausam und erfreut, seine Mutter bleich und angstvoll.

«Es ist das einzige Angebot, das wir je für sie erhalten werden», sagte Si Mohammed eigensinnig. «Sie wird fürs Leben versorgt sein.»

«Fürs Leben?» rief die Mutter bitter. «Das wird kein Leben sein! Sie wird sterben, sie ist ja noch so klein, so schwach...»

«Für ein blindes Kind ist es besser, tot zu sein», warf Fatima ein.

Zornig wandte sich die Mutter gegen die alte Frau, aber der Vater hob die Hand und brachte sie damit beide zum Schweigen.

«Wollt ihr gleich still sein, ihr dummen Weiber?» drohte er. «Es gibt nichts mehr über die Sache zu reden. Sie ist abgemacht. In drei Tagen, in der Morgendämmerung, kommt das Kind mit mir!»

Er erhob sich würdevoll, und Fatima folgte seinem Beispiel. Doch Zohra blieb beim erloschenen Feuer sitzen; schmerzerfüllt wiegte sie sich im Mondschein hin und her.

«Kleine Tochter, kleine Tochter!» murmelte sie wehmütig. Hamid verhielt sich mäuschenstill und beobachtete seine Mutter. Er wagte nicht, sie anzusprechen oder zu ihr hinzugehen, denn er fürchtete, seinen Stiefvater zu stören. Aber sein Herz schlug rasch und heftig, und er wusste: irgend etwas musste geschehen.

«Nein, nein, nein!» wiederholte er im stillen ein ums andere Mal. «Ich lasse sie nicht gehen. Auf keinen Fall!»

Er sah, wie seine Mutter endlich auf ihr Lager kroch und sich mit einem letzten Seufzer zur Ruhe legte. Er betrachtete den Streifen Mondlicht, wie er der Türöffnung entlang glitt und die Wiege umhüllte, in der Kinza süss träumend schlief. Er sah, wie die blasse Dämmerung einen angehenden Sommertag ankündigte, hörte den ersten Hahn krähen und das Vieh im Stall sich auf die andere Seite drehen. Und die ganze Zeit überlegte er, überlegte, überlegte... Aber all sein Überlegen führte nirgends hin. Kurz vor Tagesanbruch fiel er endlich in einen tiefen Schlaf, doch nur, um bald darauf von einem unsanften Fusstritt aufgeschreckt zu werden.

«Wach auf, du faules Geschöpf!» knurrte Si Mohammed. «Es ist Zeit, die Ziegen hinauszulassen.»

Hamid kugelte von seinem Strohsack herunter, wusch sich Gesicht und Hände in einem Eimer und machte sich über sein Frühstück her. Während er sein Brot hinunterschlang und seinen heissen Kaffee schlürfte, schielte er zu seiner Mutter hinüber. Sie war bleich und hatte schwarze Ringe um die Augen. Aber sie sah nicht so unglücklich aus, wie er erwartet hatte. Es lag ein auffallend entschlossener Zug um ihren Mund, so als hätte sie einen unwiderruflichen Beschluss gefasst. Auf einmal merkte Hamid, dass seine Mutter ihn fest anschaute. Da erwiderte er ihren Blick, geradeheraus und ebenso entschlossen. Sie hob die Augenbrauen ein klein wenig, und er nickte leicht. Ein geheimes Verstehen sprang wie ein Funke vom einen zum andern. Bei der allerersten Gelegenheit würden sie zusammen beraten.

Sie brauchten nicht lange zu warten. Hamid trieb seine Ziegen hinaus und liess sie am Abhang weiden, wo eine Distelhecke sie den Blicken entzog. Mit einer Brotrinde, die er sich beim Frühstück aufgespart hatte, bestach er einen Freund, dass er ein wachsames Auge auf die Tiere haben sollte. Dann schlich er zurück und beobachtete das Haus durch ein Loch in der Hecke. Nach einer Weile sah er seine Mutter zur Scheune hinübergehen, wo der Mühlstein stand, und wenige Minuten später schlüpfte er durch die Hecke und gesellte sich zu ihr.

Kinza sass wie gewohnt mit dem Antlitz nach Osten gewandt, denn jeden Augenblick musste jetzt die Sonne über dem Berg auftauchen. Hamids Mutter drehte das schwere Mühlrad, und der Speicher war erfüllt vom süssen Duft der zerdrückten Körner. Hamid kauerte neben seiner Mutter auf den Boden und legte die Hand auf ihren Arm.

«Mutter», flüsterte er, «ich hab's gehört letzte Nacht. Ist es der alte Bettler, der Kinza haben soll?»

Die Mutter wandte sich ihm zu. Sekundenlang ruhte ihr steter, sanfter Blick prüfend auf ihm. Er war ein magerer Junge, klein für sein Alter, aber zäh und sehnig. Und seine Liebe zu Kinza war sehr stark.

«Mein Mann meint es», erwiderte sie, «aber ich sorge dafür, dass es nicht geschehen soll. Ich will nicht, dass Kinza auf jenen grausamen Strassen zugrunde geht. Nein, Hamid, du musst sie anderswohin bringen. Du kannst sie retten, wenn du es nur willst!»

«Ich?» wiederholte Hamid verdutzt. Aber der Blick, den er seiner Mutter gab, war beruhigend. Er war voll ritterlicher, hilfsbereiter Tapferkeit. Und auch eine kleine Spur von Heiterkeit war darin.

«Hör zu», sprach seine Mutter und legte ihre Hände auf Hamids Knie. In dem kühlen, halbdunklen Speicher tönte ihre Stimme seltsam eindringlich; Hamid fühlte, wie ihre Worte sich in seinem Gedächtnis einbrannten. Er konnte den Blick nicht von ihr abwenden.

«Vor vier Jahren», sagte die Mutter, «zur Zeit der grossen Pilgerreise, nahm mich dein Vater mit zum Grab auf der andern Seite des Berges. Wir liessen euch Kinder bei der Grossmutter zurück. Nur dein Brüderlein Absalom trug ich auf dem Rücken mit, weil es noch so klein war. Nachdem wir das Grab besucht hatten, wünschte dein Vater die Stadt zu sehen, die 30 km weiter liegt. Er hoffte dort Geschäfte zu machen. Wir gingen den ganzen Tag, vom Sonnenaufgang bis gegen Sonnenuntergang. Die Sonne brannte auf uns herab, und die Lastwagen, die die Pilger zur Hauptstrasse zurückbrachten, ratterten an uns vorbei, so dass wir im Staub fast erstickten. Als wir endlich die Stadt erreichten, hatte ich Schnitte und Blasen an den Füssen, und Absalom weinte und fieberte. Seine Augenlider waren von der Hitze und dem Staub geschwollen, die Augen ganz verklebt, und er konnte das Licht nicht mehr ertragen.

Die Stadt war schön. Auf den Strassen gab es Brunnen. Ich wusch Absalom die Augen mit frischem, kaltem Wasser. Wir schliefen im Hof der Herberge unter freiem Himmel, und als wir am nächsten Morgen erwachten, fühlte ich mich wieder ganz frisch. Aber Absaloms Augen waren immer noch geschlossen und geschwollen. Dein Vater ging auf den Markt, aber ich blieb mit dem Kindlein sitzen. Ich schützte seine Augen vor dem Licht und jagte die Fliegen weg. Es standen nämlich viele Esel im Hof, und alles war schwarz von Fliegen. Während ich so dasass, kam eine Frau herbei und fing an, mit mir zu plaudern. Dabei bemerkte sie das Kind.

‹Ist der Kleine krank?› fragte sie.

‹Ja›, erwiderte ich und zeigte auf die Augen des Kindes.

Da erhob sich die Frau sogleich und sagte:

‹Komm schnell, du hast gerade noch Zeit. Ich bringe dich zum Haus der englischen Krankenschwester. Die gibt dir ein Mittel und heilt dir das Kind. Sie hat auch meinem kleinen Jungen geholfen, als er kleine, feine Dornen in die Augen bekommen hatte.›

Doch ich zögerte. Ich hatte ja kein Geld!

‹Das macht nichts›, behauptete die Frau. ‹Sie ist eine fromme Frau, und sie heilt ohne Geld, nur aus Liebe zu ihrem Heiligen. Er ist ein guter Heiliger und hat Erbarmen mit den Armen.›

‹Aber›, wandte ich ein, ‹die Ausländer sind reich und wohnen in prächtigen Häusern. Sie wird mich nicht empfangen wollen.›

‹Sie wohnt in einem Haus wie wir›, erwiderte die Frau, ‹und die Leute, die zu ihr gehen, sind fast alle arm. Keiner wird abgewiesen. Ich sage dir, sie nimmt sie alle auf im Namen ihres Heiligen.›

So folgte ich der Frau denn, voller Furcht zwar, aber begierig, das Heilmittel zu empfangen, das die Augen meines Kindes gesund machen konnte. Die Frau führte mich durch eine enge Gasse zu einem Haus mit einer offenen Tür. Allerlei Leute kamen zu dieser Tür heraus: arme Leute wie ich, mit kleinen Kindern auf dem Rücken. Einige trugen Fläschchen mit Medizin, und keiner sah ängstlich aus.

Wir waren eben noch rechtzeitig gekommen, denn das Zimmer war schon beinahe leer. Etwas später wäre die Schwester vielleicht nicht mehr zu Hause gewesen. Sie war grossgewachsen, und ihr Haar und ihre Augen waren hell. Nie zuvor hatte ich jemanden gesehen, der ihr geglichen hätte. Sie sprach freundlich zu allen, und ich sah, wie sie die kleinen Kinder in die Arme nahm, als hätte sie sie lieb. Während ich ihr zusah, schwand die Furcht aus meinem Herzen, und als alle andern weggegangen waren, trat ich zu ihr und hielt ihr Absalom hin. Sie führte mich zu einer Matratze, und wir setzten uns beide darauf. Sie nahm Absalom auf den Schoss und untersuchte seine Augen. Ihre Hände waren sehr sanft. Der Kleine weinte nicht einmal.

Die Krankenschwester stellte mir viele Fragen über ihn. Dann ging sie Medizin für das Fieber und Salbe für die Augen holen. Unterdessen betrachtete ich ein Bild an der Wand. Es stellte einen Mann mit gütigem Gesicht dar, der ein kleines Kind auf den Knien hielt, und um ihn standen lauter weitere kleine Kinder und schauten zu ihm auf.

Ich fragte die Schwester, wer das wäre, und sie sagte, es wäre einer namens Jesus, der von Gott gesandt worden sei, um uns den Weg zum Himmel zu zeigen. Sie erzählte mir vieles über ihn: wie er die Kranken heilte und Blinde sehend machte, wie er alle Menschen liebhatte, die Armen wie die Reichen, die Kinder wie die Erwachsenen. Ich kann mich nicht mehr an alles entsinnen. Aber eines weiss ich: Sie hatte den Mann auf dem Bild lieb und wollte werden wie er. Darum gab sie mir Medizin und war so nett mit Absalom.»

Zohra hielt inne und sprach dann ganz langsam weiter:

«Und nun, glaube ich, wird sie um dieses Mannes willen Kinza unter ihren Schutz nehmen. Darum sollst du Kinza zu ihr bringen. Und zwar musst du heute aufbrechen, weil Vollmond ist. Du musst die ganze Nacht gehen und dich am Tage verborgen halten, denn Si Mohammed wird dich bestimmt suchen. Aber er braucht es vor morgen abend gar nicht zu erfahren, dass du weggegangen bist. Ich werde Rahma früh mit den Ziegen wegschicken und sagen, dass du sie ausgeführt habest. Für Kinza hat er sowieso nie einen Blick, und ich werde ein Kissen in die Wiege legen für den Fall, dass Fatima hineinschaut. Bis er von der Arbeit zurückkommt, ist es schon beinahe dunkel, und bei Nacht kann er niemanden auf die Suche nach dir schicken. Auch sage ich ihm natürlich nicht, wohin du gegangen bist. Und am darauffolgenden Tag wirst du schon fast am Ziel sein.»

Die Augen des Jungen glänzten vor Aufregung und Furcht, aber er fragte nur:

«Wie soll ich den Weg wissen?»

«Ich habe es mir überlegt», entgegnete die Mutter. «Es gibt nur eine Strasse, auf der du gehen kannst. Wenn du die Hauptstrasse benutzt, wird man dich bestimmt sehen, auch hat sie die grössten Windungen. Der kürzeste Weg, der Weg über die Berge, ist zu einsam, und du würdest ihn nie finden. Aber es gibt einen dritten Weg, den musst du einschlagen. Du musst dem Fluss folgen bis ganz hinauf ins Tal, und dann musst du über den Berg steigen. Er ist sehr hoch, aber du musst einfach zusehen, dass du hinaufkommst. Dort wirst du auf einen andern Fluss hinabsehen, der in ein anderes Tal fliesst. Da gehst du dem Ufer entlang, bis du auf eine Hauptstrasse stösst, auf der viele Wagen, auch grosse Lastwagen mit Baumstämmen aus den Wäldern, fahren. Wenn du auf dieser Strasse gehst, nimmt dich vielleicht ein freundlicher Lastwagenfahrer mit, denn die Stadt liegt an dieser Strasse, etwa 50 km weiter oben in den Bergen. Falls niemand dich aufsitzen lässt, musst du die Strecke eben zu Fuss zurücklegen. Möge Gott dir helfen!»

«Und wenn ich dort ankomme?» hauchte der Junge.

«Wenn du ankommst, musst du das Haus der ausländischen Krankenschwester finden. Frage nicht, beobachte nur! Sie wohnt an einer Strasse hinter dem Markt, gegenüber dem Eingang der Herberge. Es ist das letzte Haus an jener Strasse. Geh zu ihr, erzähle ihr unsere ganze Geschichte und übergib ihr Kinza. Sie wird wissen, was zu tun ist.»

Hamid blickte ungläubig zu seiner Mutter auf.

«Und wenn sie sie nicht behalten will?»

Die Mutter schüttelte den Kopf.

«Sie wird sie nicht zurückweisen», versicherte sie vertrauensvoll. «Sie hat mir gesagt, der Heilige auf ihrem Bild habe nie einen Menschen zurückgewiesen. Diesem Heiligen zuliebe wird sie Kinza bei sich aufnehmen und gut sein zu ihr.

Nun musst du aber zu deinen Ziegen zurückkehren, und ich muss mein Korn fertig mahlen, sonst wird Fatima zornig. Überlege dir, was ich gesagt habe. Und heute backe ich dir Extra-Brote für die Reise.»

Hamid erhob sich, um zu seinen Ziegen zu gehen. Ihm war, als bewege er sich in einem Traum. Während sie miteinander gesprochen hatten, war die Sonne aufgegangen, und Kinza auf ihrer Türschwelle lachte und streckte die Ärmchen nach ihrer Mutter aus. Die Ziegen grasten, der Fluss glitzerte, und die Kornfelder leuchteten. Die Welt war genau so, wie sie gestern gewesen war. Aber in den Augen des Jungen war sie verändert. Seine Freunde, die Berge, blickten mit einemmal fremd und drohend auf ihn herab, nun, wo er wusste, dass er allein über sie zu steigen hatte. Auch reizte es ihn ganz und gar nicht mehr, zu erfahren, wo der Fluss herkäme. Doch trotz seiner Angst vor dem Unbekannten dachte er nicht im entferntesten daran, sich zu weigern, mit Kinza wegzugehen. Einem wandernden Ritter der alten Zeiten gleich hatte er vor nahezu zwei Jahren beim Mondschein seiner «Dame» Treue geschworen, und jetzt gab es kein Zurück mehr. Was tat's, dass diese «Dame» bloss ein mageres, auf unsichern Beinen stehendes Kindlein war mit wirrem Lockenschopf und Augen, die das Licht nie gesehen hatten?

Hamid pfiff leise vor sich hin. Ein paar junge Ziegen, die in der Nähe grasten, kamen herbei und schoben ihre Nasen in seinen Schoss. Und plötzlich wurde ihm bewusst, dass er sie gern hatte und dass es ihm leid tat, sie zu verlassen. Diese hier gehörten zu den Zicklein, die er aufgezogen hatte; er hatte sie auf den Armen getragen, wenn sie müde waren, und mit der Rute nach ihnen geschlagen, wenn sie den Weizenfeldern zustrebten. Er kraulte sie hinter den Ohren und den stumpfen Hörnchen und fragte sich, wann er sie wiedersehen würde. Zum erstenmal begann er an seine eigene Zukunft zu denken, nicht nur an die Zukunft seiner Schwester. Auf alle Fälle würde er längere Zeit nicht heimkehren können. Der Stiefvater würde viel zu aufgebracht sein.

Frühzeitig führte er am Abend die Ziegen nach Hause und setzte sich still neben Mutter und Rahma, die fleissig am Spinnen waren. Rahma kämmte die rohe Wolle, indem sie sie über zwei mit Nägeln beschlagene Holzstücke legte. Seine

Mutter drehte die flaumigen Kegel auf ihrem Spinnrad und spann sie zu Garn. Beide arbeiteten angestrengt, denn Fatima sass daneben und hielt Wache.

Niemand sprach ein Wort, als Hamid sich zu den Seinen gesellte. Aber er spürte die Kraft der schweigenden Verbundenheit, die zwischen ihnen bestand, und sein junges Herz krampfte sich zusammen. Ausser jenem Mal, da seine Mutter die fünftägige Pilgerreise unternommen hatte, war er nie auch nur eine einzige Nacht von ihr getrennt gewesen. Nun musste er sie für längere Zeit verlassen. Er wagte nicht, vor der alten Frau zu sprechen, aber das schadete nichts. Das Band zwischen Mutter und Sohn ist in der ganzen Welt überaus stark. Ohne die Augen vom summenden Rad zu heben, fühlte Hamids Mutter den wortlosen Schrei ihres Jungen. Schweigend floss ihre Liebe ihm zu, sie tröstete und stärkte ihn. Und Rahma, die von alledem nichts wusste, stimmte mitten in der Arbeit ein fröhliches Liedlein an.

Der Abend schleppte sich dahin und ging zu Ende. Im scheidenden Feuerschein der Sonne flammte der Himmel auf und erblasste wieder. Die Dämmerung brach herein, dann die Nacht. Der kleine Junge sass still und sah zu, wie er es vielhundertmal getan hatte. Aber heute war es anders. Zum erstenmal in seinem Leben hatte er keinen Hunger, als die Familie sich um den Tisch versammelte. Aber er zwang sich zu essen, denn der Vater durfte nichts merken. Dann legte er sich wortlos in der Nähe der Tür nieder. Hier wartete er, wartete und kämpfte mit den ihn von allen Seiten befallenden wilden Ängsten und Gedanken. Er wartete, dass sein Vater einschlafen und der Mond aufgehen sollte.

Endlich rührte sich der Vater nicht mehr. Immer schwerer und regelmässiger ging sein Atem – ja, jetzt schlief er tief, er schnarchte sogar. Nun musste es bald Zeit sein. Hamid kroch an den Rand seines Lagers und wartete weiter, die Augen auf den Berg geheftet. Schon hoben sich seine Umrisse von einem dahinter schwebenden Lichtkegel ab.

Und dann kam das Licht. In aller Stille brach es über die schlafende Welt herein. Einen Augenblick lag Hamid noch still und staunte über die grosse Verwandlung. Jene hässliche schwarze Pfütze vor dem Ziegenstall hatte sich in reines, flüssiges Silber verwandelt. Die rostige Pflugschar glänzte, als sei sie mit Juwelen bespickt. Ja selbst der Abfallhaufe unter der Hecke sah nett und sauber aus.

Auf leisen Sohlen schritt Hamid über die Schwelle und glitt hinter den Speicher. Der alte Hund spitzte die Ohren und rüttelte an seiner Kette, und Hamid hielt den Atem an. Wenn der Hund anschlug, musste der ganze Plan scheitern. Er warf sich neben dem Hund nieder, grub das Gesicht in das struppige Fell, kraulte ihn hinter den Ohren und flehte ihn wortlos an, still zu bleiben. Und der Hund wandte ihm den breiten Kopf zu und leckte ihm die Wange. Das brave Tier konnte zwar nicht verstehen, was all das zu bedeuten hatte, aber es hielt still.

Kauernd, die Arme um den Hals des Hundes geschlungen, wartete Hamid auf seine Mutter. Die lieben, wohlbekannten Gerüche von Vieh und zerdrücktem Korn umschwebten ihn wie unsichtbare Hände, die ihn zurückhalten wollten. Aber der Fussweg, im Mondlicht einem Silberband gleich, lockte ihn, sein grosses Abenteuer anzutreten. Er sprang auf, als seine Mutter mit Kinza in den Armen lautlos wie ein Gespenst hinter dem Kornspeicher auftauchte.

In völligem Schweigen band sie ihm Kinza auf den Rücken. Die Kleine war zwar verwirrt, aber voller Vertrauen; sie liess das Köpfchen auf Hamids Schulter sinken und schlief gleich wieder ein. Dann band ihm die Mutter zwei Brote auf die andere Schulter, nahm seine beiden Hände zwischen die ihren und küsste sie. Er seinerseits drückte ihre Finger an seine Lippen und hing sich einen Augenblick fest an sie. Sanft schob sie ihn von sich und sah ihm nach, wie er geräuschlos durch das Tor schritt. Kein Wort war zwischen ihnen gewechselt worden. In die kleinen, schmutzigen Hände, die sich so fest an sie geklammert hatten und so innig von ihr geküsst

worden waren, hatte sie ihren kostbarsten Schatz gelegt. Von stärkeren Händen wusste sie nichts.

Befriedigt von ihrer Tat kehrte die Mutter in ihre Hütte zurück, zurück zu der leeren Wiege und dem Zorn ihres Mannes. Und Hamid, einem Kahn gleich, der von der Kette gelöst und ins offene Meer hinausgetrieben wird, glitt hinweg auf seinem silberglitzernden Pfad.

Der Pfad blieb nicht lange silbern. Er tauchte in die schwarzen Schatten der Olivenbäume. Hamid fröstelte und stolperte über eine Wurzel. Er richtete sich behende auf und eilte weiter. Bald trat er hinaus in das offene, lichtüberflutete Weideland mit seinem niederen, verbrannten Gras. Er schielte hinauf zum Pass zwischen den Hügeln und steuerte darauf zu. Zu seiner Linken schmiegten sich kleine Häusergruppen aneinander, und Hamid sah in Gedanken all die träumenden Kinder wohlgeborgen neben ihren Müttern liegen. Trotzdem war ihm nicht so ängstlich zumute, wie er befürchtet hatte. Die Nacht umfing den einsamen Wanderer mit Wärme und süssen Düften. Es dauerte nicht allzulange, und Hamid erreichte die Anhöhe. Er hielt einen Augenblick an, um Atem zu schöpfen und einen letzten Blick auf sein Heimatdorf zu werfen.

Er konnte alles ganz deutlich erkennen. Eine Dornenhecke schloss das Gehöft ein, das bisher seine ganze Welt gewesen war: eine strohbedeckte Hütte, ein Kohlenfeuer und eine Wiege; Mutter und die Schwesterchen; das Spinnrad, das Kornsieb, die Wassereimer und der Mühlstein; eine kleine, braune Kuh und eine Ziegenherde; ein alter Hund mit einem zerrissenen Ohr. Im Grund hatte er doch ein recht angenehmes Leben geführt, solange das Wetter schön war und er dem Stiefvater aus dem Weg gehen konnte!

Hamid überschritt die Anhöhe und verlor die heimatlichen Gefilde aus den Augen. An ihrer Stelle dehnte sich nun zu seinen Füssen eine neue, seltsame, mondbeschienene Welt, und ihm gegenüber schlängelte sich eine Silberstrasse den hohen Bergen entgegen.

Auf dem Weg bergab wurde ihm plötzlich angst, denn er musste am Totenacker seines Dorfes vorbei. Sicher gab es an solch einem Ort böse Geister! Er begann zu laufen. Doch dann fiel ihm ein, dass er sich ja in der Nähe der drei kleinen Gräber befand, in die sie vor vier Jahren Absalom, Mohammed und Habeeba gelegt hatten. Die Geister dieser kleinen Kinder konnten doch nicht böse sein. Er fragte sich, wo seine Geschwister jetzt wohl wären. Kurz bevor Absalom gestorben war, hatte er aufgeschrien, es sei so dunkel, und Hamid hatte auf dem Strohsack neben ihm gesessen und ihm die Hand gehalten, damit er sich nicht einsam fühle. Nach und nach war der Griff des Kleinen kraftlos und kalt geworden, und schliesslich hatte der geduldige ältere Bruder einsehen müssen, dass es nicht mehr in seiner Hand lag, den Kleinen zu trösten: er war von ihm gegangen. Wohin aber war der Kindergeist entflohen? Tappte er noch immer angsterfüllt im Dunkeln? Hamid wusste es nicht. Vielleicht hatte jener Heilige, den sie Jesus nannten und der die Kleinen in die Arme nahm, Erbarmen mit solchen Kindern, die der Tod geraubt hatte ... Hamid murmelte den Namen vor sich hin, als könnte er ihn vor allem Gefährlichen schützen. Und allmählich erreichte er den Fussweg am Fluss.

Später konnte sich Hamid kaum mehr an die langen, mühseligen Stunden jener ersten Nachtwanderung erinnern. Auf dem steinigen Weg dem Fluss entlang lief er sich bald die Füsse wund. Von Zeit zu Zeit schreckte ihn der Schrei einer Eule auf. Im übrigen wurde er aber allmählich so schlaftrunken, dass er wie in einem Traum dahinwankte. Kinza lag in ihrem Schlummer wie ein totes Gewicht auf seinem Rücken und schien je länger je schwerer zu werden. Nur eines erkannte Hamid deutlich, nämlich den Kreislauf der Sterne am nächtlich klaren Himmel. Er beobachtete, wie die Sternbilder am Horizont auftauchten, dann vom hohen Himmel auf ihn herniederflimmerten und schliesslich auf der entgegengesetzten Seite dem Horizont zustrebten. Und zu diesem Zeitpunkt bemerkte er trotz der Schwere seiner Augenlider, dass sich ein leichter Wind erhoben hatte und dass die Weizenfelder längs des Flusses zu zittern begannen. Es war, als drehe sich die Welt in ihrem Schlaf, ja als täte sie einen leisen, tiefen Atemzug. Ausserdem fiel es Hamid auf, dass der Weg unter seinen Füssen nicht länger eben verlief. Es ging bergan.

Nach einer weitern halben Stunde bemerkte Hamid mitten im Aufwärtsstolpern, dass das Tageslicht sich über den Berg zu tasten begann. Hamid hielt an und schaute mit müden Augen hinter sich. Das Gras auf den Wiesen stand dicht und hoch und war weiss von Tau und Spinngeweben; über dem Fluss hing der Nebel wie ein Schleier. Unklar konnte er im grauen Dämmerlicht den Weg erkennen, den er gekommen war. Die Anhöhe diesseits seines Dorfes sah verschwommen und geisterhaft aus. Zwischen ihr und seinem jetzigen Standort dehnte sich ein langgezogenes Tal, in das die untern Hänge eines gewaltigen Berges ausliefen. Wahrhaftig, er hatte in dieser Nacht ein gutes Stück Weg zurückgelegt, und da der Vater seine Flucht voraussichtlich erst am kommenden Abend entdecken würde, sollte es bestimmt möglich sein, noch am heutigen Tag den Gipfel hinter sich zu bringen. Morgen müsste er sich dann vom Sonnenaufgang bis -untergang versteckt halten.

Im Osten begann der Himmel wundersam zu glühen. Dann ging in einem Einschnitt zwischen den Hügeln die Sonne auf, zerriss die Nebelstreifen über dem Fluss und färbte das Wasser mit hellen Tönen. Ein unsichtbares Heer von Vögeln begann zu zwitschern und zu jubilieren, und Kinza öffnete die Augen. Hamid setzte sie auf den Boden und liess sich neben ihr niederfallen. Sehend das eine, fühlend das andere, so begrüssten sie den neuen, sonnigen Morgen.

Hamid brach zwei Stücke Brot ab, die schweigend verzehrt wurden. Dann führte er Kinza an ein Bächlein, das neben dem Fussweg daherplätscherte, und sie trank aus seinen hohlen Händen. Er wusch sie auch, so gut er konnte, denn es lag ihm daran, dass sie nett aussehen sollte, wenn sie zu ihrer unbekannten Gönnerin kam. Zu dumm, dass er versäumt hatte, seine Mutter um ein Viertel des Familienkammes zu bitten! Jetzt sah sie ja wie eine zerzauste Puppe aus. Er versuchte, mit den Fingern durch ihre wirren Locken zu fahren, aber Kinza wehrte sich und schlug nach ihm. Und weil er sich selbst so müde und elend fühlte, schlug er zurück, worauf Kinza in ein lautes Geheul ausbrach und nach der Mutter und dem Morgenkaffee schrie. Sie konnte nicht begreifen, was mit ihr geschah und wo sie war, und auf alle Fälle war Waschen und Kämmen ihr in der Seele zuwider. So sassen die beiden denn ein Weilchen schluchzend nebeneinander am Bach: ein abgespannter, hohläugiger Junge und ein verdriessliches, unordentliches Mädchen. Keines von beiden passte in die taufrische, sonnige Welt hinein.

Doch bald hatte sich Kinzas Zorn erschöpft, und sie tastete sich an Hamid heran, kuschelte sich an ihn, steckte den Daumen in den Mund und zeigte damit, dass sie ihm verziehen hatte. Er schaute ziemlich ratlos auf sie herab. Sie war so schwer, und sein Rücken schmerzte so sehr, aber sie mussten unbedingt noch etwas höher hinaufsteigen, bevor die Sonne allzu heiss schien. Er packte die Kleine auf seinen Rücken und machte sich auf den Weg. Der kam ihm immer steiler vor. Ein Trost war allerdings, dass er dem hüpfenden Bächlein folgte. So konnte Hamid alle paar Minuten die Füsse baden oder zur Abwechslung durch die kühle Kresse gehen, die am Wasser wuchs.

Hütten duckten sich in eine Mulde zu seiner Linken, und auf abschüssigen Halden raschelten kleine Kornfelder. Hamid riss ein paar Ähren aus, um sie unterwegs zu kauen, und stieg durch felsige Olivenhaine bergan. Das Bächlein blieb hinter ihm zurück. Kinza, die nun hellwach war und die Reise genoss, hopste vergnügt auf seinem Rücken auf und ab und trommelte auf seinen schmerzenden Schultern herum. Die Sonne stieg höher und brannte ihm auf den Kopf.

Er *musste* anhalten. Wenn er sich jetzt nicht irgendwo hinlegte, würde er bestimmt mitten im Gehen einschlafen! Er schaute um sich, aber die ganze Landschaft verschwamm ihm vor den Augen. Da bemerkte er hinter einem dunklen Olivenbaum einen goldenen Streifen und wusste somit, dass er sich wieder einem Kornfeld näherte.

Eines hatte Hamid nicht beachtet: dass nämlich in gefährlicher Nähe auch ein Dorf lag. Er kroch zwischen den Halmen hindurch bis in die Mitte des Feldes und legte sich flach auf den Boden. Kinza nistete sich zwischen seinen Füssen ein. Durch all das rauschende Gold konnte er einen Zipfel des tiefblauen Himmels erspähen; Mohnblumen strichen ihm um die Wangen, und er fiel in einen tiefen, tiefen Schlaf. Das Feld, weiss zur Ernte, barg ihn sicher in seinem Schoss.

Im Gegensatz zu ihrem Bruder hatte Kinza die ganze Nacht ausgezeichnet geschlafen. Nun sah sie nicht ein, weshalb sie den Tag an solch einem ungemütlichen Ort zubringen sollte. Zu Hause strich sie draussen herum, wie ihr beliebte. Ausserdem war sie hungrig. Nie zuvor hatte ihre Mutter sie derart im Stich gelassen. Gewiss musste sie irgendwo in der Nähe sein. Wenn sie nur von diesem merkwürdigen Ort wegkommen könnte, wo solch unangenehmes Zeug sie kitzelte, sie in die Beine stach und zum Niesen reizte. Energisch richtete Kinza sich auf und kämpfte sich vorwärts, jenem ihr eigenen, sichern Instinkt folgend, der sie stets dem Licht zuführte. Ohne allzuviel Mühe tauchte sie aus dem Kornfeld auf und blieb angestrengt lauschend stehen. Und siehe da, ihre Ohren vernahmen in nicht allzu grosser Entfernung den vertrauten Ton eines Mühlsteins in Bewegung. Was das Lied der Heimat für einen müden Wanderer, das war das Geräusch des Mühlsteins für Kinza. Mühlsteine bedeuteten Mutter, und Mutter bedeutete Schutz, Nahrung, Trost, Geborgenheit und das Ende aller rätselhaften, rauschenden, stechenden Dinge. Mit einem schrillen Schrei des Entzückens stolperte Kinza, die Arme vor sich ausgestreckt, dem Ton entgegen.

Die Frau, die vor dem Eingang ihrer Hütte sass, hörte den Schrei und sah von ihrer Arbeit auf. Und dann starrte sie geradeaus, als hätte sie ein Gespenst erblickt. Denn kam da nicht auf unsicheren Beinen das merkwürdigste Geschöpfchen, das sie je gesehen hatte, dahergepurzelt? Es war ein kleines Mädchen in einem schmutzigen Baumwollkleidchen, mit tastenden Händen und der Sonne zugewandtem Gesicht. Das Lockenköpfchen, ein dichtes, schwarzes Gewirr, steckte voller Strohhalme, und das Kleidchen war über und über mit Spreu bedeckt. Während die Frau sie noch anstarrte, begann die Erscheinung zu niesen.

Weil das Geräusch des Mahlens ausgesetzt hatte, wurde Kinza unsicher und wusste nicht mehr, wohin sie sich wenden sollte. Da streckte sie die Arme in die Höhe und sprach das eine, herzergreifende Wort: «Ima!» das heisst: Mutter.

Die Frau am Mühlstein war noch jung. Der vorige Winter war für sie und ihren Mann hart gewesen. Die Ernte war karg ausgefallen, und die Kuh hatte gekränkelt. Sie waren sehr hungrig und sehr arm gewesen. Ihr einziges Kind war gestorben; eines traurigen Tages hatte man es unter dem Schnee begraben müssen. Und nun stolperte dieses Kindlein auf sie zu und lispelte dasselbe Wort, nach dem sie sich in den vergangenen Monaten so oft gesehnt hatte! Was sollte sie da Zeit verlieren mit Fragen und Überlegen? Sie hob das schmutzige Geschöpflein auf ihren Schoss, drückte es fest an sich und liebkoste und küsste es.

Kinza leistete anfänglich einigen Widerstand und jammerte ein wenig. Sie merkte wohl, dass es nicht die richtigen Arme waren, in denen sie lag, und dass diese Frau nicht ihre Mutter sein konnte. Aber gleichwohl, es waren starke, feste Arme, und die Hand, die ihr über die Locken strich, war sanft. Bald entspannte sich das widerstrebende Körperchen, Kinza blieb still liegen und bat um etwas zu trinken. Die Frau holte ein Schälchen Buttermilch, und Kinza ergriff das Schälchen mit beiden Händen, führte es zum Mund und leerte es bis auf den letzten Tropfen. Mit dem weissen, milchigen Rand um den Mund sah sie noch merkwürdiger aus. Aber das kümmerte sie wenig. Sie kuschelte sich in den Schoss der Frau und schlief bald ein.

Es war schon Abend, als Hamid erwachte und sich verwundert fragte, wo er sich denn eigentlich befinde. Er hatte das Gefühl, unter einem Dach aus purem Gold zu liegen. Daran waren die Sonnenstrahlen schuld, die schräg auf die reifen Ähren fielen und sie aufleuchten liessen. Alle Glieder taten Hamid weh. Trotzdem fühlte er sich wohl und ausgeruht. Allmählich wurde die Erinnerung in ihm wach, und er sprang mit einem Schreckensschrei auf seine Füsse.

Wo war Kinza?

Trotz seinem Schrecken war ihm bewusst, dass er vorsichtig sein musste. Kinza war aus dem Kornfeld ausgebrochen, das war klar. Und es war nicht einmal schwer, ihrer Spur zu folgen: zertretenes Korn und zerdrückte Mohnblumen wiesen ihm den Weg. Er war mit ihr von unten her in das Feld eingedrungen, und sie war oben hinausgegangen. Vorsichtig äugte er am Rand des Feldes durch die Halme in der Richtung, in der Kinza sich entfernt haben musste. Was er sah, erfüllte ihn mit Verwunderung.

Keine 100 Schritte von ihm entfernt stand eine Hütte und auf deren Schwelle, als fühlte sie sich ganz zu Hause und vermisste ihren Bruder nicht im geringsten, kauerte Kinza und ass Kirschen. Ihre Pflegemutter sass hinter ihr und suchte ihr unter viel Gelächter die verwickelten Locken zu entwirren. Und im Halbkreis um die beiden kauerte das ganze Dorf! Wie ein Mann hatten sich die Dorfbewohner aufgemacht, um dieses Kind zu sehen, das anscheinend allein in einem Kornfeld lebte und nun zufällig in ihre Mitte geraten war.

Hamid blieb regungslos liegen, obwohl der Anblick der Kirschen ihn daran mahnte, dass er unheimlich hungrig war. Seine Hand tastete nach dem Brot. Gedankenverloren knabberte er daran. Oh, wie er sich schämte! Einen ganzen Tag hatte er mit Schlafen verloren, und Kinza hatte er entwischen lassen! Wenn er sie nicht schnellstens zurückholen konnte, würden diese Leute seine Flucht vereiteln; bestimmt würden sie schon bald von dem abhanden gekommenen Kind aus dem Donnerstags-Dorf hören! Er getraute sich nicht, sich zu zeigen. Wer weiss, ob sie ihn nicht einsperren würden, weil er ihr Korn zertreten hatte? Seine einzige Rettung bestand darin, verborgen zu bleiben.

Und wieder ging die Sonne unter und das Mondlicht erfüllte das Tal. Als die Welt vollkommen ruhig lag, raschelte es im Korn. Lautlos glitt Hamid über den offenen Platz und blieb

vor dem Eingang der Hütte stehen. Der Hausherr lag auf seiner Matratze und schnarchte vernehmlich, und seine Frau schlief zu seinen Füssen. Der Platz auf der Matratze hatte nicht für Kinza gereicht, und man hatte sie auf eine kleine Matte bei der Tür gebettet und mit einem Ziegenfell zugedeckt.

Hamid beugte sich über sie und nahm sie in die Arme. Sie seufzte leise und erwachte halb. Beschwörend flüsterte er ihren Namen, worauf Kinza, in der Überzeugung, dass alles in Ordnung sei, sich an ihn presste und sich mit aller Kraft an seinen Hals hängte. Weder Buttermilch noch Kirschen hatten ihrer Anhänglichkeit an ihren Bruder Abbruch tun können. Sie hatte allerdings einen ausserordentlich angenehmen Tag verbracht, aber irgendwie hatte sie doch gespürt, dass etwas nicht ganz stimmte. Jetzt war sie glücklich zurückgekehrt in die Arme ihres Bruders; von diesem Augenblick an schlief sie noch fester als zuvor. Sie lag wieder am rechten Ort.

Fünf Minuten später jagte ein keuchender, angsterfüllter Junge mit fliegenden Pulsen bergan, Kinza fest an sich gedrückt. Er hatte das Dorf durchquert, ohne dass ein einziger Bewohner sich im Schlaf umgedreht oder ein Hund den Kopf gehoben oder gebellt hätte. Lautlos wie ein Schatten hatte er die Rettung vollführt, und auch Kinza hatte ihre Rolle gut gespielt.

Als Hamid nun anhielt und um sich blickte, gewahrte er zur Linken die Windungen eines steinigen Fussweges und steuerte darauf zu. Er betrachtete den Berg, der vor ihm in die Höhe ragte, das Dorf in seinem Rücken und den Fluss, der heimwärts führte. Mit geschickten Fingern band er Kinza auf seinem Rücken fest und wandte sich entschlossen der Passhöhe zu.

Kurz vor Tagesanbruch stand Hamid unmittelbar unter der Passhöhe. Er hinkte, schlotterte und war unsäglich müde. Auf dieser Höhe waren die Nächte selbst im Sommer kalt, und Hamid trug nichts als ein grobes Baumwollkleid. Auch Kinza fühlte die Kälte. Sie schmiegte sich enger an ihn und begann zu husten und zu schnupfen.

Vorerst war er zu müde, um weiterzugehen. So liess er sich denn an einer geschützten Stelle unterhalb der spanischen Festung nieder, von der aus Soldaten das Tal bewachten. Hier wollte er den Tagesanbruch erwarten.

Hamid hatte den Fussweg verlassen, bevor dieser zur Festung hinaufführte, und war sachte von hinten her zur Höhe hinaufgestiegen. Denn er sagte sich, dass die Wachen ganz gut auch des Nachts auf ihrem Posten sein könnten. Doch der einsame Aussenposten schien still und verlassen zu sein. Die beiden Kinder drängten sich aneinander und erwarteten sehnsüchtig, dass die Sonne aufgehe.

Und wieder schickte die Natur sich an, das tägliche Wunder ihrer Erneuerung zu feiern. An der lila schimmernden östlichen Himmelsseite verblassten die Sterne. Die beiden Kinder sassen wie zwei kleine Sonnenanbeter beieinander und sahen dem Schauspiel zu. Ein Vogel flog auf, die Flügel nass vom Tau; von ferne erblickte er die Sonne und schmetterte der wartenden Erde ein Hoffnungslied entgegen. Dann kam sie wirklich und umhüllte die frierenden Wanderer mit Wärme, Linderung und Trost. Sie teilten das letzte Stück ihres ersten Brotes unter sich, und Hamid richtete sich mühsam auf.

Genau über ihm zog sich der Bergrücken hin, der Weg führte ein Stück weit den hohen Kamm entlang, bevor er auf der andern Seite steil abfiel. Links und rechts konnte Hamid in tiefe, von Bergen eingeengte Täler blicken, und hinter den Bergen ragten weitere Berge empor – Kette um Kette von felsigen Gipfeln, die in der Sonne glänzten. Hamid kam es vor, als stünde er allein auf dem Gipfel der Welt, an einem Ort, den kein Menschenfuss je betreten hatte.

Eine Stelle in dieser Gegend erfüllte ihn allerdings mit Besorgnis, und er war fest entschlossen, sie um jeden Preis zu meiden: Am jenseitigen Ende des Bergrückens lag der Dienstags-Markt, eine spanische Siedlung mit weissen Regierungsgebäuden und einer Menge untätiger Soldaten, die für jeden Unfug zu haben waren. Sollte sein Vater am Abend zuvor die Polizei benachrichtigt haben, so war bestimmt nach dem Dienstags-Markt telephoniert worden, damit man die Wege überwache. Es war demnach klar, dass er diesen Pfad meiden und durch das Gestrüpp und die Olivenhaine den Abhang hinunterklettern musste, bis er an den Fluss im Talboden gelangte. Dort, etwa 600 Meter weiter unten, konnte er sich unter den Oleanderbäumen schlafen legen, bis die Sonne unterging und die Luft wieder rein war.

Hamid band seine Schwester auf dem Rücken fest und trat ins offene Gelände hinaus. Beinahe wäre er mit zwei Reitern zusammengestossen, die von der andern Seite der Festung heraufgekommen waren. Sie befanden sich unterwegs zum Dienstags-Markt und waren über Nacht geritten, um der Hitze zu entgehen.

Hamid blieb bockstill stehen und starrte die Männer blöde an. Die beiden kamen aus seinem Dorf, er kannte sie. Aber er war zu müde, um rasch zu handeln. Auch die Männer hielten an und blinzelten. Sie waren der Sonne entgegengeritten und von ihr geblendet. Doch dann sprang der eine vom Pferd und griff nach Hamid.

«Sieh da, Si Mohammeds Junge», rief er aus, «der seit gestern im Donnerstags-Dorf fehlt!»

Hamid wich aus. Mit einem Satz war er über den Wegrand hinaus und polterte den Abhang hinunter. Die plötzliche Bewegung erschreckte das Pferd. Es bäumte sich, und der Mann, der die Zügel nicht loslassen wollte, stiess einen zornigen Schrei aus, so dass es nach vorne schoss. Bis der Reiter das Tier wieder richtig in seiner Gewalt hatte, war Hamid schon weit weg. Ungeachtet der Dornen und Wurzeln, ohne Rücksicht auf seine zerstochenen, blutenden Füsse und die arme Kinza, die erbarmungslos auf seinem Rücken herumgeschüttelt wurde, sprang er in grossen Sätzen durch die Büsche – weiter, nur weiter! Er wagte nicht zurückzuschauen, denn er fürchtete beständig, dass eine schwere Hand sich auf seine Schultern legen und ihm Kinza entreissen könnte.

Der Händler aber, der sich noch immer an den Zügeln festklammerte, sah den Sprüngen des Jungen bloss von weitem zu. Er hatte getan, was er konnte; es fiel ihm nicht ein, in seinen neuen, spitzen gelben Schuhen dem Schlingel eines andern Mannes durch die Büsche nachzujagen. Was ging ihn der eigentlich an? Er wollte rechtzeitig auf den Markt kommen, das war wichtiger. Der Mann zuckte die Achseln, bestieg sein Pferd und ritt weiter. Er würde die Polizei auf dem Dienstagsmarkt benachrichtigen. Es war ihre Sache, nicht seine, fortgelaufene Buben aufzustöbern.

Doch der arme Hamid sah im Geist seinen Verfolger mit entsetzlich langen Sätzen hinter ihm herrasen und stürzte unentwegt weiter. Und Kinza, die sich geradezu in Stücke zerschlagen fühlte, stiess ruckartige Wehlaute aus. Einmal verfing sich sein Fuss in einer Wurzel, und er fiel der Länge nach hin. Er stand augenblicklich wieder auf. Dabei bemerkte er einen Felsblock in seiner Nähe. Ohne sich weiter umzusehen, zielte er darauf los, rannte dahinter und stand vor einer alten Hütte. Und neben der Hütte war ein Ziegenstall aus Lehm.

Hamid war überzeugt, dass jeden Augenblick sein Feind hinter dem Felsblock auftauchen müsste. Hier war seine letzte Fluchtmöglichkeit. Er sprang in den engen, dunklen Schutz des Ziegenstalls und stolperte über eine kranke Ziege, neben der ein Zicklein im Stroh lag. Ein Heuhaufen lehnte gegen die Wand, dort hinein verkroch sich Hamid und blieb wie ein verfolgter Hase eine halbe Stunde lang zitternd und keuchend liegen.

Allmählich schlug sein Herz ruhiger. Er streckte vorsichtig den Kopf aus dem Heu und überschlug die Lage. Vom Hause nebenan konnte er das Klirren der Milcheimer und das lustige Schreien spielender Kleinkinder hören. Sonst war alles still. Sein Feind war ihm anscheinend nicht bis hierher gefolgt.

Hamid selbst fühlte sich ganz krank. Er glühte, und der Kopf schmerzte ihn entsetzlich. Seine Glieder waren bleiern und steif, und das Heu stach ihn in die wunden Füsse. Diesen Morgen hatte er nichts zu trinken gehabt, und sein Mund war von all der Aufregung und dem Laufen ganz ausgetrocknet. Auch Kinza war elend und verlangte zu trinken. Sie hatte ein erbärmliches Gewimmer angestimmt, ähnlich wie ein halbverhungertes Kätzchen, und alles Flehen von seiten ihres Bruders, um sie zum Schweigen zu bringen, war nutzlos. Sollte jemand in die Nähe des Stalles kommen, so musste er Kinza gleich hören.

Verzweifelt blickte Hamid um sich. Da kam ihm zum Bewusstsein, dass ja die Ziege im Stall lag. Sie hatte anscheinend vor kurzem ein Bein gebrochen und konnte nicht auf die Weide gehen. Hamid fühlte seine Lebensgeister neu erwachen. Da war ja die Lösung seiner Probleme! Er verstand sich gut genug auf Ziegen, um zu wissen, dass eine Ziegenmutter mit einem Jungen viel Milch haben musste.

Er schlängelte sich aus dem Stroh und griff nach dem weggeworfenen Stück eines zerbrochenen Milchtopfes. Mit einem Auge das naheliegende Haus überwachend, freundete er sich mit der Ziege an, liebkoste sie hinter den Ohren und liess sie seine Hände belecken. Als sie gemerkt hatte, was für ein Ziegenkenner er war, kroch er um sie herum und freundete sich mit dem Zicklein an. Und dann legte er sich neben sie auf den Boden und melkte sie. In der irdenen Scherbe brachte er Kinza die süsse, warme, schäumende Milch. Sie streckte das Köpfchen aus ihrem Heunest, trank die Milch aus und bettelte um mehr. Das wiederholte sich etliche Male, denn die Scherbe fasste nicht viel, und er sowohl als auch Kinza waren ausgedörrt und ausgehungert. Sie weichten Brotbrocken in der Milch auf, und Kinza genoss die Mahlzeit sichtlich. Die alte Ziege aber gab willig, als hätte sie ein Extrapärchen hungriger Zicklein zu nähren. Einmal kam ein Mädchen herein und brachte der Ziege ein Büschel frisches Gras. Hamid hielt den Atem an und drückte Kinza ins Heu nieder, und das kleine Mädchen, dessen Augen nicht an die Dunkelheit gewohnt waren, merkte nichts.

Die Freude des Melkens, die Schmerzen in den Füssen, die muffige Hitze im Heuhaufen und das Fieber in seinem Körper hielten Hamid den ganzen Morgen wach. Auch hatte er die grösste Angst vor dem Einschlafen, sobald er nur an Kinzas Wanderlust dachte. Er suchte nach einem Seil, um sie anzubinden, fand aber nichts Geeignetes. Und doch musste er bis zum Einbruch der Nacht warten, bevor er weitergehen konnte. Plötzlich übermannte ihn der Schlaf, lullte seine Überlegungen ein und zerstreute seine Befürchtungen. Er drückte Kinza fest an sich – und wusste von nichts mehr.

Im Schlaf löste sich der feste Druck, und Kinza, die sein tiefes, ruhiges Atmen als ein Zeichen ansah, dass sie jetzt tun könne, wie ihr beliebe, befreite sich aus seinen Armen. Sie konnte nicht begreifen, wieso ihr Bruder auf einmal solch eine Vorliebe für stechende, kitzelige, heisse Orte hatte. Sie teilte diese Vorliebe keineswegs. Unwillig kroch sie aus dem Futterhaufen.

Ihre Privat-Entdeckungsreise vom Vortag hatte sie geradewegs einer Mutter in die Arme geführt. Heute hatte sie ebensolches Glück. Bei den ersten paar unsichern Schritten stiess sie an die Ziege. Sie wusste sogleich, dass es eine Ziege war, kannte sie doch den heimeligen Geruch und das rauhe Fell. Und wenn es eine Schöpfungsgattung gab, die sie über alle andern liebte und mit der sie völlig vertraut war, so war es die Ziege. Vertrauensvoll tastete sie nach den Ohren des Tieres, liebkoste es und nahm seine Schnauze zwischen ihre beiden hohlen Händchen. Und nun, da sie gefunden hatte, was sie begehrte: freundliche Gesellschaft und einen Platz zum Liegen, der nicht stach, kroch Kinza unter den Bart der Ziege und legte sich zum Schlafen nieder. Und das Zicklein, das jedenfalls eifersüchtig war, verschaffte sich ebenfalls Platz unter dem Kinn seiner Mutter. Da lagen sie beieinander, von den Vorderbeinen der Ziege eingehegt: das neugeborene Zicklein und das verlorene Kindlein, beide gleich zufrieden mit ihrem Schlafplatz.

Hamid drehte sich fiebrig im Schlaf und hatte bald das Heu soweit weggestossen, dass sein Oberkörper sichtbar war. Der Tag ging zur Neige. Da kam die Mutter der spielenden Kinder herein, um die lahme Ziege zu melken. Eine Sekunde lang dachte sie, das Tier hätte ein zweites Zicklein zur Welt gebracht. Dann schaute sie näher hin und entdeckte, dass es ein kleines Mädchen war, das sich hier zu einem Ball zusammengekugelt hatte.

«Gott erbarme sich über mich!» rief die Frau aus. «Es ist ja ein Kind!»

Bestürzt blickte sie um sich. Da gewahrte sie Hamids obere Hälfte, die aus dem Heuhaufen ragte.

«Gott erbarme sich über meine Eltern!» rief sie. «Es ist auch noch ein Junge dabei!»

Mit energischen Schritten ging sie zu ihm hin und stiess ihn mit dem Fuss an. Sie war eine stämmige Frau mit hervorstehenden Backenknochen und starken, breiten Schultern. Ihre Stimme war laut und durchdringend, und sie wollte sofort Bescheid wissen.

Hamid fuhr zusammen, erwachte mit einem Schlag und suchte sich aufzurichten. Zwar wusste er im Augenblick nicht, wo er sich befand, aber er erkannte sofort, dass er in der Klemme sass, gefangen wie eine Maus in der Falle. Sein Kopf schmerzte heftig. Da verlor er die Selbstbeherrschung. Er drückte die Fäuste gegen die Augen und brach in Tränen aus.

«Hör auf!» befahl die Frau und gab ihm einen Klaps auf den Rücken. «Du bist nicht aus unserm Dorf. Wer bist du? Und woher kommst du?»

Hamid unterdrückte sein Schluchzen und schaute die Frau an. Er war keineswegs abgeneigt, eine Lüge zu sagen, aber in diesem Fall schien es ihm angezeigt, bei der Wahrheit zu bleiben. Es war ihm aufgefallen, dass Frauen in der Regel geneigt waren, füreinander gegen ihre Männer Stellung zu nehmen, ausser natürlich, sie seien die Frauen desselben Mannes. So war fast mit Bestimmtheit anzunehmen, dass auch diese Frau für seine Mutter Partei ergreifen würde. Er erzählte darum seine Geschichte genauso, wie sie war. Die Frau hörte aufmerksam zu; sie runzelte die Stirn und nickte abwechselnd.

Als er zu Ende war, blickte sie ihn zustimmend an. Es war eine gute Geschichte, und sie klang wahr. Sie selbst war auch zum zweitenmal verheiratet, und ihr erster Mann war sehr hart gewesen gegen sie und ihr Kind. Er hatte sich von ihr scheiden lassen, als sie erst fünfzehn Jahre alt gewesen war. Ja, sie war gerne bereit, für die Frauen im allgemeinen einzutreten. Sie wusste selbst, wie es ist, wenn man sein Kind misshandelt sieht, und sie hatte Bedauern mit dieser unbekannten Mutter, die so viel aufs Spiel setzte, um ihr blindes Kind zu retten. Ausserdem hatte die Frau trotz ihres rauhen Äussern ein mütterliches Herz.

Dieser aufgeweckte Bub, der da in ihrem Ziegenstall lag und hustete, war offensichtlich krank. Wie es um das schmutzige Häuflein Mensch stand, das sich an ihre Ziege schmiegte, wusste sie vorderhand noch nicht, aber wenigstens konnte sie ihm einen bessern Schlafplatz verschaffen. So melkte sie denn, was es noch zu melken gab, und steuerte dann dem Hause zu, den Eimer in der Rechten, Kinza unter dem linken Arm, und Hamid hinkte hinterdrein.

Das Haus war eine runde Lehmhütte, inwendig ziemlich finster. An der Wand häufte sich der Wintervorrat für die Ziegen. Über einem Feuer brodelte in einem irdenen Topf das Nachtessen, und drei kleine Mädchen sassen erwartungsvoll rundherum. Im gleichen Augenblick, wo die Frau mit ihren Findlingen eintrat, kam der Mann mit seiner Herde vom Bergeshang heim, und sie versammelten sich alle zum Abendessen. Hamid, der seit zwei Tagen nur von Brot und Milch gelebt hatte, kam es vor, als hätte er nie etwas Besseres gegessen. Man denke doch: ein Linsengericht, gewürzt mit Knoblauch, Öl und rotem Pfeffer, und zum Eintunken dicke Stücke warmes, weiches Brot; eine Schale Buttermilch, von der alle reihum tranken, und schliesslich eine Schüssel schadhafter Aprikosen! Die guten wollte der Vater am folgenden Vormittag früh auf den Mittwochsmarkt bringen.

Hamid ass und trank ausgiebig und spürte, wie seine Kräfte zurückkehrten. Eine Nacht lang sollte er nun geborgen, in völliger Sicherheit sein: diese Aussicht heilte seine Kopfschmerzen. Die stämmige Bauersfrau leckte sich den Aprikosensaft von den Fingern, und Hamid betrachtete sie, als wäre sie ein Engel vom Himmel.

Nach der Mahlzeit machten es sich die drei kleinen Mädchen auf Ziegenfellen beim Heuhaufen bequem und schliefen sogleich ein. Eine Katze mit drei Jungen leistete ihnen Gesellschaft. Auch sie verfügten über ein Ziegenfell. Der Vater ging nochmals hinaus, um zu melken, und seine Frau folgte ihm, weil sie mit ihm sprechen wollte. Hamid, der mit Kinza, die sich an ihn lehnte, beim Feuer sass, konnte die Stimmen hören. Er vermutete, dass sie seinetwegen verhandelten, und damit hatte er recht. Bald kehrte die Frau zurück. Sie hatte bereits alles aufs beste geordnet.

«Du brauchst keine Angst zu haben», sagte sie ermutigend. «Mein Mann ist gerne bereit, euch zu helfen. Morgen früh geht er ja auf den Mittwochsmarkt. Ein Lastwagen nimmt ihn unten am Berg mit. Ihr könnt mit meinem Mann gehen. Er wird sagen, dass ihr die Kinder meiner Schwester seid. Meine Schwester wohnt nämlich an der Strasse zum Freitagsmarkt, wohin ihr ja unterwegs seid, und sie hat zwei Kinder in eurem Alter. Der Lastwagen wird euch etwa 25 km vor dem Freitagsmarkt auf der Hauptstrasse absetzen, und wahrscheinlich könnt ihr bei jemand anders aufsteigen. Wenn nicht, so ist es ohnehin nicht mehr allzu weit bis zur Stadt.»

Sie schaute auf das erfreute, im Feuerschein erglühende Kindergesicht herab und fühlte ein grosses Mitleid in sich aufwallen. Der Bub war noch so jung und hilflos! Wie vor langer Zeit der Heiland, den sie nicht kannte, so holte sie jetzt ein Becken mit Wasser und ein Handtuch herbei und kniete nieder, um die brennenden, zerschundenen Füsse zu waschen. Dann zeriss sie einen sauberen Lappen in Streifen und verband die Wunden mit Olivenöl. Schliesslich hiess sie den Jungen sich mit seinem Schwesterlein auf ein Ziegenfell legen und deckte ihn mit einem zweiten Fell warm zu. Ohne Furcht, dankerfüllt, fiel er sogleich in Schlaf. Die Frau aber setzte sich mit gefalteten Händen still auf die Türschwelle und blickte verträumt in die Dämmerung hinaus. Eine seltsam weihevolle Stimmung umfing sie; ihr war, als sei etwas Unbekanntes, Wunderschönes in ihre Behausung eingekehrt und wache über ihr und den schlafenden Kindern.

Sie hatte im Namen der Liebe gehandelt. Aber sie wusste nicht, dass es einen Gott gibt, der «Liebe» heisst und der gesagt hat: «Wer ein solches Kind aufnimmt in meinem Namen, der nimmt mich auf.»

Vierundzwanzig Stunden später staunte Hamid zu den Mauern der Stadt hinauf, die er von so weit her zu suchen gekommen war. Er kam sich verlorener vor als je.

Die Reise hatte ihn teilweise durch recht einsame Gegenden geführt. Aber Hamid war ein Hirte und an Bergeseinsamkeit gewohnt. Weite Horizonte und unbewohnte Landstriche bargen keine Schrecken für ihn. Er war es gewohnt, mit seiner eigenen Gesellschaft vorlieb nehmen zu müssen. Aber nun diese Menge von Menschen, Maultieren und Ziegen, die sich alle durch das Stadttor drängten, und die zahllosen zerlumpten Kinder, die sich hier anscheinend ganz zu Hause fühlten – all das erfüllte ihn mit Entsetzen und einem namenlosen Gefühl der Verlassenheit.

Es hatte zwar heute alles bis ins einzelne wunderbar geklappt. Beim ersten Hahnenschrei war Hamid kühl und erfrischt aufgewacht. Die Frau gab ihm und Kinza zu essen und schickte sie dann mit ihrem Segen in die Dämmerung hinaus. Ihr Mann brachte sie zum Lastwagen, der bereits mit Marktgängern und Waren zum Brechen voll beladen war. Hamid hatte nie zuvor auf einem Lastwagen gesessen; der Lärm, die Geschwindigkeit und das Gerüttel begeisterten ihn. Er kauerte in einer Ecke, hielt Kinza im Arm und bemühte sich, wie der Neffe seines Wohltäters auszusehen. Daneben betrachtete er den Fluss und die von Bergen eingeschlossene Landschaft. Auch die Hauptstrasse mit ihrem regen Verkehr gefiel ihm über die Massen gut. Leider war die zweistündige Fahrt nur allzu rasch zu Ende. Die Strasse bog zum Mittwochsmarkt ab, so dass er und Kinza aussteigen mussten.

Dann war er in der heissen Sonne den ganzen Tag geduldig weitergestapft. Oft hatte er sich setzen müssen, um auszuruhen. Und an einer Stelle, wo der Fluss sich längs der Strasse dahinzog, hatte er einen Geistesblitz gehabt: er hatte Kinza hinter einem Busch sonnenbaden lassen und mittlerweile ihr Röcklein gewaschen, so gut es ging, und zum Trocknen an der Sonne ausgebreitet. Dann, als er Kinza kritisch gemustert hatte, war ihm aufgefallen, dass sie gar nicht anziehend aussah. Wenn er sie nicht ein bisschen sauberer herrichten konnte, würde niemand Freude haben, sie zu sehen. Das Ergebnis war ermutigend. Hamid kleidete sein Schwesterlein wieder an, strich ihr die Haare glatt, wusch ihr das Gesicht und fand, so dürfte sie sich sogar in einem Palast sehen lassen.

Nachher hatte er einen endlos langen Hügelzug erklimmen müssen. Grosse Kornfelder dehnten sich ins Tal hinunter, und bunte Blumen blühten an den Wasserläufen. Hamid pflückte einen Strauss Mohnblumen, Skabiosen und Bergamottenblüten für Kinza als Willkommgeschenk für ihre neue Mutter. Dann arbeitete er sich mühsam weiter hinauf, den Blick auf den Berg zu seiner Rechten geheftet. Dieser Berg gefiel ihm nicht. Seine Berge zu Hause waren mit Gras bedeckt; sie hatten runde Gipfel und sanfte Abhänge. Aber hier waren die Berge steil und kahl, mit zerklüfteten Felsen auf dem Gipfel. Doch die Wiesen zu ihren Füssen waren grüner als alles, was er bisher gesehen hatte, und die Kornfelder üppiger. Er wunderte sich, weshalb. Aber nicht lange, denn eben hatte der Weg eine Biegung gemacht, und da, gerade vor ihm, erhoben sich die alten Stadtmauern und hinter ihnen die Stadt: Reihe um Reihe von mit Flechten überwachsenen Ziegeldächern, die sich um weisse Moscheen scharten und steil gegen die dahinter liegende Bergwand anstiegen. Etwas weiter unten waren die weissen

Gebäude einer spanischen Siedlung zu sehen, die um einen viereckigen Platz angeordnet waren.

Und nun stand Hamid schon eine ganze Weile im kühlen Schatten des Stadttores und sah dem bunten Treiben zu. Er würde kaum nach dem Weg zu fragen brauchen, wenn er nur erst den Marktplatz gefunden hatte. Seine Mutter hatte ihm ja das Haus genau beschrieben. Überhaupt scheute er sich, irgend jemand anzusprechen. Er wollte bis zum Einbruch der Nacht warten, bevor er sich in diese engen, gepflasterten Gassen, in denen es von Menschen wimmelte, hineinwagte. Im Dunkeln würde es leichter sein, unbemerkt hineinzuschlüpfen. Doch als die Dämmerung fiel, sah er, wie die Ladeninhaber zu beiden Seiten der Strasse ihre Lampen anzündeten, so dass die Fussgänger sich im hellen Schein der Lichter fortbewegten. An diesem erschreckenden Ort gab es anscheinend weder Dunkelheit noch Verstecke. Je eher er Kinza auf sichere Weise loswerden konnte, desto besser!

Zaghaft trat er seinen Weg über die Pflastersteine an. Was für herrliche Waren lagen in diesen Verkaufsbuden ausgestellt! Bunte Seidenstoffe und grellfarbene Süssigkeiten, ganze Haufen Früchte und Berge von Brot! Hamid kam sich wie im Schlaraffenland vor, und er staunte mit glänzenden Augen in all die glitzernden Herrlichkeiten. Das musste sicher eine Wunderstadt sein, in der kein Mensch je krank oder traurig oder hungrig war. Er vergass, dass ihm soeben noch einsam und ängstlich zumute gewesen war, und forschte erwartungsvoll in den Gesichtern der Ladeninhaber und der Vorübergehenden. Aber keiner hatte ein Lächeln oder auch nur einen freundlichen Blick für ihn, und niemand hiess ihn in der goldenen Stadt willkommen.

Enttäuscht schlich er sich durch die Menge, bis er zu einem Brunnen kam, an dem ein kleines Mädchen ihre Eimer füllte. Sie sah lieb aus, und Hamid wagte es, sie schüchtern nach dem Weg zur Herberge am Marktplatz zu fragen. Die Kleine zeigte auf einige ausgetretene Stufen, gab ihm weitere Anweisungen und verschwand durch ihre Haustür.

Es war nicht weit zur Herberge. Durch den alten Bogengang schritten müde Maultiere und Esel in den Hof, und davor standen Gruppen von Reisenden und schauten über den Marktplatz. Wie gerne wäre Hamid hineingegangen und hätte sich aufs Stroh gelegt! Er hätte sich ganz zu Hause gefühlt bei den Eseln. Aber er besass kein Geld, um solch ein Obdach zu bezahlen. Ausserdem hatte er zuallererst seinen Auftrag auszuführen.

Er erinnerte sich: er musste der Strasse folgen, die der Herberge genau gegenüber lag. Es war eine kurze Gasse, die an einer Mauer endete. Und das Haus, das er zu suchen hatte, war das letzte linker Hand. Dahinter gab es bloss noch einen Abfallhaufen. Es musste nicht schwer zu finden sein! Zuversichtlich schritt er aus.

Die Gasse bog nach rechts ab, und er hielt an. Er konnte jetzt bis ans Ende sehen, und was er da sah, erfüllte ihn mit Verwunderung.

Vor dem letzten Haus zur Linken brannte eine matte Strassenlaterne. Und darunter stand eine Schar kleiner Jungen, schmutzig und zerlumpt wie er selbst, und schien auf etwas Erfreuliches zu warten. Während er sie noch beobachtete, wurde die Haustür von innen geöffnet, und ein Strom warmen Lichtes ergoss sich über das Strassenpflaster. Die Kinder stürmten nach vorn, purzelten vor Aufregung übereinander und verschwanden durch die hell erleuchtete Tür. Hinter ihm wurden hastige Schritte hörbar; drei weitere kleine Jungen in schmutzigen Lumpen eilten leichtfüssig an ihm vorüber. Auch sie traten durch die Tür ein. Während Hamid noch im Schatten verharrte und auf den breiten Lichtstreifen auf der Strasse starrte, hörte er singen. Es war ein schrilles, unmelodisches Singen, aber er fand, er habe noch nie etwas Schöneres gehört.

Von der Musik angelockt, drückte er sich an den Wänden entlang näher zum Haus hin. Er erreichte die Schwelle und wagte einen Blick ins Innere des Hauses zu werfen. Der Atem stand ihm fast still vor freudiger Erregung, denn da, an der Wand des Zimmers, in das er über einen Flur hinweg sehen konnte, hing das Bild von dem Mann, der die kleinen Kinder liebhatte. Auf seinen Armen trug er ein lockiges Kleines, das in Kinzas Alter sein mochte. Jungen und Mädchen drängten sich um ihn und streckten ihm die Arme entgegen, und er lächelte auf sie herab und schien nicht im geringsten zu wünschen, dass sie ihn in Ruhe lassen sollten. Hamid sah die harten Gesichter der Ladeninhaber vor sich – dieser Mann glich keinem von ihnen. Bestimmt würde er Kinza genauso willkommen heissen wie die übrigen glücklichen Kinder auf dem Bild.

Wer aber waren all die zerlumpten kleinen Jungen? Und warum gingen sie hier hinein? Und wovon sangen sie nur? Er konnte sie nicht erblicken, denn sie waren alle auf der einen Seite des Raumes versammelt. Aber er hörte eine Frauenstimme. Und während er auf der Schwelle kauerte und die Ohren spitzte, um die Worte aufzufangen, begannen die Kinder drinnen etwas im Chor herzusagen, als lernten sie es auswendig. Genauso tönte es in den Moschee-Schulen, wenn sie den Koran auswendig lernten!

Ja, nun konnte er verstehen, was sie sagten. Es waren wunderbare, lichte Worte, schöner als alles, was er je aus dem Koran gelernt hatte: «Jesus sprach: Ich bin das Licht der Welt. Wer mir nachfolgt, der wird nicht wandeln in der Finsternis, sondern wird das Licht des Lebens haben.»

Was das wohl bedeuten mochte? Dreimal wiederholten sie den Spruch, und Hamid flüsterte die Worte mit und barg sie in seinem Gedächtnis, um später darüber nachzudenken. Jetzt war die erste Frage: Was sollte er mit Kinza anfangen?

Wenn schon all die Kinder da drinnen der Schwester gehörten, wollte sie bestimmt kein weiteres mehr. Ausserdem war kein einziges kleines Mädchen hineingegangen. Vielleicht zogen die Ausländer wie seine Landsleute die Jungen vor. Kinzas Aussichten waren offenbar sehr gering. Nein, er konnte nicht einfach an die Tür klopfen und sie zum Geschenk anbieten! Er musste einen besseren Weg ausfindig machen.

Nach und nach gewann ein Gedanke, der beinahe mit Sicherheit Erfolg haben musste, die Oberhand in ihm. Hatte die

Mutter nicht gesagt, der Heilige auf dem Bild habe nie ein Kind abgewiesen? Nun, er würde Kinza ganz einfach als Überraschung im Flur zurücklassen! Mochte sie sich selbst einführen, so gut sie es verstand! Wenn die Krankenschwester wirklich ihrem Heiligen glich, so konnte man sich auf sie verlassen. Sie würde solch ein hilfloses, heimatloses Geschöpfchen nicht in dunkler Nacht auf die Strasse hinauswerfen.

Hamid sprang über den Lichtstreifen und verbarg sich hinter dem Abfallhaufen. Da schüttelte er Kinza, bis sie gründlich wach war, und sprach dann sehr ernst mit ihr.

«Kinza, kleine Schwester», sagte er, «ich setze dich jetzt allein hierher, und du musst ganz ruhig bleiben und nicht schreien. Wenn du schreist, kommt eine Frau und haut dich ganz fest. Wenn du nicht schreist, kommt sie und gibt dir etwas Gutes zu schlecken.»

Das war eine Sprache, die Kinza vollkommen verstand. Von Schlägen, wenn sie sich nicht ruhig verhielt, wusste sie mehr als genug, und selten hatte sie mit Schreien bekommen, was sie wünschte. Und jetzt hatte sie grossen Hunger. Sie liess es sich deshalb gefallen, dass Hamid sie so gut als möglich zurechtzog und glattstrich. Er drückte ihr den welken Blumenstrauss in die Hand und trat mit ihr hinter dem Abfallhaufen hervor. Dann schob er die Tür einen Spalt weiter auf, hob Kinza über die Schwelle und setzte sie im dunklen Flur auf den Fussboden.

Drinnen war alles ruhig. Nur die Stimme der Frau war zu hören. Hamids Augen wurden auf einmal feucht, und ein schier unerträglicher Schmerz schnürte ihm das Herz zusammen. Nun würde Kinza ihm nie mehr gehören! In diesem Augenblick kam ihm so recht zum Bewusstsein, wie sehr er sie liebte. Als ein Zeichen seiner Liebe zog er seine letzte trockene Brotrinde aus dem Tuch und drückte sie ihr in die Hand. Dann liess er sie mit gekreuzten Beinchen sitzen, reichlich zerzaust und zerdrückt, in der einen Hand ein Büschel verwelkter Wiesenblumen und in der andern eine Brotrinde – der nichtsahnenden Missionarin zur Überraschung und Freude!

Obwohl Tränen seinen Blick verschleierten, fiel ihm beim Hinausgehen das Gesicht des Mannes auf dem Bild wieder auf. Der Mann schaute ja geradewegs auf Kinza herab. So hatte Hamid den Eindruck, dass er seine kleine Schwester im Schein dieses Lächelns zurücklassen durfte. Das war ihm ein Trost.

In eine Nische eines Hintergässchens gedrückt, versuchte er, sich die vor kurzem gehörten Worte in Erinnerung zu rufen: «Jesus sprach: Ich bin das Licht der Welt . . . statt Finsternis könnt ihr das Licht des Lebens haben.» So oder ähnlich war es gewesen. Aber was in aller Welt hatte es zu bedeuten?

Was war das: das Licht der Welt? Er dachte an die Lampe, die zu Hause in der Hütte brannte und flackernde Schatten an die Wand warf. Er dachte an die monderhellte Reise, die wandernden Sterne und den Sonnenaufgang auf dem Berg. Mondlicht, Sternenschimmer, Sonnenschein, Kerzenlicht, ja auch der gelbe Schein auf den Strassen der Stadt – es lag alles hinter ihm. Nun kauerte er mutterseelenallein in einem nachtschwarzen Hintergässchen, und der Mond war noch nicht hinter den Stadtmauern aufgegangen. «Ich bin das Licht der Welt.» Er dachte an Kinza und ihre immerwährende Nacht. Ob dieses Licht, das er nie gesehen hatte, sie je erreichen würde? Was hatte all das zu bedeuten? Wenn es nur nicht so dunkel wäre! Wenn er nur nicht solchen Hunger hätte! Wenn er nur Kinza hätte behalten können! Wenn er nur heimlaufen könnte zur Mutter . . .

Hier riss sein Gedankenfaden jäh ab, und er beugte sich erwartungsvoll vornüber. Eine Schar Buben kam die Gasse herabgelaufen, und an der Ecke, vor einem erleuchteten Fenster, wandten sie sich um und winkten. Sie redeten alle eifrig durcheinander, so dass er nicht hören konnte, was sie sagten. Aber er schnappte doch einzelne Sätze auf wie: «Wer ist es? ... Ein so kleines Mädchen! ... Wo ist wohl ihre Mutter?» Dann verschwanden die Jungen aus seinem Blickfeld, und die Gasse war wieder still.

Von seinem grossen Verlangen getrieben, selbst zu sehen, was mit Kinza geschehen war, schlich er auf den Zehenspitzen die Gasse hinauf und kletterte auf den Abfallhaufen. Die Tür, hinter der er Kinza abgesetzt hatte, war fest verschlossen, und drinnen war alles ruhig. Was war geschehen? In einem Zimmer im obern Stockwerk brannte Licht. Hamid überquerte die Strasse, lehnte sich an die gegenüberliegende Hauswand und starrte hinauf. Dort drinnen schritt eine Frauengestalt mit einem Kindlein in den Armen langsam am erleuchteten Fenster vorbei. Das Kindlein zeigte keine Spur von Furcht; es zappelte nicht und weinte nicht. Es lag ganz ruhig und betastete mit einer Hand das Antlitz, das sich über es beugte.

Da wusste Hamid: er hatte seinen Auftrag ausgeführt, sein Versprechen erfüllt. Mit Kinza war alles gut. Ihm selbst blieb wohl nichts anderes übrig, als hier im Freien zu übernachten. Er drückte sich hinter dem Abfallhaufen gegen die Mauer, zog sein einziges Kleidungsstück fester um sich, legte den Kopf auf den Arm und schlief bald ein. In seinen Träumen sah er, wie Kinza im Schein eines hellen Lichtstrahls sicher durch die Dunkelheit getragen wurde. Ob es die Arme der Frau waren, die sie so fest hielten, oder die Arme des Heiligen auf dem Bild, das hätte er nicht sagen können. Nur eines war gewiss, über jeden Zweifel erhaben: das Licht würde nie verlöschen, und die starken Arme würden Kinza nie, nie mehr loslassen.

Am darauffolgenden Morgen erwachte Hamid früh. Er war steif vor Kälte und schalt sich, dass er so unbesonnen gewesen war und so nahe beim Haus geschlafen hatte. Anderseits war es tröstlich zu denken, dass Kinza ganz in seiner Nähe weilte und dass vielleicht nur eine einzige Schicht Backsteine und Mörtel ihn von ihr trennte! Er überlegte, ob sie schon wach sei und was sie wohl treibe. Dann schlenderte er die Strasse hinunter bis zum verlassenen Marktplatz und fragte sich, was er machen wolle, wohin er gehen und vor allem, wo er sein Frühstück hernehmen solle. Er zweifelte nicht daran, dass Kinza aus dem Vollen schöpfte, und bereute fast, dass er ihr jene letzte Kruste gegeben hatte.

Die Stadt sah kein bisschen golden mehr aus. Die Verkaufsbuden waren mit Bretterläden verschlossen, und ein paar heimatlose Bettler lagen, noch fest schlafend, auf den Stufen der Moscheen. Nun, da er alles, wozu er hergekommen war, ausgeführt hatte, fühlte sich Hamid unsagbar matt. Er stand mitten auf dem Marktplatz und wünschte nur eines: er wäre zu Hause.

Da wurde seine Heimwehstimmung von einem wohlbekannten Laut unterbrochen: über seinem Kopf ertönte das rauhe Geklapper eines Storches und das Rauschen seiner grossen Flügel. Genauso strichen sie über ihm durch die Lüfte, wenn er auf seinen lieben heimatlichen Bergen die Herde ausführte! Hamid sah, wie der Storch seinem Nest, hoch oben auf dem Türmchen einer alten Festung, zuflog, dort landete und ein paar hungrige Schnäbel füllte. Dieser Anblick linderte das bedrückende Gefühl der Einsamkeit, das ihn befallen hatte. Störche waren für ihn ein Stück Heimat; nur nisteten sie zu Hause auf den Strohdächern, hier hingegen auf einem Schloss. Dieses Schloss hatte er bisher nicht bemerkt. Nun betrachtete er es mit Interesse. Er wusste nicht, dass es etwa 500 Jahre alt war; er fand nur, es sehe wirklich alt und baufällig aus, und fragte sich, ob ausser den Störchen sonst jemand darin hause. Dann bemerkte er, dass er vor einem alten Torbogen stand, hinter dem ein Garten lag.

Das Tor stand weit offen, und es schien niemand da zu sein, der etwas dagegen haben könnte, falls er eintrat. Kurzentschlossen stapfte Hamid die paar Stufen hinauf, trat auf den Zehenspitzen durch das Tor und stand im schönsten Garten, den er je gesehen hatte. Es war ein viereckiger Garten, der auf allen Seiten von einer grauen Mauer umgeben war, über die eine Menge blühender Glyzinien herabhingen. In der Mitte des Gartens plätscherte ein Springbrunnen, umgeben von grünen Rasenflächen und Blumenbeeten. War das eine Farbenpracht! Löwenmäulchen, Stiefmütterchen und Levkojen wuchsen wild durcheinander, und dahinter blühten Rosenbüsche und Orangenbäume. Die Rosen prangten in allen Farben: vom tiefsten Dunkelrot bis zum zartesten Hellrosa. Knospen wechselten ab mit voll erblühten und bereits verblühenden Rosen. Die Luft war schwer von Düften. Nie hätte sich Hamid träumen lassen, dass es so viel Schönheit geben könne. Er war ganz benommen und stand mit gefalteten Händen still, um alles in sich aufzunehmen. Und dort, was war das? Ein Käfig und darin ein imposanter Pfau, der stolz ein Rad schlug, während seine kleinen braunen Weibchen ihn bewundernd umringten.

Wenn der Garten das Schönste war, was Hamid je gesehen hatte, so war der Pfau das Wunderbarste. Beinahe eine halbe Stunde blieb er vor ihm stehen und betrachtete ihn eingehend. Dann schlenderte er weiter. Und siehe da, nun ging die Sonne auf, und im Nu war der ganze Garten wie verwandelt: Der Tau auf den Rosen wurde zu glitzerndem Silber, und die

Orangenblüten sahen auf einmal durchsichtig aus. Geblendet rieb sich Hamid die Augen, und zum erstenmal an diesem Morgen tauchten die halbvergessenen Worte vom Vorabend in seinem Gedächtnis auf: «Jesus sprach: Ich bin das Licht der Welt ... keine Finsternis mehr ... das Licht des Lebens.» Eine fröhliche Stimmung packte ihn. Er musste einfach laut aufjauchzen. Die drolligen Gesichter der Stiefmütterchen lachten mit, und um den Brunnen schimmerte ein Regenbogen. Doch – o weh! – mitten in diese Feststimmung hinein platzte ein Gartenaufseher und wies den Jungen zum Garten hinaus. Eigentlich hatte er kein Recht dazu, denn es war ein öffentlicher Garten. Aber Hamid wusste eben noch nicht, dass in der Stadt sämtliche zerlumpten Buben, auch die harmlosen, als verdächtig angesehen wurden.

Ziemlich niedergeschlagen trollte er sich zu einem andern Tor hinaus und stand dann auf einem offenen Platz. Dahinter erhob sich ein Gebäude, das ihm wie ein Palast vorkam, in Wirklichkeit aber bloss ein Hotel war. Die Stadt war am Erwachen, und die Händler machten ihre Läden auf. Hirten hielten Milch feil, und aus der Nähe drang ein herrlicher Geruch von gebackenen Kuchen und heissem Bratöl in Hamids Nase. Er war so hungrig, dass es ihm den Magen umdrehte.

In einer kleinen Bude war ein Mann damit beschäftigt, Heferinge zu backen. Er schien ausserordentlich viel Arbeit zu haben, denn er musste nicht nur die knusprigen Küchlein aus einem tiefen steinernen Becken, in dem das Öl brutzelte, herausfischen und für seine Kunden auf Grashalme aufziehen, sondern zwischendurch musste er auch noch das Feuer anfachen. Das schien ihn in sehr schlechte Laune zu versetzen. Jedenfalls brummte und knurrte er unaufhörlich vor sich hin.

Hamid kam dem wunderbaren Geruch so nahe, als ihm angeraten schien, und trat von einem Bein aufs andere. Dann hatte er einen Einfall: er ging mutig auf den Mann zu und fragte ihn, ob er einen Gehilfen brauchen könne.

Sillam, der Hefekuchen-Bäcker, musterte ihn eingehend. Der Junge, der ihm sonst half, war heute nicht wie gewohnt erschienen, und das machte ihm das Leben recht sauer. So war er denn eigentlich gern bereit, den erstbesten Jungen einzustellen, der ihm über den Weg lief. Diesen da hatte er noch nie gesehen. Vielleicht war er ein Spitzbub oder ein Dieb, aber bewiesen war das ja nicht. Sillam öffnete das Holzgitter und hiess Hamid eintreten.

«Nimm den Blasbalg», befahl er, «und fach mir dieses Feuer an. Und falls ich entdecke, dass du etwas nimmst, was dir nicht gehört, so ist der Polizeiposten gerade gegenüber!»

Hamid kauerte nieder und fing an zu blasen. Die Zeit verging; Hamid blies und blies. Er fühlte sich nicht recht wohl. Es war hier so heiss, dass die Luft um ihn her zitterte und dass alles vor seinen Augen verschwamm. Ausserdem versengten ihm hervorschiessende Flammen das Gesicht. Er wusste nicht, dass manch kleiner Junge vor ihm die Hitze nicht ertragen hatte und dass er dem Meister mit seiner stillen Ausdauer gefiel. Die Flammen schlugen hoch, das Öl zischte und prasselte im Becken. Da hörte er wie aus weiter Ferne die Stimme des Meisters sagen: «Genug», und er richtete sich taumelnd auf. Ihm war ganz schwindlig.

«Stell dich hierher und zieh die Heferinge auf», befahl der Meister, und Hamid lehnte sich an den Ladentisch, froh, in tiefen Zügen die frische Luft einatmen zu dürfen. Er arbeitete recht geschickt. Wohl verbrannte er sich zuweilen die Fingerspitzen, aber das kümmerte ihn wenig, hatte er doch solchen Hunger, dass er an nichts anderes mehr denken konnte als an die nagenden Schmerzen in seinem Innern. Aber er bemerkte doch, dass der Marktplatz sich allmählich belebte und dass eine ganze Schar zerlumpter, schmutziger kleiner Gesellen herumlungerte und ihn mit prüfenden Blicken musterte. Es dämmerte ihm, dass es nicht mehr allzulange dauern konnte, bevor er sich irgendwie mit ihnen auseinanderzusetzen hatte.

Hamid hatte etwa zwei Stunden gearbeitet, als der Meister plötzlich fragte:

«Hast du etwas zum Frühstück gehabt?»

«Nein», erwiderte Hamid, «und gestern zum Abendessen auch nichts.»

Da reichte ihm der Meister eine Anzahl heisser, knuspriger Heferinge. Mit einem tiefen Seufzer der Erleichterung grub Hamid die Zähne in das erste Stück. Doch die kleinen Buben, die auf den Pflastersteinen sassen, hatten plötzlich etwas Feindseliges in den schwarzen Augen. Auch sie waren hungrig, und dieser Fremde da hatte eine beneidenswerte Stellung erobert.

Der Laden wurde mitten am Vormittag geschlossen, weil Heferinge nur als Frühstücksgebäck gekauft wurden. Der Meister gab Hamid zu verstehen, dass er mit seiner Arbeit zufrieden sei und ihn am folgenden Tag wieder brauchen könne. Dann reichte er ihm ein kleines Geldstück, und Hamid, glücklich wie ein König, stolperte über den Marktplatz und überlegte, wie er sein Vermögen am vorteilhaftesten ausgeben könne. Er blieb vor einem Stapel klebriger grüner Zuckerstangen stehen und wünschte sehnlich, etwas davon für Kinza zu kaufen. Aber Kinza hatte wahrscheinlich keine grünen Schleckereien mehr nötig. Und überhaupt, vielleicht hatte sie ihn in dem Luxus ihrer neuen Umgebung bereits vergessen! Plötzlich würgte es ihn wieder im Hals. Entschlossen schob er den Gedanken an Kinza von sich und widmete seine ganze Aufmerksamkeit einem Bäckerladen.

Und da geschah es, dass eine Stimme an seiner Seite fragte:

«Wer bist du?»

Der so gefragt hatte, war ein Junge in Hamids Alter mit einem glattgeschorenen, fleckigen Kopf und einem Gewand, das aus einem bedruckten Zuckersack angefertigt und sicher einmal weiss gewesen war. Es war eine seltsame Gestalt. Aber die schwarzen Augen blickten klug und aufgeweckt und gar nicht unfreundlich auf Hamid.

«Ich bin vom Lande», antwortete Hamid schüchtern.

«Warum bist du in die Stadt gekommen?»

«Um Arbeit zu finden.»

«Wo sind deine Eltern?»

«Tot.»

«Wo wohnst du?»

«Auf der Strasse.»

Der kleine Städter, der sich Ayaschi nannte, nickte zustimmend und sagte vergnügt:

«Ich hab auch keine Mutter mehr, und mein Vater ist in die Berge gegangen. Ich wohne auch auf der Strasse und manche von den andern Jungen dort unter dem Baum auch. Jetzt sag ich dir etwas: Kauf uns ein Brot mit dem Geld, das dir der Meister gegeben hat, und gib uns allen ein Stück. Dann gehörst du zu uns, und wir zeigen dir, wohin wir am Abend zum Abendessen gehen.»

Die zuversichtliche Redeweise des Jungen und seine frohmütige Art, sich mit seiner Heimatlosigkeit abzufinden, nahmen Hamid gefangen. Er hätte willig sein Geldstück dem Jungen

zu Füssen geworfen, um sich solch eine Freundschaft zu sichern! «Dann gehörst du zu uns» – das waren wundervolle Worte. Rasch kaufte Hamid das Brot und erstand mit dem Rest des Geldes eine Handvoll bittere, schwarze Oliven. Dann folgte er seinem Beschützer zum Eukalyptusbaum, der in der Mitte des Platzes stand und in dessen Schatten die Bande sich gelagert hatte. Er händigte die Esswaren aus, damit sie unter alle verteilt würden, und die Jungen fielen heisshungrig darüber her. Hamid blieb aus Schüchternheit mit seinem Teil etwas abseits von den andern sitzen. Obwohl keiner sich zu einem «Dankeschön» aufschwang, hatte die willige Gabe ihr Werk getan. Von diesem Tag an war Hamid tatsächlich einer der Ihren.

Es war eine merkwürdige Gesellschaft, der er in dieser Stunde im innersten Herzen Treue schwor, eine Gesellschaft, die durch das gemeinsame Band der Verwahrlosung, der Unwissenheit und der Armut verbunden war. Ihre Uniform bestand aus Lumpen und Fetzen. Es waren Kinder, die niemals Liebe erfahren hatten, heimatlose Geschöpfe, für die niemand sorgte. So vielem waren sie von jeher ausgesetzt gewesen, dass sie nun zäh und abgehärtet waren, dazu rasch und erfinderisch, mussten sie doch von ihren Einfällen leben. Sie stahlen, logen und fluchten gewohnheitsmässig. Aber im Grunde waren sie noch immer fröhlich und mutig, ungebrochen durch Hunger und bitterkalte Wintermonate, und sie holten soviel wie nur möglich aus den kargen Freuden ihres Lebens heraus. Diese unverhoffte Mahlzeit zum Beispiel genügte, um sie alle in strahlende Laune zu versetzen. Lachend und schmausend, mit untergeschlagenen Beinen, hockten sie beieinander wie eine Schar munterer Äffchen. Das harte Gestern war vergessen, an das unsichere Morgen brauchte man vorerst nicht zu denken. Heute war ein guter Tag, und den wollten sie geniessen.

Hamid, der sie insgeheim beobachtete, fühlte seine Brust schwellen vor Stolz darüber, dass er bei diesen Jungen sitzen durfte. Er war unter einfachen Landkindern aufgewachsen und hatte nie solche Buben kennengelernt. Er fand sie grossartig – so unverschämt schmutzig, so verwegen, so männlich und unabhängig! Wenn er doch werden könnte wie sie! Er rutschte näher an sie heran, um ihnen ihre Manieren abzugucken und ihre Lebensweise zu erfahren.

Aus ihren Gesprächen schloss er, dass sie ihren Unterhalt auf alle erdenkliche Art und Weise verdienten. Einige arbeiteten an bestimmten Wochentagen am Webstuhl, andere halfen wie er in Hefekuchen-Buden. Alle bettelten zu Zeiten und lungerten um das Hotel herum, wo die entfernte Möglichkeit bestand, einem Touristen den Koffer zu tragen oder den Wagen zu bewachen. Einige schliefen bei ihren Leuten, in Löchern, die «daheim» hiessen, andere schlüpften in die Moscheen. Das Leben war etwas Unsicheres und Aufregendes. Es gab nur ein einziges Ereignis im Tageslauf dieser Jungen, mit dem sie bestimmt rechnen konnten, und das war das Abendessen im Haus der englischen Krankenschwester.

Eben besprachen sie die aussergewöhnlichen Dinge, die sich am vorigen Abend dort zugetragen hatten. Es handelte sich um ein kleines, fremdes Mädchen, sagten sie, das keiner von ihnen je gesehen hatte. Niemand wusste, woher es kam. Es hatte der Krankenschwester die Arme entgegengestreckt und sie Mutter genannt; sonst hatte man nichts aus ihm herausgebracht. Daraufhin hatte die Schwester es auf den Arm genommen und in ihr Zimmer getragen, und heute wollte sie nach den Eltern forschen.

«Und wenn sie sie nicht findet?» fragte einer der kleinen Lausbuben. «Setzt sie es dann auf die Strasse?»

Ayaschi warf ihm einen strafenden Blick zu.

«Das wird sie nicht tun», entgegnete er zuversichtlich.

«Wie kannst du das wissen? Warum nicht? Es ist ja nicht ihr Kind?» rief die Bande durcheinander. Doch Ayaschi sagte schlicht:

«Weil sie ein reines Herz hat.»

Der übrige Teil des Tages verlief recht angenehm. Ayaschi, der sich in Hamids Bewunderung sonnte, führte ihn durch die ganze Stadt und dann durchs obere Tor hinaus an den Bergeshang, um ihm die Quelle zu zeigen, die durch einen Felsspalt aus dem Berginnern hervorbrach. In Zeiten der Dürre, wenn alle Quellen versiegen, sprudelt dieses Wasser, weil es aus grosser Tiefe kommt, unveränderlich in einem eiskalten Strom hervor, speist die zahlreichen Brunnen der Stadt und bewässert die ganze Gegend. Nun begriff Hamid, weshalb hier die Wiesen so grün und die Kornfelder so golden waren.

Zur Mittagszeit trieben sich die Jungen beim Hotel herum. Nach einer Weile schleuderte ein Kellner ein paar angebrochene Brötchen und Fleischstücke, die auf den Tellern der Gäste übriggeblieben waren, auf die Strasse hinaus, und die Jungen stürzten sich darauf wie eine Horde wilder Hunde. Dann liessen sie sich rund um den breiten Stamm des Eukalyptusbaumes nieder und verschliefen die Hitze des Tages im Schatten seiner weit ausholenden Äste.

Und dann wurde es Abend. Die Sonne verschwand hinter dem Türmchen der Festung, die Storchenmutter stand auf einem Bein auf dem Rand ihres Horstes und hob sich scharf vom rosaroten Hintergrund ab. Hamid hielt sich an Ayaschi. Mit einigen andern Jungen hockten sie auf ein paar Steinstufen und sahen den Landleuten zu, die in die Stadt hereinströmten. Morgen war Markttag, und die Leute, die von weit her kamen, würden für die Nacht ihre Säcke längs der Mauer ausbreiten und neben ihrer Ware schlafen. Bei hereinbrechender Dunkelheit zündeten die Ladeninhaber ihre Lampen wieder an, und bald kamen noch weitere Jungen von ihren mancherlei Beschäftigungen und gesellten sich zu ihren Kameraden.

«Kommt», sagte Ayaschi, der eine führende Stellung unter ihnen einzunehmen schien, «jetzt macht sie bald die Tür auf!»

Er gab Hamid ein Zeichen, ihm zu folgen, aber dieser zögerte. Er war in einem grossen Zwiespalt: der Hunger und das brennende Verlangen, sich zu überzeugen, ob mit seinem Schwesterchen alles in Ordnung sei, trieben ihn vorwärts; die Vorsicht aber hielt ihn zurück. Wie, wenn er gezwungen sein sollte, in Kinzas Gegenwart zu sprechen? Sie würde seine Stimme sofort erkennen und in seine Arme laufen, und schon wäre der Verdacht geweckt... Die Jungen waren bereits am Gehen. Ayaschi schaute nochmals zurück und rief ungeduldig:

«So komm doch!»

Aber Hamid schüttelte den Kopf:

«Ich komme nicht.»

Er blieb auf seiner Treppenstufe sitzen, stützte den Kopf in die Hände und starrte trübselig auf den Marktplatz herab. Tagsüber war er in Ayaschis Gesellschaft ganz vergnügt gewesen. Aber jetzt vergass er den neuen Freund über dem verzehrenden Heimweh nach Mutter und Kinza. Bald machte er sich bittere Vorwürfe, dass er so dumm gewesen war und die Einladung zum Mitkommen ausgeschlagen hatte. Er hätte doch wenigstens einen Blick von Kinza erhaschen und merken können, ob sie glücklich sei oder nicht; er hätte ihre süsse Plauderstimme gehört – ach, er musste sie wieder hören! Wieviel er auch damit aufs Spiel setzte, er musste versuchen, Kinza zu sehen!

Mit einem plötzlichen Entschluss erhob sich der Junge. Er brauchte ja nicht ins Haus hineinzugehen. Er konnte einfach, wie er es gestern getan hatte, bis zur Haustür schleichen und durch den Türspalt gucken. Vielleicht war Kinza in der Nähe, oder er konnte sie wieder im obern Zimmer sehen. Wie ein Dieb mit einem schlechten Gewissen bog er in die stille Gasse ein und strebte den Hausmauern entlang auf die offene Tür und den Lichtstreifen zu.

Vorsichtig spähte er ins Haus. Aber es war nichts zu sehen noch zu hören von Kinza. Nur die Jungenstimmen murmelten etwas Unverständliches und sangen dann schrill und laut. Kinza war anscheinend nirgends. Er aber befand sich in einer gefährlichen Lage. Er suchte darum hinter dem Abfallhaufen Schutz. Da liess er seinen Tränen freien Lauf. Jetzt waren sie alle, seine kleine Schwester wie seine neuen Freunde, durch die offene Tür hineingegangen, dorthin, wo es hell und schön war und zu essen gab – nur er allein musste draussenbleiben.

Da geschah etwas Unerwartetes. Die Tür wurde von innen aufgestossen, und die Krankenschwester trat auf die Strasse hinaus, um zu sehen, ob noch Nachzügler kämen, bevor sie mit der Kinderstunde begann. Hamid achtete nicht auf sie, da sie leise auftrat und er ganz mit seinem Schmerz beschäftigt war. Aber die Schwester hörte das herzzerreissende, unterdrückte Schluchzen und schaute sich um.

Und was sah sie? Auf den Abfällen kauerte ein kleines Häuflein Elend und weinte sich fast die Augen aus. Sie trat einen Schritt näher. Hamid sprang erschreckt auf. Aber sie stand zwischen ihm und der Freiheit, er konnte nicht entfliehen. Was blieb ihm anderes übrig, als mit dem Handrücken die Tränen wegzuwischen und diese Frau entgeistert anzustarren? Nie hatte er jemand gesehen, der ihr im entferntesten geglichen hätte.

«Warum kommst du nicht herein?» fragte sie.

Es lag eine Einladung in ihrer Frage, und er spürte das. Langsam ging er auf sie zu. Sie wartete ruhig, um ihn ja nicht einzuschüchtern. Als er nahe genug herangekommen war, streckte sie ihm die Hand entgegen. Er legte seine schmierige kleine Rechte hinein und schritt zuversichtlich über die Schwelle.

Gemeinsam betraten sie das hell erleuchtete Zimmer. Hamid blieb an der Schwelle stehen und nahm sich Zeit, alles gut zu betrachten. Das Zimmer war lang und weiss getüncht; nach maurischer Sitte lagen Matratzen den Wänden entlang, und eine Schilfmatte bedeckte den Fussboden. Am einen Ende des Raumes standen ein Tisch und einige Gestelle mit Reihen von Fläschchen darauf. Am andern Ende hockten in einem Halbkreis die Jungen. An der Wand gegenüber aber hing das Bild mit dem Heiligen, der auf die heimatlosen Gassenjungen herablächelte, genauso, wie er auf Kinza herabgelächelt hatte.

«Komm», forderte ihn die Krankenschwester auf, «setz dich zu den andern. Ich will euch etwas zeigen.»

Ayaschi grinste ihn strahlend an, und Hamid schlängelte sich in den Halbkreis hinein, um sich neben ihn setzen zu können. Wenn sie nur wieder singen wollten! Er hätte so gern gehört, was es gewesen war! Aber anscheinend war das Singen zu Ende, und sie warteten alle darauf, dass die Krankenschwester ihnen etwas zeige. Hamid musterte verstohlen die erwartungsvollen Gesichter und fand seine Kameraden nicht mehr so haushoch überlegen, wie sie ihm tagsüber vorgekommen waren. Irgendwie sahen sie jetzt viel jünger und kindlicher aus. Vorher waren sie ihm wie weltgewandte Männer erschienen. Jetzt waren sie für eine kleine Weile bloss verlangende Kinder, denen die Rechte der Kindheit vorzeitig geraubt worden waren. Sie alle lauschten einer – ach! – so schönen Geschichte von Liebe und Schutz und Geborgenheit – lauter Dinge, die sie nie gekannt hatten.

Die Schwester liess sich auf einer Matratze vor ihnen nieder und zeigte ihnen ein kleines, merkwürdiges Buch. Es war ganz anders als der Koran, das einzige Buch, das Hamid je von innen gesehen hatte. In diesem Büchlein stand gar nichts geschrieben – zum Glück, denn keiner der Anwesenden konnte lesen! Das Büchlein enthielt bloss vier leere Seiten, und jede Seite war von einer anderen Farbe.

Die erste Seite war wunderschön, ganz golden und glänzend. Die Schwester hob das Büchlein in die Höhe und sprach von einer goldenen Stadt, hell erleuchtet vom Licht der Liebe Gottes. Hamid musste an den vorigen Abend denken, als er zum erstenmal erleuchtete Strassen gesehen hatte. Aber er wusste seither, dass es trotz der vielen Lampen Hunger, Krankheit, Einsamkeit und Unfreundlichkeit in dieser Stadt gab. In der Stadt Gottes aber, so behauptete die Schwester, gab es nichts Derartiges; da herrschte lauter Freude, Licht und Güte.

«Dort möchte ich wohl hin», dachte Hamid. «Da wäre es noch schöner als in unserm Dorf: keine Angst, kein Streit, keine Blindheit.»

Während er noch über die goldene Gottesstadt nachdachte, hatte die Krankenschwester schon das Blatt gewendet. Die nächste Seite war ganz schwarz, und die Schwester sagte, das sei wie die Finsternis und Traurigkeit in den Herzen derer, die Böses getan haben. Über Bösestun hatte Hamid sich bisher nie Gedanken gemacht. Ja, er hatte überhaupt noch nie daran gedacht, dass irgendetwas «böse» sein könnte. Selbstverständlich stahl er, wenn er Gelegenheit dazu hatte, und natürlich log er, wenn er sich damit Prügel ersparen konnte. Warum auch nicht? Nun, es schien einen Grund dafür zu geben: keine Finsternis konnte je in die goldene Stadt des Lichts eingehen; für die Sünde blieb die Tür verschlossen.

Versonnen blickte Hamid in die Runde. Wie tiefschwarz mussten er und all seine Freunde sein! Schon die Lumpen, die Hände und Füsse und Gesichter waren schwarz von Schmutz und Strassenstaub. Und wenn die Krankenschwester recht hatte, waren ihre Herzen ebenso schwarz: schwarz vom Lügen und Stehlen, von hässlichen Worten und Schlägereien. «Schade!» dachte Hamid und sah im Geist, wie eine Schar von schmutzigen kleinen Jungen vor den Himmelstüren abgewiesen wurde und in die Finsternis zurückschlich.

Aber das war nicht das Ende. Die Schwester schlug eine rote Seite auf und erzählte eine unerhört seltsame Geschichte. Gottes Sohn, dessen Name Jesus war, hatte anscheinend die schmutzigen Jungen lieb und wollte sie in seiner hellen Stadt haben. Deshalb war er auf die Erde herabgekommen, um unter ihnen zu leben. Und schliesslich war er gestorben, um eine Strafe zu erleiden für Sünden, die er nie begangen hatte. Die Kinder hatten gesündigt, und Jesus war bestraft worden. Und die rote Seite bedeutete, dass er einen grausamen Tod erlitten hatte und das rote Blut aus seinem Körper geströmt war. War das denn recht? Er hatte ja nichts Böses getan. Eigentlich waren es die Kinder, die Strafe verdienten.

Das Schönste an der Geschichte kam aber erst noch. Nun konnten nämlich, weil Jesus gestraft worden war, solch böse, schmutzige, verlogene Kinder Vergebung empfangen. Wenn sie ihrer Sünde den Rücken kehrten und baten, Gott möge ihnen vergeben, weil Jesus ihre Strafe getragen habe, wurden ihre schwarzen Herzen genauso wie die folgende Seite des Büchleins: fleckenlos weiss! Solche Kinder wurden weiss genug, um geradewegs ins Licht der goldenen Stadt hineinzugehen; trotz der durchdringenden Helle fand man kein Flecklein Schmutz an ihnen. So vollkommen sauber und rein konnten sie werden.

Hamid sah sich selbst und seine schmutzigen Kameraden nicht mehr. Er musste an die Blumenblätter der Orangenblüten denken und wie durchsichtig sie im hellen Sonnenlicht aussahen. Er sah die Flügel der Storchenmutter vor sich, wenn die Sonnenstrahlen darauf fielen. Und dann sah und dachte er überhaupt nichts mehr, denn die Krankenschwester hatte aufgehört zu sprechen und brachte zwei tiefe Schüsseln voll dampfenden Reis herein und reichte grosse Stücke Brot herum. Die Jungen teilten sich in zwei Gruppen und fielen heisshungrig über das Essen her. Es war erstaunlich, mit welcher Geschwindigkeit es ihnen gelang, die Schüsseln zu leeren. Es war das reinste Wettessen, in dem jeder das meiste für sich zu erhaschen suchte. Keiner sprach ein Wort, ehe nicht das letzte Körnchen und die letzte Krume verschwunden waren. Am Ende rieben sie die leeren Schüsseln mit ihren schmierigen Fingern blank. Dann erst liessen sie sich wieder mit untergeschlagenen Beinen auf ihren Plätzen nieder und bestürmten die Schwester mit Fragen über das am Vorabend im Flur aufgefundene Mädchen.

«Sie ist noch immer bei mir», sagte die Krankenschwester und lächelte, als komme ihr etwas Lustiges in den Sinn. «Sie schläft droben in meinem Zimmer.»

Hamid beobachtete die Schwester scharf. Nein, es schien sie nicht zu verdriessen, dass Kinza noch immer bei ihr war. Sie fuhr fort:

«Ich bin heute mit der Kleinen durch die ganze Stadt gegangen. Aber niemand kennt sie oder weiss, wer die Eltern sind. Sie ist blind, und wahrscheinlich will niemand sie haben.»

«Was wollen Sie denn mit ihr anfangen?» fragten die Buben im Chor.

«Nun, ich werde sie wohl vorläufig behalten müssen. Was sollte ich sonst tun?» Und die Schwester lachte tatsächlich! Hamid hätte beinahe mitgelacht, so erleichtert war er. Ein unbändiges Verlangen, das schlafende Schwesterlein zu sehen, ergriff ihn, und all seine Ängstlichkeit fiel von ihm ab. Er wartete, bis seine Kameraden sich vor ihrer Gastgeberin verneigt und ihr die Hand geschüttelt hatten. Als sie im Dunkeln verschwanden, blieb er im Flur zurück. Das Herz schlug ihm wie wild, aber er redete die Schwester mit ruhiger, fester Stimme an und sagte:

«Ich bin aus einem Dorf, in dem es zwei oder drei kleine blinde Mädchen gibt, deren Eltern manchmal hierher auf den Markt kommen. Zeigen Sie mir die Kleine. Vielleicht kann ich Ihnen sagen, wem sie gehört.»

Erstaunt schaute die Krankenschwester auf ihn herab. Wer weiss, was hinter dem steckte, was der Junge da sagte. Es war ihr schon aufgefallen, wie müde und abgemagert er aussah, wie wundgelaufen seine Füsse zu sein schienen, und wie gierig er über sein Essen hergefallen war. Sicher hatte er einen weiten Weg hinter sich. Die Schwester war froh, dass sie den Jungen genötigt hatte, in ihr Haus zu kommen. Nun führte sie ihn die Treppe hinauf in ein Zimmer, wo Kinza selig schlafend auf einer Matratze lag.

Die Kleine sah ganz verändert aus, denn sie war gebadet worden und hatte dabei ziemlich viel von ihrer ursprünglichen Hautfarbe eingebüsst. Ihr Haar war ebenfalls gewaschen und auch etwas zurückgeschnitten worden; es hing ihr nicht mehr in wilden Strähnen über die Augen herab, sondern ringelte sich in weichen dunkeln Locken um ihre Stirn. Das alte Kleidchen war gegen ein sauberes weisses Nachthemd eingetauscht worden, und Hamid dachte im stillen: Wahrhaftig, sie ist so sauber, dass sie ohne weiteres in die helle himmlische Stadt eingehen könnte! Er konnte sich nicht satt sehen an seinem Schwesterlein. Doch dann gab er sich einen Ruck und besah sich die Umgebung. Der Raum war einfach und in einheimischem Stil ausgestattet. Doch über den Matratzen lagen hübsche Decken, auf den Gestellen standen Bücher, und an den Wänden hingen Bilder. Das ganze Zimmer war hell erleuchtet. Hamid hatte das Gefühl, als wäre Kinza ihm irgendwie entwachsen und durch goldene Tore in ein neues Land, ein Land des Lichts, eingetreten. Wie gern wäre er bei ihr geblieben! Aber das war nicht möglich, er wusste es wohl. Betrübt sah er an seinem abgetragenen Gewand herab und kam sich vor wie ein ausgestossener kleiner Sünder, der an solch einem schönen Ort nichts zu suchen hatte.

«Ich kenne sie nicht», sagte er ernsthaft. «Sie ist nicht aus meinem Dorf.»

Schweigend folgte er der Krankenschwester die Treppe hinab. Sie öffnete ihm die Tür, und er trat auf die Strasse hinaus. Und hier, auf der Grenzlinie zwischen Licht und Finsternis, blickte er der Frau ins Gesicht und griff nach der Hand, die so gütig gewesen war gegen Kinza.

«Sie sind gut!» sagte er schlicht. «Ihr Essen ist gut. Ihre Lehre ist gut. Ihr Herz ist gut. Gott erbarme sich über Ihre Vorfahren!»

Und damit rannte er davon, und die Nacht verschluckte ihn.

Hamid konnte seinen Posten in der Hefekuchen-Bude halten und wurde ein gewiegter kleiner Ladenhelfer. Er arbeitete angestrengt, so dass der Meister im allgemeinen nett zu ihm war und ihm regelmässig sein Frühstück und ein Geldstück gab. Damit kaufte sich Hamid ein Mittagessen; für das Abendessen sorgte die Schwester. Er schlief mit Ayaschi am Eingang zur Moschee, und so lange die Sonne schien und das warme Wetter anhielt, war er glücklich. Das Leben war lustig und abwechslungsreich, und es gab genug zu tun. In der Erntezeit ging er mit seinen Freunden auf die Felder hinaus und half bis zum Einbruch der Dunkelheit die Garben zur Dreschtenne tragen. Dann durften sie jeweils auf einem Haufen Spreu übernachten. Später verdingten sie sich als Olivenpflücker und stopften im geheimen so viele Oliven wie möglich in den eigenen Mund. An heissen Tagen badeten sie im Bergbach, der aus der immer sprudelnden Quelle floss, und wuschen sich dabei den ganzen angesammelten Schmutz weg. Wenn sie an solchen Abenden bei der Schwester zum Essen erschienen, erkannte sie sie im ersten Augenblick kaum wieder.

Fünf Abende in der Woche verbrachten sie im Haus der Schwester und hörten sich die Geschichten von Jesus an. Hamid kannte nun schon eine ganze Menge Geschichten. Er wusste, dass Jesus gar kein Heiliger gewesen war, sondern der Sohn Gottes, der in die Welt kam. Er wusste, dass die Kranken, die Lahmen und die Blinden sich um ihn geschart hatten und von ihm geheilt worden waren. Wie sehr wünschte Hamid, er hätte damals gelebt! Ohne eine Sekunde zu verlieren, hätte er Kinza zum Heiland gebracht, und er hätte ihr die Augen geöffnet. Er wusste, dass Jesus an einem Kreuz gestorben war, mit ausgestreckten Armen, als wollte er alle Menschen umfangen. Und wie die Heiligen in diesem Land war er in ein Felsengrab gelegt worden. Aber mit diesem Unterschied: die Heiligen blieben in ihren Gräbern, wo man sie Jahr für Jahr aufsuchte; Jesus aber hatte der Tod nicht festhalten können. Er war wieder ins Leben zurückgekehrt, hatte das Grab verlassen und war am ersten Tag der Woche in einem wunderschönen Garten gesehen worden, einem Garten, der bestimmt dem Schlossgarten bei Sonnenaufgang geglichen hatte.

Hamid wusste auch, dass Jesus in die goldene Stadt des Lichts zurückgekehrt war und dort zur Rechten Gottes weiterlebte, und dass der lebendige Geist Jesu bereit war, in die Herzen kleiner Jungen zu kommen, um sie gut zu machen. Einmal hatte die Krankenschwester gesagt, dass er an ihre Herzenstür klopfe, worauf Hamid unter seinem schäbigen Gewand die Hand auf die Brust gelegt und ernsthaft ausgerufen hatte:

«Ich kann ihn hören! Er klopft an meines, so: tap, tap, tap!»

Aber die Schwester hatte erklärt, das sei bloss sein eigenes Herz, welches so klopfe; wenn der Herr Jesus anklopfe, könne man es weder mit den Händen spüren noch mit den Ohren hören. Wenn man aber ein grosses Verlangen habe, ihm zu öffnen, dann wisse man, dass er angeklopft habe. Inzwischen war Hamid aber mit seinen Gedanken bereits anderswo gewesen, so dass dieses Thema ihn vorläufig nicht mehr interessiert hatte. Ihn hatte nämlich auf einmal die Frage beschäftigt, was es wohl heute zum Abendessen geben werde.

Der Sommer ging in den Herbst über; die Nächte wurden kälter und länger. Die silberglänzenden Birken draussen vor den Stadtmauern färbten sich golden und begannen ihre Blätter abzuwerfen. Dann regnete es zum erstenmal, und die Bauern dankten Gott dafür, denn ihre versengten Felder und vor Dürre aufgesprungenen Äcker sahen bedenklich aus. Aber die Bettler in der Stadt hassten den Regen. Sie wickelten sich fester in ihre feuchten Lumpen und verkrochen sich fröstelnd und schimpfend in die Nischen der Stadtmauer.

Im Hotel gab es keine Touristen mehr und folglich auch keine Wagen zu bewachen und kein Gepäck zu tragen. Auf diese Weise hatten Hamid und seine Freunde doch manches Geldstück verdient. Nun galt es, den Verstand zu gebrauchen und den Gürtel enger zu schnallen. Ayaschi lehrte Hamid die eigentümlichen, unkindlichen Bettlerrufe, und dann zogen sie miteinander durch die nassen Strassen und wehklagten vor den beschlagenen hölzernen Türen der reichen Leute. Manchmal brachten sie eine ganze Menge essbarer Reste zusammen, andere Male gar nichts. Es war alles so unsicher wie das Novemberwetter und die Laune des Hefekuchen-Bäckers. Das einzige Angenehme, worauf man wirklich zählen konnte, waren die Abend-Mahlzeiten bei der Schwester.

Sie zündete nun jeden Tag ein Kohlenfeuer für «ihre» Jungen an und liess sie frühzeitiger ins Haus. Tropfnass drängten sie sich oft über den Flur ins Zimmer hinein und liessen schwarze Wasserflecken und Fußspuren hinter sich zurück. Dann scharten sie sich um das Feuer und versuchten ihre blaugefrorenen Finger zu wärmen, und allmählich hörten ihre Zähne auf zu klappern. Sie rückten etwas vom Feuer ab, dampfend zwar, aber zufrieden und willig, anzuhören, was immer ihre Wohltäterin ihnen zu sagen wünschte.

Die Kleiderfrage war gegenwärtig brennend. Wind und Regen rissen manchem die Lumpen vollends vom Leibe, und Hamid fragte sich manchmal, wie lange sein dünnes Sommergewändchen noch zusammenhalten würde. Irgendwelche Aussichten, es zu ersetzen, wenn es einmal endgültig in Stücke zerfallen sollte, hatte er keine. Einige seiner Kameraden hatten sich Säcke erbettelt oder gestohlen und wickelten sich hinein, aber Hamid gehörte nicht zu diesen Glücklichen.

Kinza hingegen kannte keine Kleidersorgen. Sie begleitete die Schwester stets, wenn sie ausging, und Hamid sah die Kleine oft über den Marktplatz trippeln. Ihre Beinchen waren in den vergangenen zwei Monaten erstaunlich rund und kräftig geworden. Über ihrem sauberen Maurenkleid trug sie ein rotwollenes Strickjäckchen und ein braunes Mäntelchen. Sie hatte Gummistiefel an den Füssen und ein wollenes Käppchen auf den dunklen Locken. Sie sah geradezu herzerfrischend gesund und munter aus, und Hamid, der möglichst nahe an sie heranpirschte, war ungeheuer stolz auf sein Schwesterlein.

Es schüttete erbarmungslos auf die Kinder herab, die wieder einmal über die glitschigen Pflastersteine rannten und an die Tür ihres Zufluchtsortes hämmerten. An der Schwelle schüttelten sie sich wie nasse Pudel und drängten sich dann keuchend und schneuzend zum Feuer. Der Schwester gab es einen Stich ins Herz; denn es schien ihr, als hätte sie ihre Schar noch nie in solch jämmerlichem Zustand gesehen. Nie war ihr der Lebenskampf dieser Buben so hart vorgekommen wie heute. Doch die Gesichter, die sich ihr zuwandten, waren noch immer vergnügt und keck und die schwarzen Augen lebhaft. Sie staunte über so viel ungebrochenen Lebensmut.

Aber eine der wohlbekannten kleinen Gestalten fehlte: ein schmächtiger, kleiner Knirps, der seit Monaten regelmässig gekommen war.

«Wo ist Abd-el-Khader?» fragte die Krankenschwester. «Warum kommt er schon zum zweitenmal nicht?»

«Er kann nicht», antwortete einer der Buben unbekümmert. «Seine Lumpen sind ganz kaputtgegangen, und er hat halt keinen Vater, der für ihn sorgt. Jetzt hat er gar nichts anzuziehen, und er muss zu Hause bleiben, bis die Mutter genug zusammengespart hat und ihm einen Zuckersack kaufen kann.»

Niemand schien sich etwas daraus zu machen, und der Abend verlief wie gewohnt. Aber die Krankenschwester sah im Geist einen kleinen Jungen vor sich, der sich in einer finstern Hütte an ein Bündel zerfetzter Lumpen klammerte und erbärmlich fror. Und als die Mahlzeit beendet war, wandte sie sich an Hamid, der immer gern ein wenig zurückblieb, wenn die andern weggingen, und fragte ihn:

«Weisst du, wo Abd-el-Khader wohnt?»

Hamid nickte.

«Oben vor der Stadt, nahe bei der Kaktushecke. Aber der Weg ist wie ein Bachbett. Sie könnten jetzt nicht hinkommen.»

«Ich glaube doch. Und wenn du ein paar Gurdas* verdienen willst, kannst du mich hinführen.»

Hamid nickte begeistert. Für ein paar Gurdas lohnte es sich, gegen jede Menge Regen und Schmutz anzugehen. Und ausserdem hatte er Abd-el-Khader gern. Hamid wartete am Fuss der Treppe, während die Krankenschwester hinaufging, um aus einem Bündel getragener Kleidungsstücke etwas Geeignetes herauszusuchen. Und während des Wartens streiften seine neugierigen Augen umher. Er war noch nie allein hier gewesen; dieses neue Erlebnis behagte ihm sehr. Er steckte die Nase in den Raum zur Linken und entdeckte, dass es eine kleine Küche war mit Gestellen an den Wänden und einem Ölherd. Auf einem der Gestelle stand eine Porzellanschüssel mit Eiern, und zwar eben tief genug, dass er sich bedienen konnte, wenn er wollte.

Hamid zauderte. Er konnte nicht zählen, wohl aber die Krankenschwester; vielleicht würde sie es merken, wenn er zwei nahm. Anderseits sind rohe Eier, durch ein kleines Loch am obern Ende ausgesaugt, etwas Köstliches, und schon lange hatte Hamid kein Ei mehr gegessen. Es schien ihm doch der Mühe wert, die Sache zu wagen. Wenn er draussen vor der Tür auf die Schwester wartete, konnte sie in der regendunklen Nacht nichts sehen, und selbst wenn sie später etwas merkte, konnte sie nicht beweisen, dass er es gewesen war.

Hamid nahm ein Ei in jede Hand, schlüpfte zur Tür hinaus und wartete im Dunkeln. Er brauchte nicht lange zu warten. Die Schwester erschien bald darauf mit einem Paket, einem Schlüssel und einer starken Taschenlampe. Damit hatte Hamid allerdings nicht gerechnet. Jungen, die sich nachts auf den Strassen herumtreiben, entwickeln die reinsten Katzenaugen und denken wahrlich nicht an Taschenlampen.

---

* Kleines Geldstück im Wert von 2 Rappen oder Pfennigen

«Komm», sagte die Krankenschwester, «du kannst unter meinen Regenumhang schlüpfen. So könnten wir beide im Licht gehen.»

Aber zu ihrer Verwunderung wollte Hamid nicht im Licht gehen. Er schien im Gegenteil sorgfältig darauf bedacht zu sein, den Lichtkegel zu meiden, und strich in der Gosse an den Hausmauern entlang. Es war sehr dunkel und schlüpfrig, und ein- oder zweimal glitt er fast aus. Krampfhaft umklammerten seine Finger die kostbaren Eier.

«Warum willst du nicht mit mir mitten auf der Strasse gehen?» fragte die Schwester verständnislos. «Im schlüpfrigen Strassengraben fällst du mir bestimmt noch hin!»

«Es geht schon», murmelte Hamid. Wie elend war ihm zumute! Er fürchtete sich regelrecht vor dem breiten Lichtkegel, und die Eier schienen ihm je länger je weniger den Aufwand wert zu sein. Wenn er sie nur wieder loswerden könnte! Und doch wollte er sie gerne festhalten.

Das helle Licht der Taschenlampe liess die Finsternis ringsum noch dunkler erscheinen, und als es nun durch steile Hintergässchen bergauf ging, konnte Hamid überhaupt nicht mehr sehen, wohin er trat. Plötzlich stolperte er über eine Stufe, die er nicht bemerkt hatte, und fiel mit einem scharfen Ruck vornüber. Vor Schmerz und Schrecken stiess er einen schrillen Schrei aus, so dass die Schwester, die einige Schritte voraus ging, sich schnell umwandte und die Lampe auf ihn richtete.

Was sah sie? Einen Jungen, der schleunigst auf seine Füsse krabbelte und dessen Gewand über und über mit nasser schwarzer Erde und klebrigem Eigelb bedeckt war. In den Händen hielt er zerbrochene Eierschalen, und seine Knie bluteten. Sie begriff sogleich, was geschehen war. Er wäre gern davongerannt, aber sie hielt ihn fest, und er brach vor Angst in Tränen aus. Er hatte keine Ahnung, was sie mit ihm vorhatte. Vielleicht holte sie die Polizei und liess ihn ins Gefängnis werfen. Vielleicht prügelte sie ihn mitten auf der Strasse durch. Was sie auch tun oder nicht tun mochte, auf alle Fälle würde sie ihn nie mehr in ihrem Haus dulden. Er hatte sich das Recht auf den einzigen Zufluchtsort, den er auf der Erde kannte, verwirkt. Nie mehr würde er jene Stätte der Wärme und des Lichts betreten dürfen. Er war ausgeschlossen, und es war einzig und allein seine Schuld.

Mitten in sein Schluchzen hinein ertönte die ruhige Stimme der Krankenschwester.

«Komm mit mir», sagte sie. «Du hast dir die Knie aufgerissen. Wir wollen heimgehen und sie verbinden. Und nachher kannst du mir den Weg nochmals zeigen.»

Sie hielt ihn fest, und schweigend gingen sie zurück. Sie traten wieder in das stille, warme Haus ein, und die Schwester schloss die Tür ab.

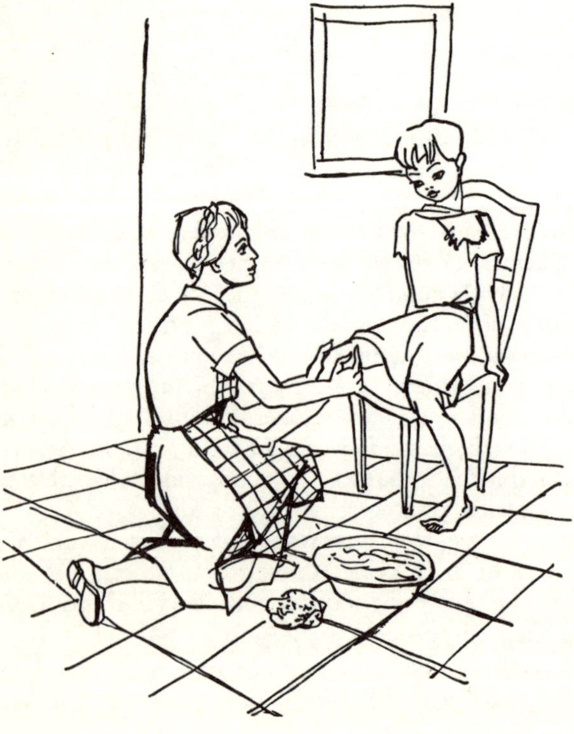

Wortlos und beschämt wusch er sich die Hände an einem Wasserhahn, worauf ihm die Krankenschwester befahl, sich zu setzen. Sie holte ein Becken mit warmem Wasser und wusch ihm die beschmutzten Knie, bis die Risse und Schürfungen ganz sauber waren. Dann strich sie Salbe darauf und legte einen Verband an, und als sie damit zu Ende war, betrachtete sie ihn prüfend. Er sass in sich zusammengesunken, ein Häuflein Elend. Über seine Wangen liefen helle Spuren: die Tränen hatten Furchen durch den Schmutz gezogen.

Noch immer wortlos stieg sie die Treppe hinauf zu dem Kleiderbündel und kam bald darauf mit einem reinen Hemd und einem geflickten grauen Wollpullover zurück. Dann holte sie nochmals warmes Wasser und Seife und wusch ihn vollends sauber, worauf sie ihm die frischen Kleider anzog und sich neben ihn setzte.

Staunend schaute er zu ihr auf. Das war das allererste Mal, dass er jemandem begegnete, der Böses mit Gutem vergalt, und er konnte es nicht begreifen. Anstelle von Gefängnis und Schlägen hatte er Pflege und schöne, saubere Kleider erhalten.

«Hamid», sagte die Krankenschwester, «weisst du, weshalb du hingefallen bist? Weil du nicht mit mir im Licht gehen wolltest. Und du hast Angst gehabt, im Licht zu gehen, weil du meine Eier gestohlen hattest.»

Keine Antwort.

«Du verdienst es nicht, je wieder hierher zu kommen. Aber die Eier gehörten mir, ich hatte sie bezahlt, und deshalb will ich dir vergeben. Nur musst du mir versprechen, dass du in meinem Haus nie mehr etwas stiehlst.»

Hamid nickte.

«Und bedenke», fuhr die Krankenschwester sehr langsam und ernst fort, «es war wegen dieser Sünde, dass du nicht mit mir im Licht gehen konntest. Der Herr Jesus sagt, dass er das Licht der Welt ist. Er möchte, dass du die ganze Zeit, jeden Tag, mit ihm gehst, bis du in sein helles, herrliches Vaterhaus kommst. Aber vorher musst du ihm deine Sünden bekennen und ihn bitten, alle die Sündenflecken wegzuwaschen und dich rein zu machen, geradeso wie ich die Erde und das Eigelb von dir weggewaschen habe. Dann kannst du das Böse hinter dir zurücklassen und dicht neben ihm im Licht bleiben.»

Hamid schaute auf seine saubern Kleider und seinen makellosen Verband herunter und begriff. Die Eier, die ihm so wünschenswert geschienen hatten, waren weg. Aber er wünschte sie nicht mehr herbei. Er hatte Vergebung empfangen; er war gewaschen worden; er war jetzt sauber. Die Schwester hatte ihn zurückgebracht in die Wärme und Geborgenheit ihres Hauses. Sie würden jetzt gleich wieder in die Dunkelheit hinausgehen, um Abd-el-Khader in seiner Hütte zu besuchen, aber nun würde alles anders sein. Er würde unter den weiten, warmen Regenumhang der Krankenschwester schlüpfen, vom Regen geschützt sein und dicht neben ihr hergehen. Er würde nicht straucheln und sich auch nicht mehr vor dem Licht fürchten. Er hatte ja nichts mehr zu verbergen. Sie würden beide miteinander dem hellen, ruhigen Lichtstrahl folgen. O wie freute er sich darauf!

Eine halbe Stunde später hatten sie ihr Vorhaben ausgeführt und kehrten zurück. Der Wind heulte an den Felswänden hinter der Stadt, und der Regen fegte in kalten Schauern die Strassen hinauf. Warm und getröstet schlüpfte Hamid unter dem Regenumhang hervor und wollte sich an der Türschwelle verabschieden.

«Wo schläfst du eigentlich?» fragte die Schwester.

«In der Moschee.»

«Hast du denn eine Wolldecke?»

«Nein.»

«Ist es nicht sehr kalt?»

«Heute, mit meiner neuen Jacke, werde ich nicht frieren.»

«Hör, für diesmal kannst du zu mir hereinkommen und in der Poliklinik schlafen. Das Feuer brennt noch.»

Auf dem Teppich liegend, mit einer Wolldecke zugedeckt, blieb der Junge für die Nacht allein. Nachdenklich blickte er in die erlöschende Glut. Die Ereignisse des Abends beschäftig-

Eines Morgens krochen Hamid und Ayaschi zähneklappernd
us ihrer Moschee und stellten fest, dass die Olivenhaine und
ie Berge oberhalb der Stadt mit Schnee bedeckt waren.

Es gab aber nicht nur nasse, sondern auch schöne Tage. An
olch sonnigen Tagen stachen die Gipfel blendendweiss gegen
en tiefblauen Himmel ab, und die Luft war prickelnd kalt.
as waren Tage, die den Appetit der Jungen anregten und ihre
ulse rascher fliegen liessen. Dann konnte es vorkommen, dass
amid und Ayaschi, seit langem dicke Freunde, miteinander
e Stadt verliessen. Sie kletterten über die zerbröckelnde obere
auer und dann über die Felsen hinauf, bis sie zur Affen-
dlung am Berg kamen. Die schreienden, schwatzenden Ge-
höpfe, die mit Steinen nach den Jungen warfen, gefielen
en ungemein. Auch sie sprangen und schwatzten, schrien und
rfen Steine, bis es einem Zuschauer schwer gefallen wäre,
sagen, welches die Affen und welches die Jungen waren.

Jetzt aber nahte das Schaffest, das grosse Ereignis des mau-
hen Winters. Auf den Strassen stauten sich die gemästeten,
geschüchterten Schafe, die an Stricken über die Pflastersteine
chleppt wurden und erbärmlich blökten. Die Kinder hin-
gen sassen auf den Mäuerchen rings um den Marktplatz,
melten mit den Beinen und fanden den ganzen Betrieb
hst unterhaltsam. Keiner hatte sie je gelehrt, barmherzig
en die Tiere zu sein. Das verzweifelte Zerren und Zappeln
er dem Tod geweihten Tiere liess sie kalt. Ebenso die fliegen-
eckten Wunden an den Flanken der Lastesel, die lebenden
ner, die an den Beinen zum Verkauf aufgehängt waren,
die halbverhungerten Gassenkätzchen. Das waren alltäg-
e Anblicke, und die Jungen dachten sich nichts dabei. Sie
en in ihrem eigenen Leben nicht allzuviel Freundlichkeit
hren; weshalb sollten sie da andern Geschöpfen gegen-
freundlich sein?

ten ihn. Er hatte etwas gelernt, das er nie mehr v wollte. Plötzlich richtete er sich auf, legte, wie die M daner es beim Beten tun, die hohlen Hände aneina flüsterte andächtig die Liederverse, die allen marok Kindern, die von Missionaren unterrichtet werden, sind:

Gib mir ein reines Herz, o mein Herr und mein G
Nimm meine Sünden weg durch das Blut meines
Führe mich zum Himmel, zu deiner Wohnung, o

Hell und klar zog der Morgen des grossen Festtages ins Land. Die Stadt hallte wider von den Angstschreien der Schafe, die in der Gosse geschlachtet wurden. Jede wohlhabende Familie schlachtete ein Schaf für sich, während arme Haushaltungen sich zu dritt oder viert in eines teilten. Auf dem Marktplatz spielten sich grosse Zeremonien ab, geleitet von den hohen Würdenträgern der Stadt und der Moscheen in ihren prächtigen Gewändern und Turbanen. Eine volle Woche assen die Leute Schaffleisch, das sie auf alle möglichen Arten zubereiteten, bis ihnen schliesslich beim blossen Geruch übel wurde. Was dann noch an Fleischstücken übrigblieb, wurde zum Trocknen aufgehängt.

Für die Bettelkinder war diese Woche ein einziges, ununterbrochenes Freudenfest, denn jedermann war bei glänzender Laune und daher freigebig. Es wurden sogar für die Allerärmsten ausserhalb des Wassertores auf der Bergseite Festmahle veranstaltet. Dabei kamen Hamid und Ayaschi ausserordentlich gut weg, gelang es ihnen doch, trotz dem wachsamen Auge des Gesetzes unbehelligt von einem Kochtopf zum andern zu laufen. Nie sah man sie herumschwirren, aber sie waren immer und überall mit dabei. Weshalb das Fest gefeiert wurde, hätten sie nicht sagen können. Das kümmerte sie auch nicht. Die Hauptsache war, dass sie eine ganze Woche lang essen konnten, soviel sie wollten. Ein- oder zweimal vergassen sie sogar das Abendessen bei der Krankenschwester.

Als alles vorüber war, waren sie allerdings dankbar, wieder hingehen zu dürfen, und die Schwester freute sich, sie wieder zu sehen. Behaglich ums Kohlenfeuer gelagert, erzählten sie ihr die ganze aufregende Geschichte der vergangenen Woche. Sie beschrieben ihr, wie das Stadtschaf geschlachtet worden war; man hatte es tödlich verwundet auf einen Wagen geladen und von galoppierenden Pferden zum maurischen Regierungsgebäude bringen lassen. Verendete das Schaf unterwegs, so bedeutete es Unglück und magere Ernten für die Stadt. Aber diesmal, so berichteten die Jungen aufgeregt, war das Schaf nicht unterwegs gestorben; es hatte die Reise überlebt. Folglich würde es der Stadt im kommenden Jahr gut gehen. Sie selbst waren mit der kreischenden Menge neben dem Wagen hergerannt, jawohl, und sie hatten mit eigenen Augen gesehen, dass es nicht gestorben war. Die Schwester schauderte. Sie fragte, ob das Schaf nicht furchtbar gelitten habe. Aber die Jungen zuckten bloss die Achseln und breiteten die Hände aus, die Handflächen nach oben gekehrt, was bedeutet: Wir wissen es nicht, und es ist uns einerlei!

Die darauffolgende Woche war ausnehmend kalt und rauh. Ein schneidender Wind fegte durch die Gassen, und die Jungen konnten kaum warten, bis sie eingelassen wurden. Sobald sie aber über die Schwelle gepurzelt waren, blieben sie staunend stehen. Anstelle des gewohnten elektrischen Lichtes strahlte ihnen sanfter Kerzenschimmer entgegen. In der Mitte des Raumes stand ein kleiner Tisch und darauf, im Halbkreis, mehrere Kerzen. Silberne Olivenzweige waren im Kranz um die Kerzen gelegt. Und auf dem Fussboden lag, als gälte es, ein Picknick abzuhalten, auf einem bunten Tuch ein Festessen ausgebreitet: Nüsse, Mandeln, Rosinen, Bonbons, Orangen, Bananen, Zuckerplätzchen und Honigkuchen. Auf einem Tablett in der Ecke stand auch eine Teekanne, umringt von Gläsern. Der Teekessel summte vergnügt auf dem Feuer. Der ganze Raum strömte eine Atmosphäre warmer Gastlichkeit aus. Und die kleine Kinza hatte für das Fest aufbleiben dürfen. Sie sass mit erwartungsvollem Gesichtchen auf einem Kissen und umschlang mit beiden Armen einen grossen rotweiss-gestreiften Gummiball.

«Heute ist das Fest der Christen», erklärte die Schwester der verwunderten Jungenschar, die Mund und Augen aufsperrte. «Und ich habe gedacht, wir wollten es zusammen feiern. Es ist das Geburtstagsfest unseres Herrn Jesus Christus. Er ist die grösste Gabe, die Gott uns gegeben hat, und deshalb machen wir einander an seinem Fest auch Geschenke. Das ist der Grund, warum Kinza einen Gummiball bekommen hat und weshalb ich euch Süssigkeiten und Früchte gekauft habe.»

Hei, war das ein Fest! Die Kinder fühlten sich zwar anfangs ein bisschen eingeschüchtert durch das ungewohnte Kerzenlicht und die festliche Stimmung. Aber nach und nach lösten sich ihre Zungen, die Zehen und Fingerspitzen tauten auf, und ihre Wangen röteten sich. Munter schwatzten und assen sie drauflos und schlürften ein Glas süssen, heissen Pfefferminztee nach dem andern. Einen Teil der Früchte und Süssigkeiten verstauten sie vorsorglich in ihren Kleidern – für später!

Hamid konnte den Blick nicht von Kinza wenden. Sie trug ihr schönstes Kleidchen, ein blaues Festkleid, und ihre Lokken ringelten sich wie ein Kranz um ihr Köpfchen. Wie rund und kräftig sie geworden war! Er musste an das blasse, schlechtgekleidete Schwesterlein vom vorhergehenden Winter denken, an den Schmutz, die Armut, das ganze Elend in seinem Dorf und in dieser Stadt. All das schien hier ausgeschaltet zu sein; hier war man wie abgeschnitten von der harten Aussenwelt und in einen warmen, freundlichen, von Kerzenschimmer erhellten Kreis eingeschlossen. Die Jungen unterhielten sich über Feste im allgemeinen, und er begann sich dem Geplauder anzuschliessen. Er erzählte vom Schaffest in seinem Dorf, und die Schwester, die sein Mienenspiel beobachtete, freute sich über ihn. Sie fand, er habe sich in der letzten Zeit verändert. Er hatte ihr zwar nie gesagt, was an dem Abend, an dem er die Eier gestohlen hatte, geschehen war; aber sein ganzes Auftreten war anders geworden. Er war kein scheuer kleiner Fremdling mehr; Abend für Abend nahm er zuversichtlich und erwartungsvoll seinen Platz ein, und sein ganzes Wesen schien die Botschaft von der Liebe Jesu hungrig in sich aufzunehmen. Wie gern hätte die Krankenschwester gewusst, was in dem Kinderherzen vorging!

Auf einmal merkte sie, dass sich vor ihren Augen etwas Seltsames abspielte. Kinza war aufgestanden, und es lag ein Ausdruck auf ihrem Gesicht, den die Schwester nie zuvor bemerkt hatte: ein leises, dämmerndes Erinnern, so als dringe ein lieber, doch längst vergessener Ton an ihr Ohr. Und nun, mit zögernden Bewegungen, jedoch durch Tastsinn und Gehör fast so sicher geführt wie andere durch ihr Augenlicht, näherte sich Kinza dem Sprechenden und blieb unbeweglich, angespannt lauschend neben ihm stehen.

Zu irgendeiner andern Zeit hätte Hamid tausend Ängste ausgestanden, sein Geheimnis könnte entdeckt werden, und er hätte wahrscheinlich Kinza von sich gestossen. Doch heute herrschte in diesem Zimmer solch ein Geist des Wohlbehagens, dass Furcht und Misstrauen ausgeschaltet waren. Hamid achtete auf niemand mehr, sondern legte den Arm um sein Schwesterlein und zog es an sich. Und Kinza, die zwar nicht wusste, wer er war, und nur der Anziehungskraft der einst geliebten Stimme gefolgt war, schmiegte sich an ihn und strahlte ihn glückselig an. Mit wachsendem Erstaunen beobachtete die Schwester den Vorfall, und plötzlich fiel ihr auf, wie ähnlich die beiden einander waren. Eine Reihe von Einzelheiten, die bisher belanglos geschienen hatten, fuhren ihr durch den Kopf: das beinahe gleichzeitige Auftauchen der Kinder aus dem Nichts; Hamids seltsame Bitte, Kinza im Schlaf sehen zu dürfen; die merkwürdige Art, wie er sie im geheimen auf der Strasse beobachtete, und anderes mehr. Die Schwester war auf einmal fest überzeugt, dass die beiden Geschwister waren. Doch, mochte sie recht haben oder nicht, das hatte praktisch keine Bedeutung. Hamid würde kaum je sein Geheimnis preisgeben, und sie ihrerseits hatte kein Verlangen, sich von Kinza zu trennen. Sie konnte nur ahnen, welch trauriges Schicksal diese beiden kleinen Landstreicher in die weite Welt hinausgetrieben hatte, und sie staunte über die gütige Hand Gottes, die sie in den sichern Hafen ihres Hauses geführt hatte.

Auch die übrigen Kinder wurden aufmerksam.

«Sie kennt ihn», tuschelten sie untereinander und warfen sich verstohlene Blicke zu. Aber die Gegenwart der Schwester hinderte sie, ihre Gedanken laut werden zu lassen, und bald schwemmten weitere Gläser Pfefferminztee diese Gedanken hinweg.

Als das Festmahl zu Ende war, wies die Schwester auf ein weisses Tuch an der Wand. Sie blies die Kerzen aus, und im Dunkeln erschienen Bilder an der Wand. Den Jungen kam es wie Zauberei vor, und sie guckten sich vor Spannung und Verwunderung fast die Augen aus.

Zuerst war eine junge Frau zu sehen. Sie klopfte an die Tür einer Herberge, wurde aber abgewiesen, weil man keinen Platz für sie hatte. Sie tat Hamid leid. Auch er hatte ja am ersten Abend sehnsüchtig durch das Tor der Herberge geschaut. Aber er hatte kein Geld gehabt und deshalb auf dem Kehrichthaufen schlafen müssen. Die Frau war in einen Stall gegangen. Das nächste Bild zeigte sie dort mit ihrem Mann und den Tieren. Dann aber war etwas Wunderbares geschehen: sie hatte ihren ersten Sohn geboren, ihn in Windeln gewickelt (genau wie die Mutter es mit Kinza gemacht hatte) und in eine Krippe gelegt. Kinza hatte eine hölzerne Wiege gehabt, aber dieses Kind gehörte jedenfalls ganz armen Leuten, heimatlosen, verstossenen Menschen, wie er einer war.

Doch nein – was sagte die Schwester eben? Das Kindlein in der Wiege war der Herr Jesus Christus, zu dessen Ehre alle Christen das Fest der Gaben feierten! Er war Gottes grosse Gabe, und er war freiwillig in die Welt gekommen. Der Stall auf dem Bild sah recht düster aus, nur von einer einzigen Kerze erhellt, während doch das Vaterhaus des Sohnes Gottes im Himmel in Herrlichkeit und Liebe erstrahlte. Warum nur hatte er es verlassen?

Die Krankenschwester erklärte es: «Als er reich war, wurde er arm um euretwillen.» Er verliess das Reich des Lichtes und kam wie ein heimatloses, ausgestossenes Kind in unsere Dunkelheit, um heimatlose, ausgestossene Kinder in die Geborgenheit seines Vaterhauses zu führen.

Ein drittes Bild folgte. Da waren Hirten zu sehen, die nachts auf den Feldern ihre Herden hüteten. Hamid dachte an seine Ziegen und die vielen Tage, die er am Bergeshang mit ihnen zugebracht hatte. Aber schon war ein anderes Bild an der Reihe: Der Engel des Herrn erschien, und die Herrlichkeit Gottes umstrahlte die Hirten. Wie sie sich fürchteten! Die Schafe aber anscheinend nicht. Die grasten ruhig weiter unter den ausgebreiteten, leuchtenden Flügeln des Engels. «Euch ist heute der Heiland geboren», verkündete der Engel den Hirten. Aber nicht einmal der offene Himmel und die singenden Heerscharen der Engel schreckten die Herde auf. Hamid musste plötzlich an die Todesschreie der Schafe denken, die am ersten Festtag zur Schlachtbank geführt wurden. Hier wurde weder geschrien noch geschlachtet, es herrschte Frieden auf der Erde.

Das letzte Bild erschien auf der Leinwand. Die Hirten hatten ihre Herden unter der Obhut des Engels zurückgelassen, und da waren sie nun, barfuss, in ihre groben Felle gehüllt, und knieten anbetend vor der Krippe nieder. Wieder musste Hamid an das Schaffest denken, an die Reichen und die Grossen des Landes, die in Festgelagen schwelgten und die Reste den Bettlern und Hunden zuwarfen. Mit diesem Christenfest war es etwas ganz anderes. Es war Kinzas Fest, weil Jesus ein Kind geworden war, das in den Windeln lag. Es war sein, Hamids Fest, weil der König des Himmels heimatlos geworden war und wie ein Ausgestossener beim Vieh im Stalle lag. Es war das Fest der Landleute, weil die Hirten die ersten gewesen waren, die das Kind anbeteten, und weil Maria, die Mutter des Kindleins, ein armes Landmädchen gewesen war. Und schliesslich, fand Hamid, war es auch das Fest der stummen, geplagten Tiere; denn die müden Ochsen mit ihren vom Joch gebeugten Schultern waren nahe zur Krippe herangerückt, und niemand hatte sie weggestossen. Sie alle waren dem Kind ganz nah, verbunden durch das gemeinsame Band der Hilflosigkeit, der Armut und Heimatlosigkeit.

Es war vorbei. Die Krankenschwester drehte das Licht an, und das letzte Bild verblasste auf der Leinwand. Vom Fest blieben nur noch heruntergebrannte Kerzen, Papierchen von Bonbons, Orangen- und Nußschalen übrig. Aber die Erinnerung an eine Liebe, die gab, an eine Liebe, die arm wurde, geleitete Hamid auf die nasse Strasse hinaus. Kinza stand im Türrahmen und winkte den in der Dunkelheit verhallenden Schritten nach, und als Hamid an ihr vorbeiging, streckte er schüchtern die Hand aus und strich ihr liebkosend über das Haar.

Die andern Jungen waren vorausgeeilt. Hamid schlenderte versonnen hintendrein. Die Lichtbilder standen ihm noch deutlich vor Augen, er spürte den Regen nicht. Als er so unter einer matt brennenden Strassenlaterne herging, drang plötzlich ein spitzes, schrilles Miauen an sein Ohr. Er schaute hinunter und bemerkte ein winziges, tropfnasses, zum Gerippe abgemagertes Kätzchen, das sich hinter einem Abzugsrohr zu verbergen suchte.

In den elf Jahren seines jungen Lebens hatte Hamid viele halbtote Kätzchen auf der Strasse gesehen. Nie hatte er sich auch nur eine Sekunde lang darum gekümmert. Aber heute war es anders. Weshalb, das hätte er selbst nicht erklären können. Doch hatte er sich nicht soeben zu einem Kind hingezogen gefühlt, das demütig, sanft und mitfühlend gewesen war? Ohne dass Hamid es wusste, waren die ersten Samenkörner dieser Gesinnung in sein Herz gefallen. Zu seiner eigenen Verwunderung stellte er fest, dass das elende Geschöpf ihm nicht gleichgültig war. Er hob es auf und drückte es an sich. Es war so mager, dass die Haut unmittelbar über die Knochen gespannt schien; laut klopfte das Herz des verängstigten Tieres gegen seine Hand.

Was mit diesem Kätzchen zu geschehen hatte, war für Hamid keine Frage. Es gab e i n e offene Tür, wo es willkommen sein musste! Kinza würde sich bestimmt darüber freuen. Warum sollte er ihr das Kätzchen nicht als Weihnachtsgeschenk bringen?

Hamid trottete über die nassen Pflastersteine zurück und klopfte bei der Krankenschwester an. Als sie die Tür öffnete, streckte er ihr voller Zuversicht das zitternde, elende Geschöpfchen entgegen.

«Es ist für Kinza, ein Geschenk zum Fest. Es ist arg hungrig und ganz kalt, drum habe ich es Ihnen gebracht.»

Die Schwester zögerte. Ein halbtotes Kätzchen, mit Wunden und Ungeziefer bedeckt, das war eigentlich das Allerletzte, was sie sich jetzt wünschte. Sogleich aber erkannte sie, was hinter dieser Gabe lag, und sie wusste, sie durfte sie nicht abweisen. Eine grosse Freude erfüllte sie bei dem Gedanken, dass die Bemühungen dieses Abends nicht umsonst gewesen waren: Wenigstens e i n kleiner Junge hatte den Sinn des Weihnachtsfestes erfasst. Er wollte etwas geben, und er hatte sich über ein ausgestossenes Kätzchen erbarmt. Es war das allererstemal in ihrer Laufbahn als Missionarin, dass die Schwester einem Maurenkind gegenüberstand, dem die Leiden eines Tieres nahegingen.

So nahm sie die Gabe dankbar und freudig entgegen. Mit den Fingerspitzen trug sie das Tierlein zu einer Kiste, die beim Ofen stand, und besprengte es ausgiebig mit Insektenpulver. Dann stellte sie ihm ein Schälchen Milch hin; das Kätzchen hob keck den Schwanz und leckte die Milch aus. Ja, es war ein zähes, tapferes Kätzchen, unbesiegt von den Schlägen des Schicksals. Es war es wert, gerettet zu werden.

Und während die Krankenschwester dem Kätzchen zusah, blitzte vor ihrem inneren Auge ein Bild auf, das sie zum Lachen reizte. Es war ihr, als sähe sie die weihnachtlichen Gaben der

Liebe aller Zeiten und aller Menschen vor der Krippe aufgehäuft: das Gold, den Weihrauch und die Myrrhe; die Huldigung des Himmels; die Schätze und Anbetung der Erde. Und zuoberst auf dem glänzenden Haufen, kostbar in den Augen dessen, dem es dargebracht wurde, stand ein mageres, von Flöhen geplagtes Kätzchen mit spitzem Schwanz – die Erstlingsgabe eines kleinen, mitfühlend gewordenen Bubenherzens.

Viele, viele Kilometer weit entfernt, unter andern Weihnachtssternen, wurde ebenfalls ein Fest gefeiert. Mit dem Fest im Haus der Krankenschwester hatte es das eine gemeinsam: auch hier waren die Kinder strahlend, restlos, wunschlos glücklich.

Im übrigen war es ein völlig verschiedenes Fest. Anstelle von Orangen, Nüssen und Bonbons gab es Schokoladeplätzchen, süsse Speisen und einen grossen Weihnachtskuchen, und anstelle von schmutzigen, nassen Lumpen trugen die Kinder bunte Kleider und Pullover. Die Mädchen hatten helle Bänder in den Haaren. Nichts schien zum Glück dieser Kinder zu fehlen. Doch als der Festschmaus und die Spiele zu Ende waren und die Kinder sich zum Liedersingen um den Weihnachtsbaum scharten, stieg in allen anwesenden Erwachsenen eine grosse Traurigkeit hoch, am allermeisten aber in der kleinen, neunjährigen Jenny.

Das war nämlich ein Blindenheim, und die kleinen Sänger mit ihren im Kerzenschein strahlenden Gesichtern konnten weder den Lichterbaum noch die Geschenke sehen. Sie hatten ihre Mahlzeit sehr genossen, mit ungetrübter Freude Spiele gemacht, und jetzt sangen sie von ganzem Herzen und ganzer Seele. Jenny aber, die zwischen ihren Eltern sass und zuhörte, stieg es auf einmal heiss in die Augen. Sie war überzeugt: wenn sie wie diese Kinder Tag für Tag im Finstern leben müsste, sie könnte nie mehr glücklich sein! Sie schloss die Augen und versuchte sich vorzustellen, wie das sein müsste. Aber der blosse Gedanke kam ihr schon so entsetzlich vor, dass sie die Augen rasch wieder aufriss und den Kindern zusah.

Sie sangen eben ein Lied, das auch Jenny in der Schule gelernt hatte:

Wir haben seinen Stern gesehn
in unsrer tiefen Sündennacht.
Sein Glanz zog aus mit Himmelsmacht.
Wir mussten zu dem Kripplein gehn.

Wir sahen ihr ins Angesicht,
der Liebe aus des Vaters Schoss.
Da ward uns klein, was sonst uns gross,
und wir ergaben uns dem Licht. Marta Volmer

Jenny war ein praktisch veranlagtes Kind und fragte sich sofort, weshalb man diese Kinder solch ein Lied gelehrt habe. Was nützte es denen, von leuchtenden Sternen zu singen, wo sie doch ihr Leben lang im Finstern bleiben mussten? Zwar musste sie sich eingestehen, dass kein einziges Kind unglücklich aussah. Nach dem Gesichtsausdruck jedes einzelnen hatte man meinen können, sie hätten wahrhaftig den Weihnachtsstern mit seinem Glanz erblickt—ferne zwar, aber doch klar und deutlich.

Jenny verstand gut, wovon das Lied handelte. Sie hatte selbst in der Schule mitgeholfen, einen wunderschönen Wandfries für das Klassenzimmer anzufertigen. Der Hintergrund war aus dunkelblauem Papier gewesen, das den nächtlichen Himmel darstellen sollte. Die Kinder hatten Figuren angemalt, ausgeschnitten und dann aufgeklebt: drei Kamele mit farbigem Geschirr und drei weise Männer mit wallenden Bärten und prächtigen Schatzkästchen, dazu einen leuchtenden Stern, der auf eine bescheidene Hütte herabschien, in der eine Mutter mit ihrem Bübchen spielte. Und eben dieses Bübchen, das spürte Jenny, ohne es erklären zu können, war das himmlische Licht, dem die Weisen zustrebten.

Da stiess die Mutter Jenny an. Die Kinder hatten aufgehört zu singen, und jedermann klatschte, bloss Jenny nicht, die mit ihren Gedanken weit weg war. Mit einem Ruck kam sie in die Gegenwart zurück und fing sehr laut an zu klatschen, um ja den blinden Kindern zu zeigen, wie gut das Singen ihr gefallen habe. Darauf hielt jemand eine Rede, und dann war alles vorbei. Tastend und schwatzend umringten die Kinder ihre

Gäste, und die Kleinsten, die ebenso schläfrig wie glücklich waren, wurden zu Bett getragen. Die Grösseren aber drängten sich zur Haustür, wo sie winkend und rufend ihre Gäste verabschiedeten. Das war das letzte, was Jenny von ihnen sah: lauter rotbackige, lachende Gesichter und fröhlich winkende Hände.

Auf dem Heimweg war Jenny sehr still. Ihre Mutter fürchtete, sie sei übermüdet, und hiess sie sogleich zu Bett gehen. Jenny war nämlich krank gewesen, und ihre Mutter hatte sie eigentlich an diesem Abend nicht mitnehmen wollen. Aber Jenny hatte mit Bitten angehalten, bis sie, wie gewohnt, ihren Willen durchgesetzt hatte.

Jenny kuschelte sich wohlig unter ihre rosaseidene Daunendecke und überblickte prüfend ihre feine Ausstellung von Weihnachtsgeschenken: die Bücher und Spiele, das mollige neue Hauskleid, die kleine goldene Armbanduhr und das Reiseköfferchen. Die Bescherung war sehr zu ihrer Befriedigung ausgefallen, und das allerschönste Geschenk stand unten im Stall: ein Pony, das ihr allein gehörte! Zum erstenmal in ihrem jungen Leben, in dem sich bisher alles um sie selbst gedreht hatte, stieg der Gedanke in ihr auf, dass sie im Grunde ein sehr bevorzugtes Kind sei. Sie musste an die blinden Kinder denken, die ihre Spielsachen gar nicht sehen konnten, und an die Kinder in Marokko, die überhaupt keine Spielsachen, ja oft nicht einmal etwas zu essen hatten. Ihre Tante Rosmarie arbeitete unter solchen Kindern und hatte ihr in ihrem Weihnachtsbrief von ihnen erzählt. Jenny war ganz erfüllt davon. Was die Tante ihr geschrieben hatte, war für Jenny wie eine noch nie gehörte, aufregende Geschichte gewesen, ein Guckloch in eine fremde Welt, in der Kinder in Lumpen herumliefen, im Freien übernachteten und ihr Leben selbst verdienten; eine Welt, in der kleine Kinder krank wurden, bloss, weil sie nicht genug zu essen hatten. Jenny selbst war von jeher ganz vernarrt gewesen in kleine Kinder. Aber die einzigen, die sie je von nahem gesehen hatte, waren von Kinderschwestern in weissen Häubchen eifersüchtig gehütet worden, so dass keine Rede davon sein konnte, die

Kleinen in die Arme zu nehmen. Jene andern kleinen Kinder waren bestimmt zu arm, um Kinderschwestern zu haben; vielleicht würde es ihr da glücken, einige in die Arme zu nehmen!

Jenny stand nämlich etwas Wunderbares bevor: sie sollte die Kinder, die Tante Rosmarie betreute, tatsächlich zu sehen bekommen! Sechs Wochen nach Weihnachten sollte sie mit ihren Eltern zu einer langen Autofahrt aufbrechen, deren Endziel Tante Rosmarie und ihre Bettelkinder in den Bergen von Nordafrika waren.

Der Arzt behauptete, Jenny brauche Sonne – und Sonne sollte sie haben. Stärkungsmittel, Medizin, appetitanregende, leckere Sachen, Autofahrten – von alledem hatte sie mehr als genug gehabt. Doch weder Liebe noch Geld konnten in ihrem Vaterland im Januar Sonnenschein hervorzaubern. So wollten ihre Eltern denn mit ihr in den Süden fahren, in ein Land, wo vom wolkenlosen Himmel herab eine warme Sonne strahlte und von hohen Bergen frische Winde durch die Täler wehten. Dort sollte Jenny gesund und braun und kräftig werden. Jenny kam es vor, als stände sie an der Schwelle eines Märchenlandes. Sie fühlte sich eins mit den Schwalben, die, einem grauverhängten Himmel, Winterstürmen und kaltem Regen zu entrinnen, nach Süden, immer weiter nach Süden zogen. Ein geheimnisvoller, doch sicherer Instinkt leitete sie, der Quelle des Lichts entgegenzufliegen, bis sie eines schönen Morgens auf gold- und silberumrandeten Flügeln in eine Welt hineinglitten, in der lauter Sonnenschein und Wärme herrschte.

Jenny wunderte sich, wie ihr Vater den Weg kennen werde, und stellte sich vor, er werde einfach der Sonne folgen, so wie die Weisen dem Stern gefolgt waren. Sie war schon recht schläfrig und hatte deshalb ganz vergessen, dass es Dinge wie Autokarten und Wegweiser gab. Sterne, Sonnenschein, Christbäume, Schwalben mit glitzernden Flügeln, all das tauchte kunterbunt in einem goldenen Traum unter. Und als die Mutter mit einem heissen Getränk ans Bett ihres Töchterleins trat, fand sie es bereits im tiefsten Schlaf liegen. Liebevoll schaute sie auf das vom Schlaf gerötete Gesicht und den wirren Haarschopf herab, dann löschte sie das Licht, öffnete das Fenster und überliess Jenny ihren Träumen und der kühlen Nachtluft.

Sechs Wochen später war der Wagen tatsächlich auf der Fahrt nach dem Süden. Auf dem Rücksitz thronte Jenny, in unzählige Decken und warme Hüllen eingemummt. Während der Fahrt über den Kanal waren alle drei seekrank gewesen, was Jenny grässlich gefunden hatte. Als sie aber die grauen, rollenden Wassermengen hinter sich zurückgelassen hatten und zwischen endlosen Pappelreihen über die geraden französischen Strassen sausten, da hatte das Vergnügen angefangen. Es war lustig, in den Dörfern Kinder mit Schürzen zu sehen, die ellenlange, dünne Stangenbrote unter dem Arm trugen; lustig auch, die fremde Sprache der Einwohner zu hören. In einigen Städten hielt der Vater an und besuchte mit seiner Familie die prächtigen alten Kathedralen. Selbst Jennys Geplauder verstummte vor der hehren Schönheit der farbigen Kirchenfenster von Chartres. Sie blieb hinter ihren Eltern zurück und staunte lange zu den Glasmalereien hinauf, deren Rot, Gold und Saphirblau, unberührt vom Wandel der Jahrhunderte, noch heute in derselben Frische leuchtet wie an dem Tag, da ihr Schöpfer seine Kunst dem göttlichen Licht weihte. Und während Jenny in den Anblick versunken dastand, trat die Sonne hinter einer Wolke hervor, und Jenny sah sich auf einmal von einem farbenfrohen Regenbogen umgeben; zu ihren Füssen aber lag ein Teppich von zarten Farbflecken. Das Haar, das ihr lose auf die Schultern herabfiel, leuchtete wie reines Gold, und ihr blaues Kleid hatte denselben Glanz wie das Gewand der Gottesmutter im Fenster über ihr. Der übrige Raum war düster und kühl, nur sie stand ganz allein und verklärt auf einer Insel des Lichts, in Farbe und Herrlichkeit getaucht. «Sein Glanz zog aus mit Himmelsmacht», lispelte sie beinahe unbewusst. Doch im selben Augenblick schob sich eine Wolke vor die Sonne, und gleich sahen die Steinfliesen und ihre eigene kleine Person wieder ganz alltäglich aus. An ihr hatte sich nichts verändert; sie hatte nur einen Augenblick im Sonnenlicht gestanden, das sich in den farbigen Fenstern über ihr sammelte, spiegelte und brach.

Am vierten Tag fuhren Jenny und ihre Eltern über die Grenze nach Spanien und in die tiefverschneiten Baskenberge hinauf. Sie erreichten die Passhöhe in einem aufregenden Schneegestöber und fanden in einem kleinen Gasthaus auf der andern Bergseite Unterkunft. Dort sassen sie um ein lustig flackerndes Feuer und erhielten zum Abendessen Kartoffelpfannkuchen mit Oliven und gerösteten Zwiebeln vorgesetzt. Schliesslich vermochte Jenny kaum mehr die Treppe hinauf in ihr Schlafzimmer zu stolpern. Es verging keine Minute, so schlief sie schon.

Am nächsten Tag erwachte Jenny sehr früh, denn die Hähne unten im Hof veranstalteten ein allzulautes Morgenkonzert. Es war noch stockdunkel, doch Jenny sprang aus dem Bett, öffnete das Fenster weit und lehnte sich in die frostige Luft hinaus. Kalt, weiss, erhaben standen die Berge in der Runde, und die ersten hellen Streifen, Vorboten der Dämmerung, zeichneten sich am Horizont ab. Über ihnen aber hing der Morgenstern. Noch nie hatte Jenny solch einen grossen, hellen Stern gesehen. Die Kälte trieb sie zwar ins Bett zurück, doch wandte sie den Kopf so, dass sie den Stern und das erlöschende Firmament betrachten konnte. Ob das derselbe Stern war, dem die Weisen gefolgt waren? Ob es derselbe war, zu dem sie auf der langen nächtlichen Reise mit müden Augen aufgeschaut hatten, bis der Sonnenaufgang seinen Glanz verfinsterte? Wieder meinte sie, die strahlenden Gesichter der blinden Kinder vor sich zu sehen und ihren Gesang zu hören:

Wir haben seinen Stern gesehn
in unsrer tiefen Sündennacht.
Sein Glanz zog aus mit Himmelsmacht.
Wir mussten zu dem Kripplein gehn.

Auf einmal stieg der Wunsch in ihr hoch, sie und ihre Eltern könnten, anstatt mit dem Auto zu fahren, auf drei Kamelen über die weissen Berge reiten, die Augen auf den Stern geheftet, das Gepäck in juwelenbespickten Schatzkästlein wohl verwahrt. So wollten sie das himmlische Licht suchen gehen. Wo die Reise wohl zum Abschluss kommen würde? Und wo würden sie das himmlische Licht finden? In dem fernen Sonnenland, wohin die Schwalben gezogen waren, oder zu den Füssen eines Kindleins? Jenny wusste es nicht und schlief nochmals für ein paar Stunden ein. Als sie erwachte, glitzerten die Schneeberge und stachen scharf gegen den blauen Himmel ab, und ihre Mutter stand an ihrem Bett.

«Wir haben dich bis zum letzten Augenblick schlafen lassen», sagte sie. «Zieh dich rasch an und iss dein Frühstück. Vater macht sich bereits am Wagen zu schaffen. Er sagt, wir müssen heute abend in Madrid sein.»

In der Frühe eines Märzmorgens erwachte Schwester Rosmarie, sprang sogleich aus dem Bett und stieg eilend auf das flache Hausdach, um zu sehen, was das Wetter für heute vorhabe. Der Tag würde schön werden, stellte sie befriedigt fest. Im Osten war der Himmel mit zarten, rosaroten Sonnenaufgangswölkchen übersät, und im Westen war er durchsichtig wie Kristall. Und so sollte es auch sein, überlegte die Schwester glücklich, denn dies war der Tag, auf den sie sich schon so lange gefreut hatte. Ihre Cousine aus England, bei der sie ihre Kindheit zugebracht hatte, sollte heute mit Mann und Kind ankommen und 14 Tage im einzigen Hotel des Ortes bleiben.

Der Gedanke an dieses Kind trieb der Schwester ein Liedlein auf die Lippen, während sie das Frühstück zubereitete und Kinza weckte, die, mit dem gesprenkelten Kätzchen in greifbarer Nähe, zusammengekugelt auf ihrer Matratze lag. Das erste, was Kinza stets beim Erwachen tat, war, die Hand auszustrecken, um sich zu vergewissern, dass das Kätzchen noch immer dort war, wo es hingehörte; war es je einmal spazieren gegangen, so gab es eine grosse Aufregung. Aber heute war alles in Ordnung. Kinza richtete sich auf, zog ihren Liebling auf ihren Schoss und fing ihrerseits an zu singen – laut, unmelodisch und ohne jeglichen Takt. Das war ihre Art anzuzeigen, dass sie bereit sei, gewaschen und angekleidet zu werden, um einem neuen, glücklichen Tag entgegenzugehen.

Die Schwester hatte auf dieses Signal gewartet, um sich der Kleinen anzunehmen. Hand in Hand stiegen sie sodann die Treppe hinauf und liessen sich unter dem blauen Frühlingshimmel an einem niedern runden Tisch zum Frühstück nieder. Die Schwester sass auf einem Hocker und Kinza mit dem Kätzchen auf dem Teppich. Der Kaffee duftete und war schön heiss, die Milch für das Kätzchen stand bereit, und jedes war vollkommen befriedigt in der Gesellschaft der beiden andern.

Nirgends hätte man ein vergnügteres Kleeblatt finden können.

«Heute kommt das kleine Mädchen», sagte die Schwester, während sie den Tisch abräumte und ihr Möglichstes tat, um nicht über Kinza und das Kätzchen zu stolpern, die sich an einem Ballspiel begeisterten und ihr ständig unter die Füsse gerieten. «Wir nehmen heute frei. Wir wollen miteinander auf den Markt gehen und gute Sachen zum Essen kaufen, und dann machen wir ein Fest für das kleine Mädchen.»

«Ein Fest, ein Fest!» krähte Kinza und purzelte herum, wie kleine Dickerchen es zu tun pflegen, bis sie schliesslich über den Papierkorb fiel. «Ich trage dir den Korb. Komm, wir gehen jetzt gleich!»

«Ja, komm», sagte die Schwester, und Hand in Hand traten sie in den Sonnenschein hinaus. Seit langem hatte die Missionarin keinen freien Wochentag mehr gehabt; meist blieb sie an den Vormittagen zu Hause. Aber diesmal hatte sie den Leuten gesagt, heute sollte niemand kommen. Sie wollte ganz frei sein, um alles für Jennys Empfang bereitzumachen. Solange es noch kühl war, wollte sie zur Bergeshalde hinter der Stadt hinaufklettern und Blumen pflücken. Für Kinza wäre das zu weit gewesen. Als deshalb die Einkäufe besorgt waren, wurden Kind und Korb auf der Schwelle des Hefekuchenladens abgesetzt und Hamids Obhut überlassen. Die Krankenschwester tat das öfter, denn sie war überzeugt, dass die beiden Kinder zusammengehörten, vermutlich als Geschwister, und ein Anrecht aufeinander hatten. Kinza war stets vollkommen glücklich und in Sicherheit, wenn Hamid sie betreute; nur wurde sie meist ziemlich klebrig und hatte beim Mittagessen keinen grossen Appetit mehr. Sie liebte nämlich Heferinge über alles und ass stets so viele, wie ihr angeboten wurden.

Sobald sie allein war, eilte die Schwester durch die steilen, gepflasterten Strassen, vorbei an den baufälligen Bretterbuden am Stadtrand mit ihren übelriechenden Abfallhaufen und hinaus durch das Tor in der Mauerruine. Während sie bergan stieg, wehte ihr ein reiner, warmer Wind entgegen, und die Sonne schien ihr voll ins Gesicht. Noch immer in Eile, erreichte sie die flache erste Anhöhe, Vorstufe des dahinter ansteigenden Berges. Sie wandte sich um und betrachtete die steil an die Bergflanke gebaute Stadt und das grüne, bewässerte Tal im Hintergrund. Sinnend glitt ihr Blick über die stufenweise übereinanderliegenden Reihen von Dächern mit ihren flechtenbewachsenen, gewölbten Ziegeln und die weissen Türme der Moscheen, auf denen der Halbmond hell über die Stadt hinausragte. Dann entdeckte sie ihr eigenes kleines Heim in der Gasse über dem Marktplatz, und ein Gefühl dankbarer Freude durchströmte sie bei dem Gedanken, dass der Herr Jesus an diesem sündenfinsteren Ort wenigstens einen Zeugen habe. Sie gedachte des guten Hirten, der seine verlorenen Schafe sucht: sowohl auf den Bergen, wo die Dörfer an den schmalen Terrassen kleben, als auch in den engen Gassen der Stadt. Da und dort hatten einzelne Menschen seine Stimme gehört, das glaubte sie zuversichtlich: zwei oder drei ängstliche, des Lesens unkundige Frauen, ein paar unwissende, zerlumpte Kinder. Das waren Lichtpunkte in der ausgedehnten Finsternis. Ihr eigenes Missionshaus aber war der einzige Ort, wo der Herr Jesus offen geliebt und geehrt wurde. «Der Menschensohn hat nicht, wo er sein Haupt hinlege», hatte er einmal müde gesagt. In der Stadt zu ihren Füssen waren ihm tatsächlich, ausser der ihrigen, alle Türen verschlossen. Sie hätte ihr kleines Haus gegen keinen Palast der Welt eintauschen mögen und ihre bescheidene Arbeit gegen keine noch so glänzende andere!

Die Schwester vergass ganz, dass sie schon bald eine Frau in mittleren Jahren war, so jung und froh war ihr zumute. Singend sprang sie von dem Felsblock, auf dem sie gestanden hatte, herunter und begann Blumen zu pflücken. Ringsum blühte und duftete es, denn der Frühling war weit fortgeschritten; ihre Hände füllten sich mit weissen Narzissen, kleinen blauen Iris und leuchtendroten Lilien. «Wie schön, wie schön!» rief sie laut aus. «Ich werde mit Jenny hierher kommen, dann können wir miteinander Blumen pflücken.»

Damit waren ihre Gedanken wieder bei Jenny angelangt. Doch diesmal fühlte sie einige Bedenken in sich aufsteigen.

Jenny war die Tochter Elisabeths, ihrer Cousine, die ihr selbst in ihrer einsamen, verwaisten Kindheit viel bedeutet hatte. Doch seither waren sie sich gegenseitig fremd geworden. Ihre Lebenswege, ihre Interessen, ihre Anschauungen, alles war so sehr verschieden. Einzig ihre Liebe zu Jenny verband sie anscheinend noch.

Einst waren sie wie Schwestern gewesen. Dann hatte Elisabeth einen vermögenden Mann geheiratet und war in ihr prächtiges Heim eingezogen. Hier nun wuchs Jenny auf. Nie hatte sie etwas anderes als Schönes und Gutes gesehen, und sie war im Besitz all dessen, was Liebe und Geld einem Menschenkind verschaffen können. Auch sie, «Tante Rosmarie», hätte in Jennys Elternhaus ein Heim haben können. Doch während ihrer Schwesternausbildung war sie dem begegnet, der sie von jeher geliebt hatte, und er hatte sie in diese kleine Stadt in Marokko geschickt, um da nach seinen verlorenen Schafen und Lämmern zu suchen. Die ganze Sache war Elisabeth und ihrem Mann ziemlich überspannt vorgekommen.

Rosmarie wusste das, und deshalb fiel es ihr schwer, über die kleinen Freuden und Leiden ihres einsamen Lebens als Missionarin zu berichten. Und ebenso schwer fiel es Elisabeth, über ihr Eheglück zu schreiben. So drehten sich denn ihre seltenen Briefe hauptsächlich um Jenny, und an jedem Weihnachtstag erhielt Rosmarie eine neue Photographie von dem Kind. Sie bewahrte sie alle in einem besondern Album auf. Mit einem kahlköpfigen, verwunderten Baby-Gesichtchen fing es an; nach einem Jahr war ein molliges Kindlein in Spielhöschen daraus geworden, dem die Locken über die Stirn herunterfielen. Darauf folgte Jenny in Badehöschen am Strand, Jenny bis zu den Hüften in einer Margeritenwiese, Jenny mit einem Schürzchen beim Puppenbad. Und dann schienen die Jahre nur so davonzufliegen, denn an einem schönen Weihnachtstag fuhr Rosmarie geradezu ein Schreck in die Glieder, als sie eine Photographie von Jenny erhielt, auf der ihre wilden Locken mit einem Haarband gezähmt waren und sie mit der Mappe unter dem Arm den Schulweg antrat.

Das allerletzte Bild zeigte Jenny im Reitkleid auf einem Pony. Und dieser Gedanke an das Pony rief auf einmal die Bedenken in Tante Rosmarie wach. Wie töricht war es doch von ihr, sich so viel von dem Besuch des Kindes zu versprechen! Was hatte sie solch einem Mädchen zu bieten? Einem Mädchen, das ein märchenhaft schönes Zimmer sein eigen nannte, ein Zimmer, in dem Porzellanpuppen so gross wie kleine Kinder in richtigen Wiegen unter seidenen Daunendecken lagen? Jenny hatte ihr einmal in einem Brief davon erzählt. Voraussichtlich würden die kleinen Unterhaltungen, die ein Maurenkind hell begeistern konnten, Jenny bloss langweilen. Ziemlich niedergeschlagen eilte Tante Rosmarie mit ihren Blumen den Hang hinab, nahm auf dem Marktplatz eine vergnügte, klebrige Kinza in Empfang und ging nach Hause.

Sie trat vor ihren Spielzeugschrank und musterte ihn betrübt. Da lagen eine Anzahl abgegriffene Bücher mit Eselsohren, ein paar verblichene Zusammensetzspiele und beschädigte Bauklötze, einige ganz gewöhnliche Püppchen und eine Schachtel mit kurzen Kreidestiften. Jedes Stück war von Kindern, die nie zuvor Spielzeug gesehen hatten, sichtlich gebraucht, geliebt und ausgiebig gehandhabt worden. Und alles sah so mitgenommen und schäbig aus! Mit einem Seufzer schloss Tante Rosmarie den Schrank und begab sich in die Küche, um einen Empfangskuchen zu backen.

Um halb fünf Uhr war das kleine Haus blitzblank, denn Tante Rosmarie hatte eifrig gefegt, geschrubbt und poliert. Im Wohnzimmer, das vom süssen Duft der wilden Narzissen erfüllt war, stand der Tisch festlich gedeckt, und der Teekessel summte auf dem Ofen. Nun konnte Tante Rosmarie sich aufmachen, um mit Kinza vor dem Hotel die Ankunft des Autos zu erwarten. Zur festgesetzten Zeit kam der elegante Wagen angefahren, und die kleinen Bettelbuben rauften sich zum voraus um das Vorrecht, das Gepäck ins Haus tragen zu dürfen. Noch ehe die Reisenden ausgestiegen waren, übertönte eine helle Kinderstimme den Heidenlärm: «O Mutter, schau das süsse kleine Mädchen! Du hast mir ja gar nie gesagt, dass Tante Rosmarie ein Kind hat!»

Als die Ankömmlinge sich aus der Jungenhorde herausgeschält hatten, ging es an ein lebhaftes Begrüssen. Elisabeth, die noch so jung aussah wie vor zehn Jahren, umarmte ihre Cousine innig. Jenny aber hatte nur einen Gedanken: mit Kinza bekannt zu werden.

«Aber Jenny», sagte ihre Mutter vorwurfsvoll, «du hast ja Tante Rosmarie noch gar nicht begrüsst!»

Worauf Jenny ihrer Tante einen Kuss gab und sich sogleich wieder Kinza zuwandte. Während die Eltern im Hoteleingang verschwanden, blieb Tante Rosmarie abseits stehen und beobachtete das Kind, das sie seit zehn Jahren zu sehen gewünscht hatte.

Dieses Kind war ein schlankes, hochgewachsenes Mädchen in einem schönen blauen Kleid und weissen Sandalen; blondes Haar fiel ihr in weichen Locken auf die Schultern herab; aus einem lebhaften braunen Gesicht mit einem spitzen, kleinen Kinn blickten grosse, graue Augen. Lieblich, dachte Tante Rosmarie und trat näher zu ihr hin, um sich mit ihr anzufreunden.

Jenny wandte sich mit einem besorgten Ausdruck im Gesicht ihrer Tante zu und fragte:

«Was fehlt der Kleinen? Ich habe ihr meine hübsche Brosche gezeigt, aber sie schaut bloss immer geradeaus!»

«Sie ist leider blind, Jenny», sagte Tante Rosmarie sanft, «aber das will nicht heissen, dass du nicht mit ihr spielen kannst. Nur musst du ihr Spielsachen in die Hand geben, die sie befühlen kann, und ihr erlauben, dich zu betasten. Wenn du ihr ausserdem noch etwas vorsingst, wird sie dich bald gernhaben.»

Sie fasste Kinzas Händchen und fuhr damit leicht über Jennys Gesicht und Haar.

«Schau, so macht Kinza Bekanntschaft mit den Leuten», erklärte sie und wandte sich dann den beiden Eltern zu, die eben aus dem Hotel traten. Doch bevor sie etwas sagen konnte, hatte Jenny die Hand ihrer Mutter ergriffen und blickte mit Tränen in den Augen zu ihr auf.

«Sie ist blind, Mama», flüsterte sie, «blind wie die Kinder vom Weihnachtsfest.»

«Macht nichts», tröstete die Mutter. «Sie sieht ganz glücklich aus, und wir werden bestimmt unter unsern Sachen ein Geschenk für sie finden. Komm jetzt, wir wollen sehen, wo Tante Rosmarie zu Hause ist.»

Miteinander gingen sie über den Marktplatz, die Erwachsenen voraus, Jenny mit Kinza hintendrein. Sie war so sehr mit ihrer neuen Gespielin beschäftigt, dass sie die fremde Umgebung kaum beachtete. Jenny fühlte sich glücklicher als je während dieser ganzen Ferienzeit. Denn so sehr sie ihre Eltern liebte, so fehlten ihr doch gleichaltrige Gespielen und vor allem etwas Kleines, das sie betreuen konnte. Sie war jetzt zehnjährig und zu alt, um noch mit Puppen zu spielen. All ihre vierbeinigen Lieblinge waren zu Hause geblieben und fehlten ihr sehr. Ein dreijähriges, kraushaariges blindes Kind aber, das war noch viel schöner als irgendein vierbeiniger Freund. Nie hätte sie sich etwas so Herziges träumen lassen.

Nun hatten sie die enge Seitenstrasse erreicht, an der Tante Rosmarie wohnte. Ihre Cousine sprach sehr gezwungen und gab sich alle Mühe, die kleinen Kinder, die auf den Pflastersteinen hockten, und den erstaunlich zerlumpten alten Bettler, der singend an einem Türeingang stand, nicht mit entsetzten Augen anzustarren. Dann aber stand sie doch mit einem Ausdruck unverhohlenen Widerwillens still, als Tante Rosmarie vor dem letzten Haus anhielt und einen Schlüssel aus der Tasche zog. Denn eben auf dieser Schwelle sass eine bettelarme Frau. Sie versperrte den Eingang und hielt unter ihren zerlumpten Kleidern etwas an ihre Brust gedrückt.

Rosmarie sprach die Frau an, und diese schob ihre Lumpen auseinander und hielt ihr einen Säugling hin, der nur aus Haut und Knochen zu bestehen schien und krank und erschöpft aussah. Frau Milton streckte die Hand aus, um Jenny zurückzuhalten, aber es war bereits zu spät. Das Kind hatte einen Schritt

nach vorne getan und neigte sich, alles andere um sich vergessend, neben Tante Rosmarie über das elende Geschöpflein.

«Jenny», befahl die Mutter, «komm sofort hierher!» Aber Jenny rührte sich nicht. Mit tieftraurigem Blick fragte sie leise:

«Muss es sterben?»

«Ich weiss nicht; hoffentlich nicht», erwiderte Tante Rosmarie. «Doch komm herein.»

Sie schloss die Haustür auf, geleitete die Frau ins Behandlungszimmer und hiess sie sich setzen, während sie sich mit ihren Gästen abgab. In Frau Milton ging inzwischen etwas Merkwürdiges vor: nachdem sie den ersten Schreck über die Elendsgestalt auf der Türschwelle überwunden hatte, war ihr das Gesicht der Frau aufgefallen. Sie hatte junge, geduldige, leidgewohnte Züge, und in ihren schönen schwarzen Augen funkelte ein Hoffnungsstrahl, als sie ihr Kindlein der Krankenschwester entgegenstreckte. Frau Milton sah sich plötzlich selbst wieder, wie sie eines Tages die kranke Jenny im Arm gehalten hatte. Wenn man sich die Äusserlichkeiten wegdachte, bestand im Grunde gar kein allzu grosser Unterschied zwischen dieser Frau und ihr selbst: hier war ganz einfach eine liebende Mutter mit einem kranken Kind. Wieviel innere Not, ja Verzweiflung barg diese Frau wohl unter dem Deckmantel ihrer Ruhe und Ergebenheit? Frau Milton wandte sich an ihre Cousine und bat:

«Rosmarie, kümmere dich nicht um uns! Wir können selbst für uns sorgen. Geh du und sieh nach diesem armen Kindlein!»

Tante Rosmarie zögerte einen Augenblick und meinte dann:

«So kommt ins Wohnzimmer herauf. Dort ist alles bereit; das Teewasser kocht auch schon.»

Wie überrascht waren die Gäste, an solch einer schmutzigen Strasse ein helles, gemütliches Haus zu betreten, das mit Bildern und Blumen geschmückt war und in dem ein festlich gedeckter Tisch sie erwartete. Tante Rosmarie forderte sie auf, es sich auf den niedern Sitzen bequem zu machen, und goss den Tee auf.

«Es ist zwar furchtbar unhöflich von mir», entschuldigte sie sich, «aber ich möchte euch tatsächlich bitten, mich eine Viertelstunde zu entschuldigen. Ihr müsst begreifen, ich kenne diese Frau. Sie hat vier Kinder verloren, dieses ist das letzte, das ihr noch bleibt.»

Jenny schob ihre Hand in jene ihrer Tante:

«Ich komme mit!»

«Auf keinen Fall, Jenny!» wehrte die Mutter rasch ab. «Komm und setz dich, du sollst mit uns Tee trinken!»

Jenny war augenblicklich ausser sich.

«Ich will aber gehen!» schrie sie. «Ich will sehen, wie das Kleine gesund wird. Ich will keinen Tee. Sag, dass ich kommen darf, Tante Rosmarie, das ist ja dein Haus! Papa, sag, dass ich gehen darf! Mama, du könntest mich wohl ...»

Unverhofft kam ihr Vater ihr zu Hilfe, indem er fragte: «Was fehlt dem Kindlein? Hat es etwas Ansteckendes?»

«Ich glaube nicht», erwiderte Tante Rosmarie. «Ich hab es schon früher gesehen. Es leidet an Unterernährung und falscher Behandlung.»

«Dann würde ich sie mitgehen lassen, Elisabeth», sagte der Vater, «wenn Rosmarie einverstanden ist.»

Und als Jenny triumphierend das Zimmer verliess, wandte er sich liebevoll zu seiner Frau und meinte:

«Wir müssen Jenny helfen lassen, soviel sie kann. Es tut ihr gut, und ich bin überzeugt, dass Rosmarie vernünftig genug ist, sie nicht mit ansteckenden Fällen in Berührung zu bringen.»

«Es wird schon so sein», gab die Mutter zu. Sie seufzte. «Ach, wenn Jenny doch jüngere Geschwister hätte!»

Mittlerweile neigten sich Tante Rosmarie und ihre Nichte über das blasse Kind, und die Mutter erzählte seine erbarmungswürdige Geschichte, die gewohnte Geschichte von Armut, Unwissenheit und verkehrter Ernährung. Es war beinahe zu spät, um zu helfen, aber wer weiss? Vielleicht war doch noch Hoffnung. Tante Rosmarie hielt das Häuflein Elend in den Armen und wandte sich an Jenny:

«Geh und hole mir nebenan eine Tasse, einen Löffel und etwas Zucker vom Gestell über dem Herd.»

Jenny lief rasch und erledigte alles geschickt.

«Und nun hol mir den Wasserkessel!»

Jenny war im Nu zurück.

«Bring mir noch die weissen Tabletten, die auf dem dritten Regal dort drüben liegen», befahl die Tante weiter, und ihre Miene war dabei so ernst, dass es Jenny ganz ungemütlich wurde. Sie war es gewohnt, von jedermann bewundert zu werden, jetzt aber hatte sie das unangenehme Gefühl, als ob die Tante ihr Betragen in jeder Hinsicht missbillige.

«Spüle nun bitte Tasse und Löffel mit gekochtem Wasser. Zerdrücke eine Tablette. Mische sie mit ganz wenig Wasser. Reiche mir jenes Fläschchen ...»

Jenny vergass ihren Zornesausbruch, sie vergass ihre Tante, ja sie vergass sich selbst. Sie kniete regungslos auf der Matte und achtete einzig auf den schwachen gurgelnden Laut, den das Kindlein bei seinen Versuchen, zu schlucken, von sich gab. Fast tropfenweise schwand die Medizin; das Kindlein erbrach sie nicht. Es nahm noch ein paar Löffelchen Zuckerwasser zu sich, und Tante Rosmarie erklärte der Mutter auf arabisch, sie müsse nun eine Stunde lang das Kleine ganz still auf ihrem Schoss halten; dann wolle sie ihm nochmals zu trinken geben.

«Es muss gesund werden», murmelte Jenny. «Es muss, es muss einfach!»

Und nun tat Tante Rosmarie etwas, worauf Jenny nicht gefasst war. Nie zuvor hatte sie, ausser in der Kirche, so etwas gesehen. Tante Rosmarie deutete auf ein Bild an der Wand, auf dem Jesus dargestellt war, wie er ein Kind in den Armen hielt, und sie sprach mit der Frau darüber. Dann legte sie ihre Hand auf die Schulter der Frau und betete für das kranke Kind. Jenny konnte nicht verstehen, was sie sagte, aber sie merkte, dass es ein Gebet war, weil die Tante die Augen geschlossen hielt.

«Nimmt mich doch wunder, ob das etwas nützt», dachte Jenny und warf rasch einen Seitenblick auf das Gemälde. Irgendwie gab ihr der Anblick des dargestellten Kindes, das so fest umschlungen wurde, ein Gefühl der Sicherheit für das lebende Kind.

«Sicher wird's gesund», murmelte Jenny und neigte sich nochmals über das Kind. Da zitterten die durchsichtigen Lider, und das Kleine schlug die Augen auf.

Daraufhin bedurfte es keiner weiteren Ferienpläne, denn Jenny verkündete mit aller Bestimmtheit, dass sie in der Stadt bleiben wolle, bis es Zeit sei, heimzukehren. Sie würde Kinza betreuen und Tante Rosmarie jeden Tag bei den kranken Kindern helfen.

Herr Milton schmunzelte und fragte sich im stillen, was er in diesem weltvergessenen Bergnest mit sich anfangen wolle. Frau Milton seufzte ängstlich und bestand darauf, dass Jenny dreimal des Tages gurgeln solle. Jenny selbst war einfach «hin». Und Tante Rosmarie war überglücklich. Vom Standpunkt dieser beiden aus liess der Ferienplan nichts zu wünschen übrig.

Es war Sonntag nachmittag. Heute kam niemand zur Behandlung. Tante Rosmarie hatte eine Frauenstunde gehabt, und Jenny war eben angekommen, als die Frauen sich verabschiedeten. Sie sah ihnen nach, wie sie langsam die Strasse hinunterschritten, ihre Kindlein fest auf den Rücken gebunden und verdeckt durch das weisse Übergewand, das sie selbst von Kopf bis Fuss bedeckte.

«Sie sehen wie Kamele mit Höckern aus», meinte Jenny, indem sie hüpfend und springend ins Haus lief. «Es dünkt einen, die Kleinen müssten ersticken. Warum haben sie keine Kinderwagen wie andere Leute?»

«Kinderwagen könnten sie sich keine leisten», erwiderte Tante Rosmarie lächelnd. «Aber eine gute Art, die Kleinen zu befördern, ist es bestimmt nicht. Eine Menge Kinder sind aus Mangel an frischer Luft schwach auf der Lunge. Du hast ja bemerkt, wie bleich manche von ihnen aussehen.»

«Und pickelig und mager und schmutzig», ergänzte Jenny und rümpfte dabei das Näschen. «Schade, dass es nicht mehr Leute gibt wie du, um sie zu lehren, wie man die Kleinen pflegen muss. Weisst du, Tante, ich habe mir das alles gut überlegt, und wenn ich gross bin, will ich auch Missionarin werden. Und dann komme ich auch in dieses Land und mache eine Poliklinik auf und mache alle kranken Leute gesund, genauso wie du. Ich finde das zu schön!»

Tante Rosmarie blickte auf das sonnverbrannte Gesicht herab, das so vertrauensvoll zu ihr aufschaute, und antwortete nicht sogleich. Schliesslich sagte sie:

«Du kannst niemals Missionarin werden, ohne dass du zuvor etwas ganz Wichtiges erlebst, Jenny.»

«Wieso? Ich könnte doch die Kranken- und Säuglingspflege erlernen. Mehr brauche ich ja nicht zu können, nicht wahr?»

«Ich glaube doch», meinte Tante Rosmarie lächelnd, «aber das kann ich dir nicht hier im Flur erklären. Komm, wir packen ein paar Butterbrote ein und gehen in den Schlossgarten. Dort können wir darüber reden. Kinza ist sicher schon wach, und sie geht gern in den Garten.»

«Au fein!» rief Jenny und stürmte die Treppe hinauf, um bei den Vorbereitungen zu helfen. «Mama hat gesagt, ich dürfte zum Tee bleiben, falls du mich einlädst. Ich habe sie noch extra gefragt.»

«Das war sehr vorsorglich», lachte Tante Rosmarie. «Willst du Kinza anziehen, während ich die Brote streiche? In ein paar Minuten bin ich soweit.»

Es dauerte nicht lange, da gingen Tante Rosmarie, Jenny und Kinza über den verschlafenen Marktplatz und steuerten auf das alte, halbzerfallene Tor an der Stadtmauer zu. Jenny trug den Korb und Kinza ihren Ball. Munter plaudernd erklommen sie die Stufe zum Garten. Doch als sie in die Ab-

geschlossenheit des jahrhundertealten Gartens eindrangen, verstummten sie. Kinza stand still und tat einen tiefen Atemzug. Grosse, wehende Vorhänge von Jasmin und Glyzinien hingen von den Mauern herab. In den Blumenbeeten blühten in wilder Fülle Goldlack und Narzissen. Sonnenschein strömte über alles hin und lockte den Duft aus den Blumen. Nichts störte die Stille, die über dem Garten lag. Nur die nistenden Störche klapperten geschäftig, die Pfauen liessen gelegentlich einen heiseren Ruf ertönen, und vom Teich her war hie und da ein leises Plätschern zu hören, denn dort erteilte eine schneeweisse Entenmutter ihren sieben flaumigen Entlein die erste Schwimmstunde.

«Lass Kinza nicht aus den Augen», warnte Tante Rosmarie. Sie packte den Korb aus und schaute den Kindern beim Spielen zu. Kinza entwickelte sich allmählich zu einem hübschen, kräftigen Mädchen mit runden Gliedern und weichen, dunklen Locken. Wer war sie? Und was würde aus ihr werden? Es war an der Zeit, ihre Zukunft weise zu planen, wenn sie zu einem brauchbaren, geschickten Menschen heranwachsen sollte. Und

Jenny? Da stand sie in ihrem blauen Kleid unter dem herabhängenden Jasmin, quicklebendig, rank und frei wie ein Vogel. Was würde aus ihr werden? Würde sie zu einem gedankenlosen, selbstsüchtigen, selbstgefälligen Geschöpf heranwachsen? «Mehr brauche ich ja nicht zu können, nicht wahr?» so hatte sie vor einer halben Stunde leichtherzig gefragt. Ihre ganze Zukunft konnte von der Antwort abhängen.

Als Jenny merkte, dass man essen könne, fasste sie Kinzas Händchen und kam mit ihr herbeigelaufen. Sie setzten sich alle drei auf ein Mäuerchen am Teich. Über ihnen spannte sich ein steinerner Bogen, der über und über mit kleinen grünen Schossen bedeckt war. Bald würde hier eine Fülle von roten Kletterrosen blühen. Kinza biss mit Genuss in ein grosses Kuchenstück. Jenny griff zu einem Brötchen und richtete ihre fragenden Augen auf die Tante.

«Was muss ich sonst noch können, um Missionarin zu werden?» fragte sie, als wäre die Unterredung gar nicht abgebrochen worden.

«Das kommt darauf an, was du hier tun willst», erwiderte Tante Rosmarie bestimmt. «Wenn du bloss die Krankheiten der Leute heilen willst, dann musst du einfach Krankenschwester oder Ärztin werden. Aber die meisten Patienten sind so arm, dass sie voraussichtlich bald wieder krank werden, und in jedem Fall dauert ja das menschliche Leben nicht lange. Der Teil des Menschen, auf den es eigentlich ankommt, ist der Teil, der ewig dauert, seine wirkliche, eigene Persönlichkeit, die wir Geist nennen. Und dem kannst du nur helfen, wenn du ihn zu Jesus führst. Wie aber willst du jemand zu Jesus führen, wenn du ihn nicht selber kennst? Es kommt also im Grund nicht so sehr darauf an, was du kannst, sondern wen du kennst.»

«Aber du brauchst doch jeden Tag so viel Zeit, um den Kranken Medizin zu geben», warf Jenny ein. «Könnte ich nicht einfach das tun?»

«Freilich. Aber schau, du verstehst nicht, warum ich so viel Zeit für diese Arbeit verwende. Ich will es dir erklären: All diese armen Leute sind sündig, und Jesus allein kann ihnen vergeben. Sie alle fürchten sich vor dem Sterben, und Jesus allein kann sie von dieser Angst befreien. Die meisten sind auch traurig und müde, und Jesus allein kann sie trösten und aufrichten. Er wartet nur darauf, mit seiner Vergebung und seiner Liebe zu ihnen zu kommen. Weil er aber nicht mehr auf der Erde lebt, können die Menschen ihn nicht sehen und hören wie die Leute in den biblischen Geschichten. Darum zieht Jesus in die Herzen derer ein, die ihn liebhaben, und gebraucht ihre Lippen zum Sprechen und ihre Hände, um die Kranken anzurühren. Darum gebe ich den Leuten die Mittel nicht bloss, um sie gesund zu machen, so gern ich ihnen auch da helfe. Ich gebe die Mittel vielmehr, damit sie merken, dass Jesus in mir sich um ihre Schmerzen kümmert und ihnen helfen will. Es hat keinen Sinn, nur von der Liebe Jesu zu reden; das verstehen sie nicht. Man muss sie ihnen durch Taten der Liebe zeigen. Zuerst aber musst du sicher sein, dass Jesus wirklich da ist und in dir und durch dich liebt. Im andern Fall ist's, als ob du eine leere Laterne in die Dunkelheit hinaustragen wolltest.»

Jenny schwieg. Nach einer Weile fragte sie neugierig:

«Wie kann man wissen, ob er da ist oder nicht?»

«Wie kommt das Licht in eine leere Laterne?» entgegnete Tante Rosmarie. «Dazu braucht doch bloss das Türchen geöffnet und die Kerze hineingestellt zu werden. Jesus ist das Licht, und er möchte hereinkommen. Wir aber können im Glauben die Tür öffnen und ihn bitten, einzutreten. Wenn das Laternenglas sauber ist, scheint das Licht hell hindurch. Ist das Glas aber schmutzig und trübe, so ist auch der Schein schwach. Deshalb leuchtet Jesus zuallererst einmal so recht in unser eigenes Herz hinein und zeigt uns die Sündenflecken, die ihn verdecken: Zorn, Eigenwillen, Ungeduld, Ungehorsam. Wenn wir es dann wirklich wollen, macht er uns rein, so dass seine schönen, klaren Strahlen der Liebe durch uns hinausscheinen können. Dann kommen im Dunkel verlorene und verängstigte Menschen auf das Licht zu. Die Laterne interessiert sie nicht; es ist das Licht, das sie begehren. Missionare sind im Grunde genommen ganz unwichtige Leute. An sich sind sie ja nur leere Laternen. Das Licht ist das einzig Wichtige an ihnen.»

Jenny überlegte angestrengt. Schliesslich meinte sie:

«Dann können wohl nur sehr gute Menschen Missionare werden.»

«Eigentlich nicht», sagte Tante Rosmarie. «Manche Leute sind auch ohne Jesus gut und freundlich, so wie vergoldete Laternen glänzen, wenn man sie in die Sonne stellt. Aber am Abend geht die Sonne unter. Und unsere eigene Güte dauert auch bloss so lange wie wir, das heisst bis wir sterben. Die Liebe, das Leben, die Gerechtigkeit Jesu aber dauern ewig, so wie der Mensch, in dem dieses Licht leuchtet, ewig dauert. Das nennt man «ewiges Leben haben», und diese Art Gerechtigkeit ist natürlich viel besser, stärker, reiner als die andere Art. Es ist eine vollkommene Gerechtigkeit, und keiner ausser Jesus ist je vollkommen gerecht gewesen.»

«Da kommen ja Papa und Mama!» rief Jenny plötzlich aus. Sie sprang auf und rannte ihnen auf den kleinen gewundenen Fusswegen entgegen. Sie war ganz froh, der weitern Unterredung entgehen zu können. Was Tante Rosmarie da gesagt hatte, war zum Teil doch recht beunruhigend, zum Beispiel das, dass Missionare unwichtige Leute seien! Sie selbst war in dem kleinen Kreis, in dem sie aufwuchs, immer die Hauptperson gewesen. Bei Vater, Mutter, Kinderschwester, Hausangestellten hatte sich stets alles um sie, ihr Wohlergehen und ihre Wünsche gedreht. Sogar in der Schule hatte sie immer eine Rolle gespielt, und ihre Mitschüler betrachteten es als eine Ehre, wenn sie von ihr eingeladen wurden. Und das war auch nichts als recht, überlegte Jenny und landete mit einem Satz in den Armen ihres Vaters. Sein Lächeln und der Glanz in Mutters Augen beruhigten sie. Was auch immer geschehen mochte, für ihre Eltern würde sie immer weitaus die wichtigste Person auf dem ganzen Erdenrund sein und bleiben.

Auch Tante Rosmarie erhob sich, um mit Kinza, die deutlich die Spuren ihres Kuchenschmauses trug, ihrer Cousine entgegenzugehen. Verständnisinnig begegneten sich ihre Augen über Jenny hinweg, war es doch für beide immer wieder ein Geschenk, das Kind so froh und kräftig herumlaufen zu sehen. Etwas vom Köstlichsten an diesen Ferien war für beide Frauen die Erneuerung ihrer alten Freundschaft, die nun wieder so stark und schön aufblühte wie in früheren Jahren. Elisabeths charmantes und ausgeglichenes Wesen riefen Rosmaries Bewunderung hervor. Elisabeth ihrerseits sah endlich ein, dass ihre Cousine doch nicht bloss ihre Zeit in diesem «Bergnest» verlor. Schon der Gesichtsausdruck jener armen Mutter auf der Türschwelle hatte sie eines Besseren belehrt. So kam es, dass sie trotz der Mikroben und schwärenden Wunden, die in der Poliklinik etwas Alltägliches waren, ihr Kind Rosmarie anvertraute wie nie jemandem zuvor. Und das war erstaunlich; denn bis dahin war sie stets aufs sorgfältigste darauf bedacht gewesen, dass Jenny ausschliesslich die schöne, sonnige Seite des Lebens kennenlerne. Der blosse Gedanke, dass ihr Liebling etwas mit Armut und Krankheit zu tun haben könnte, hatte sie mit Schrecken erfüllt.

«Es gibt eben doch verschiedene Arten von Schönheit», sagte sie sich nun. «Helfen, Heilen, Lieben, Geben ist auch etwas Schönes. Ich wünsche nicht, dass Jenny eine Einzelgängerin wird. Ich möchte, dass sie im Leben vorwärtskommt und einmal gut heiratet. Aber ich möchte auch, dass sie edel und selbstlos wird, und dazu kann ihr Rosmarie eine Hilfe sein.»

Sie hatte diese Gedanken ihrem Mann anvertraut, und er hatte ihr beigestimmt. «In dieser Poliklinik lernt sie etwas Nützliches. Und vielleicht entdeckt sie dabei, dass die Krankenpflege ihr wie nichts anderes liegt. In der Schule scheint man ja nicht zu denken, dass sie mit allzuviel Geistesgaben geplagt ist, und wenn ein Krieg ausbrechen sollte, so wird sie zugreifen müssen wie alle andern Leute auch.»

Jennys Mutter hatte diesen Gedanken nicht ertragen können und das Thema gewechselt. Jenny und Krieg, das schien ihr überhaupt nicht vereinbar zu sein, und sie mochte sie nicht einmal im selben Atemzug nennen hören.

«Rosmarie», sagte Elisabeth in bittendem Ton, während sie Kinza an sich drückte, «könntest du nicht heute ausnahmsweise einmal deine kleinen Wilden im Stich lassen und zum Abendessen zu uns ins Hotel kommen?»

«Am Sonntag kommen sie gar nicht», antwortete Rosmarie. «Da bin ich ausser der Stunde am Nachmittag frei. Ich nehme deine Einladung mit Freuden an. Sobald Kinza fest schläft, was eine Frage von Minuten ist, komme ich zu euch hinüber.»

«O Mama, schau!» rief Jenny. «Der Pfau schlägt ein Rad!» Und sie zog ihre Eltern mit sich fort, während Rosmarie und Kinza gemächlich nach Hause schlenderten, umspielt von den langen, weichen Sonnenstrahlen des späten Nachmittags. Es war noch zu früh, um Kinza zu Bett zu bringen. Rosmarie setzte sie auf die Türschwelle, mitten in einen Sonnenflecken hinein, und die kleinen Nachbarskinder kamen alle mit ernsten Mienen herbeigeschlendert und kauerten sich neben sie. Rosmarie gab ihnen etwas Ton, worauf die ganze Gesellschaft sich damit vergnügte, daraus Äpfel zu formen. Dazu drehten sie kleine Lehmklümpchen endlos in ihren Patschhändchen herum. Sie sahen alle urkomisch aus; die kleinen Mädchen steckten wie ihre Mütter in langen, weiten Röcken und die Jungen wie ihre Grossväter in dunklen, hausgesponnenen Gewändern mit Kappen. Eine ganze Weile formten sie mit Hingabe ihre Lehmgebilde, bis das Schweigen plötzlich von übermütigem Gelächter unterbrochen wurde. Rosmarie sah nach, was geschehen war, und erfuhr, dass ein rundliches Männlein von drei Jahren etwas ganz besonders Originelles geschaffen hatte, nämlich eine Banane. Kinza, die unmöglich wissen konnte, was der Spass war, lachte am lautesten von allen.

Rosmarie beugte sich über die Kleinen und bewunderte ihre Kunstwerke. Die Kinder strahlten, schmiegten sich an sie und baten um Bildchen. Es waren fast lauter Kinder aus gutgestellten Familien. Die beiden Mädchen trugen Silberketten um den Hals, die als Zaubermittel gegen allerlei Übel dienen sollten. Ihre Namen bedeuteten Orangenblüte und Engel. Die drei kleinen Jungen schauten mit schelmischen Äuglein zu ihr auf und legten ihr die schmierigen Händchen aufs Knie. Ihre Namen bedeuteten «Diener des Propheten», «Herrlichkeit der Religion» und «Mein Herr von Arabien». Der Tag würde kommen, wo die Namen zu ihnen passten; dann würden sie wie ihre Väter stolze, hochfahrende Mohammedaner sein. Jetzt aber sahen sie alle miteinander eher wie drollige, mollige Kätzchen aus.

Rosmarie zeigte ihnen ein Bild von einem verlorenen Schäflein in den Bergen, das «mäh-mäh» schrie. Die Kinder lachten und krähten ebenfalls «mäh-mäh». Dann kam der Hirte und trug das Schäflein voller Freude auf seinen Schultern nach Hause, und das Mutterschaf rief: «Bäh-bäh». Die Kleinen hatten die Geschichte schon oft gehört, aber was tat's? Sie blieb immer gleich spannend. Als Rosmarie Kinza ins Schlafzimmer hinauftrug, hockten die Kleinen noch immer auf der Schwelle und meckerten: «Bäh-bäh».

Bald darauf kniete Kinza vor ihrem Bett und faltete die Händchen zum Abendgebet.

«Danke für den schönen Tag im Garten, und segne Jenny und all die Kinder auf der Strasse», sagte sie eilig. Die Kinder beschäftigten sie nicht stark, denn es war ja Sonntag, und am Sonntag abend erhielt sie vor dem Einschlafen jedesmal ein Bonbon. Darauf freute sie sich stets eine ganze Weile im voraus. Rosmarie aber konnte die Kinder auf der Strasse nicht vergessen, diese armen, verlorenen Schäflein, die im Dämmerlicht auf der Türschwelle hockten und «bäh-bäh» krähten.

Eine Stunde später sass sie selbst im grossen Speisesaal des Hotels unter einem Kandelaber aus geschliffenem Glas beim Diner. Ihre Freunde hatten ihr zu Ehren ihre schönsten Kleider angezogen, und Rosmarie war es in der ungewohnten Umgebung ganz festlich zumute. Im Lauf des Gesprächs kamen sie auf Kinza zu sprechen, und Elisabeth bemerkte:

«Welch ein reizendes Kind! Fast kommt es einem grausam vor, dass sie blind sein muss. Wie denkst du dir ihre Zukunft, Rosmarie?»

«Nun, in etwa drei Jahren werde ich sie in einem Blindenheim unterbringen müssen, damit sie die Blindenschrift und das Korbflechten erlernt. So kann sie später ihr Leben selbst verdienen. Sobald sie soweit ist, kann sie zu mir zurückkehren. Ein blindes Mädchen, das eine wirkliche Nachfolgerin Jesu ist, könnte mit der Zeit unter ihren Landsleuten wertvolle Missionsdienste tun.»

Hier fiel ihr Jenny ins Wort, die sich so erregt über den Tisch beugte, dass sie beinahe ihr Glas umgestossen hätte.

«Papa», sprudelte sie hervor, «die Blindenschule, dort wo wir zu Weihnachten eingeladen waren! Wenn Kinza dorthin ginge, könnte sie manchmal zu uns kommen, und ich könnte sie besuchen. Das wäre ja fast, als hätte ich ein Schwesterlein! Ich würde sie so, so oft besuchen, und sie würde sich jedesmal ganz schrecklich freuen, wenn ich käme. Und zu Weihnachten war's doch so schön dort, nicht? O Tante Rosmarie, wann kann sie kommen? Kann sie nicht gleich mit uns heimfahren?»

Die Erwachsenen schauten einander fragend an, und Elisabeth meinte:

«Das ist kein schlechter Gedanke. Die Schule ist ausgezeichnet und nimmt schon ganz kleine Kinder an. Mein Mann könnte Kinza bestimmt einen Freiplatz verschaffen, er ist ja im Vorstand. Je früher sie eintritt, desto schneller lernt sie die Sprache. Und sie könnte mit uns im Auto reisen, anstatt dass du sie herüberbringen musst.»

Rosmarie zögerte. Was sollte sie antworten? Es kam alles so plötzlich. Jenny aber hopste vor Aufregung auf ihrem Stuhl herum.

«Jenny langweilt sich bei den langen Fahrten so», fügte Elisabeth hinzu. «Sie wäre viel vergnügter, wenn ein zweites Kind dabei wäre.»

Bittend blickte sie ihre Cousine an.

«Ich weiss nicht recht, was ich dazu sagen soll», erwiderte Rosmarie. «Es ist sehr, sehr lieb von euch ... Aber Kinza ist doch noch gar so klein, um so weit weg zu gehen! Darf ich mir die Sache überlegen und euch in ein oder zwei Tagen Bescheid sagen?»

«Selbstverständlich», sagte Elisabeth. «Lass es uns einfach wissen, sobald du im klaren bist. Nein, Jenny, jetzt lässt du deine Tante in Ruhe! Solch wichtige Angelegenheiten kann man nicht gleich im ersten Augenblick entscheiden. Man könnte sonst etwas Verkehrtes beschliessen.»

«Ich habe mich in dieser wichtigen Angelegenheit bereits entschieden», erklärte Jenny ernsthaft. «O Tante Rosmarie, ich bin sicher, dass du ja sagst! Es ist doch ganz bestimmt die allerbeste Idee, die ich je gehabt habe! Sogar Papa und Mama finden sie gut! – O guck, Papa, es gibt Eis zum Nachtisch, von der Sorte, die du nicht magst. Bitte nimm dir viel auf den Teller, und dann esse ich deine Portion und meine!»

Über der erfreulichen Aussicht, eine doppelte Portion Eis zu erhalten, vergass Jenny vorderhand ihren kleinen Schützling, und die Unterhaltung glitt in andere Bahnen. Der Abend verlief sehr angenehm, und als Rosmarie sich erhob, um sich zu verabschieden, sagte ihre Cousine:

«Wir werden dich nach Hause begleiten, und du, Jenny, gehst jetzt rasch zu Bett.»

«Schön», erwiderte Jenny, die nach dem Genuss von zwei Portionen Eis in ungewöhnlich entgegenkommender Stimmung war. Sie schlang ihrer Tante die Arme um den Hals und zog ihren Kopf zu sich herunter. Es sollte niemand hören, was sie ihr ins Ohr flüsterte.

«Gelt, du überlegst dir's gut, Tantchen?»

«Ja, Jenny, ganz gut. Ich werde Gott bitten, mir das Rechte zu zeigen.»

«Meinst du, er hat dir's bis morgen früh gezeigt?»

«Ich weiss nicht. Es ist sowas Grosses! Gib mir zwei Tage Zeit!»

«Gut, aber bitte ihn, es dir so schnell wie möglich zu zeigen – und dass es ‹ja› sei!»

«Willst du ihn nicht auch bitten?»

«Ich weiss nicht recht, wie. Aber ... ich kann's ja versuchen. Gute Nacht, Tante Rosmarie.»

«Gute Nacht, Jenny.»

Sanft löste sie die Arme des Kindes von ihrem Nacken und trat auf den finstern Marktplatz hinaus. Unter der Strassenlaterne stand sie still, um Jenny zu winken, und sie winkte wieder. Schwarz stand sie mitten im hellerleuchteten Eingang, eine schlanke, wartende Gestalt an der Schwelle des Lichts.

Hamid hiess die Ankunft des Frühlings willkommen. Es mag einer noch so abgehärtet sein, er gewöhnt sich nie ganz an blaugefrorene Zehen und Finger, an triefende, am Körper klebende Lumpen und an bitterkalten Wind, Regen und Schnee gegen die nackte, wunde Haut. Doch nun war all das vorbei! Die Sonne schien warm und tröstlich, die Störche nisteten auf den Türmen, Blumen bedeckten die Bergeshalde, und blühende Kirschen- und Pfirsichbäume füllten das Tal. Zicklein hüpften und stiessen sich auf den Strassen, und Hamid selbst war wie alles übrige Junge, Heranwachsende um mehrere Zentimeter in die Höhe geschossen und sah mehr denn je wie eine Vogelscheuche aus. Die Kleidungsstücke, die die Schwester ihm gegeben hatte, waren zu Fetzen geworden. Aber nun bereitete die Kleiderfrage ihm keine Sorgen mehr. Mindestens sechs Monate lang würde die Sonne ihn nun einhüllen, und der Wind würde ihn nur mehr liebkosen. Wohlig räkelte er sich auf der Schwelle seiner Bäckerbude, leckte sich das Öl von den Fingern und beobachtete den brodelnden Marktplatz mit hellen Augen, denen nichts entgehen konnte.

Es war hier immer gar viel zu sehen an einem Markttag. Die Frauen vom Land, stark, wettergebräunt, mit lauten Stimmen, von schweren Lasten beinahe zu Boden gedrückt, strömten herein. Manche trugen Strohhüte mit enorm breiten Rändern, manche Lederriemchen um die Beine. Einige waren sehr alt und keuchten unter ihrer Last, andere sehr jung und nahezu erschöpft. Und nun kam ein Lastwagen herangefahren, der Kisten voll frischen Silberfisch vom Mittelländischen Meer heraufbrachte. Sogleich stürzten sich die Marktbummler darauf, um ein paar Batzen zu verdienen, indem sie die triefenden Kisten auf ihren Köpfen zum Fischmarkt trugen. Schmutzige Buben schlängelten sich behende durch die Menge und versuchten, staubige Heferinge zu verkaufen, die an Schnüren aufgereiht waren. Esel stiessen aus und wieherten. Hamid kicherte, als er sah, wie ein unachtsamer Bettler mit den Hinterbeinen eines Maultiers in Konflikt geriet.

Nun liess er den Blick über die Berge schweifen, auf deren Kuppen noch immer Schnee über Felsen und Bäumen lag. Blendend weiss stach der Berg vom leuchtend blauen Himmel ab – Hamid konnte gar nicht länger hinschauen. Er wandte sein Augenmerk wieder dem Marktplatz zu, konnte aber vorerst nichts sehen, so geblendet war er. Bald aber blieb sein Blick an einem roten Punkt haften. Das war ja Kinza, die in einem leuchtend roten Pullover zwischen Jenny und der Krankenschwester dahergehüpft kam.

Und dann, im Bruchteil einer Sekunde, erblickte er etwas anderes. Im ersten Augenblick glaubte er zu träumen und rieb sich die Augen, um sofort wieder hinzuschauen. Nein, es war kein Traum! Das Herz wollte ihm stillstehen vor Schreck, und sein Atem stockte. Er schlug einen Purzelbaum nach rückwärts in den Laden hinein, wo er zwischen dem Herd und dem Verkaufstisch ein sicheres Versteck fand. Wie eine aufgescheuchte Maus aus ihrem Loch, so äugte er hinaus, um zu sehen, was draussen vorging.

In einer Türöffnung ihm gegenüber stand gross und unbeweglich sein Stiefvater, die Augen auf das vergnügte Trio geheftet, das eben Orangen einkaufte. Bald darauf tat er ein paar Schritte in ihrer Richtung, langsam, lauernd wie eine Schlange, die ein kleines Tier beim Spiel verfolgt und nur auf den günstigen Augenblick wartet, um zuzustechen. Die blitzenden Augen Si Mohammeds nahmen jede Einzelheit wahr: die typischen Blindenbewegungen, das fröhlich-freie Kleinkindergeplapper, die guten Schühchen und schönen, warmen Kleidchen. Als die drei zum Ölhändler gingen, folgte er ihnen, bis er so nahe an sein Stieftöchterchen herangekommen war, dass Hamid eine atemraubende Sekunde lang glaubte, er würde es packen. Aber er rührte das Kind nicht an. Er ging nur lautlos und unauffällig hinter ihm her, was ihm in dem Gedränge des Marktplatzes ein leichtes war. Doch Hamid bemerkte, dass die schwarzen Augen vor Wut brannten und dass der Mund fest geschlossen war wie eine grausame eiserne Zange.

Als Hamid sich von seinem ersten Schrecken erholt hatte, empfand er keine Furcht. Sein Vater war auf den Markt gekommen, um Geschäfte zu machen, und würde die Stadt voraussichtlich noch am selben Abend wieder verlassen. Er hatte ihn, Hamid, nicht gesehen – und würde ihn auch nicht zu sehen bekommen, denn bei der allerersten Gelegenheit wollte er in die Berge entweichen und bis zum Anbruch der Nacht den Affen Gesellschaft leisten. Um Kinza machte er sich keine Sorgen. Sie war in Sicherheit bei der Missionsschwester, die sie liebhatte und niemals weggeben würde. Ihr Heim war eine Festung, in die sein Vater auf keinen Fall eindringen würde. Hamid selbst wollte in seinem Mauseloch bleiben, bis sein Meister ihn springen liess. Und dann: hopp in die Berge!

Der Meister kam auch recht bald daher und war höchst erstaunt und ärgerlich, seinen Gehilfen unter dem Verkaufstisch anstatt dahinter anzutreffen. Er ohrfeigte ihn, was Hamid nichts ausmachte, und zog ihm etwas von seinem Lohn ab, was ihm sehr viel ausmachte. Er vergass den Schmerz aber bald über dem Genuss der gefährlichen Freiheit, denn der Marktplatz lag ja zwischen ihm und dem Berg, und irgendwo in der unübersehbaren Menge lauerte sein Stiefvater.

Kreuz und quer huschte er auf seinen flinken braunen Füssen, bis er die Gefahrenzone glücklich hinter sich hatte und auf der gepflasterten Strasse stand, die dem Stadtrand entlang lief und von der es sich so schön auf das Tal hinabschauen liess. Unter ihm schäumte der Bergbach, und jenseits dehnte sich einladend der breite, grüne Bergeshang mit seinen silberglänzenden Olivenbäumen und seiner frühlingshaften Blütenpracht. Mitten auf einer Wiese stand in einsamer Pracht ein besonders schöner Baum: ein Kirschbaum in voller Blüte, weiss wie der Schaum des Wassers, wie der Schnee auf den Gipfeln, wie das Blatt im Büchlein der Krankenschwester, das von einem versöhnten und reingewaschenen Herzen sprach. «Selig sind, die reines Herzens sind, denn sie werden Gott schauen.» Diesen Vers hatten die Jungen jeweils aufgesagt, wenn die Schwester das weisse Blatt in die Höhe hielt. Hamid sagte ihn sich vor, während er nun die steilen Stufen zu den Felsen hinaufsprang und an dem halben Brot knabberte, das er sich zum Frühstück gekauft hatte. Warm und duftend war das Brot, rein und strahlend der Sonnenschein, und die ganze schöne Welt lag vor ihm. Und als etwas Reines, das noch beglückender war als der Sonnenschein, ruhte tief in seinem Herzen jenes aufgehende Licht der Liebe, das er nicht in Worte zu fassen vermochte, das aber in jener Nacht in ihm geboren worden war, als er neben dem Kohlenfeuer gekniet und das einzige ihm bekannte Gebet gesprochen hatte. Er wusste, dass sein Gebet erhört worden war: seit jener Nacht war er nie mehr einsam oder verzweifelt oder wirklich in Angst gewesen. In dieser Gewissheit lag seine tiefinnere Quelle des Glücks, und deshalb fühlte er sich auch körperlich so leicht und stark. Auch der Frühling schien ihm in nie gekannter Pracht zu erstrahlen, und das frische Brot war doppelt so gut wie früher. Ja, Hamid war an diesem Morgen wahrhaft «selig». Als er an einer Röhre vorbeikam, aus der ein frischer Wasserstrahl über die Weiden herabfloss, steckte er den Kopf darunter, um sich abzukühlen, und liess sich dann mitten im Immergrün nieder, um sich an der Sonne zu trocknen.

Kinza, Jenny und Tante Rosmarie schlugen den Heimweg ein, ohne die finstere Gestalt zu bemerken, die ihnen bis an die letzte Strassenecke folgte und sie beobachtete, bis die Haustür sich hinter ihnen schloss. Es war schon beinahe an der Zeit, dass die Poliklinik ihre Türen öffnete. Während Tante Rosmarie dort beschäftigt war, sass Kinza meist auf der Türschwelle in der Sonne und unterhielt sich mit dem Kätzchen, und die Patienten machten einen grossen Schritt über sie hinweg oder gingen um sie herum. In den vergangenen zwei Wochen aber war Kinza oft mit Jenny spielen gegangen, denn Jenny freute sich jedesmal, wenn sie die Kleine betreuen durfte. So war es auch heute. In der einen Hand das neue Geschichtenbuch, das sie mitgenommen hatte, um es der Tante zu zeigen, an der andern Kinza, machte sie sich auf den Weg zum Hotel.

Die beiden Mädchen bahnten sich einen Weg durch das Menschengewoge auf dem Marktplatz und betraten den Schlossgarten, der zwischen ihnen und dem Hotel lag. Hier war heute kein Mensch zu sehen, denn jeder war nur auf Kaufen oder Verkaufen bedacht. Die verschwiegene Geborgenheit des Gartens lud zum Verweilen ein. Jenny dachte dabei auch an ihr neues Buch. Sie war bei einem unerhört aufregenden Kapitel angelangt, und hier wäre es doch so herrlich still, um schnell – ach, nur fünf Minuten! – ein Stücklein weiterzulesen! Die Mutter hatte ihr zwar eingeschärft, sie dürfe sich auf der Strecke zwischen dem Haus der Tante und dem Hotel nie aufhalten. Aber schliesslich konnte die Mutter ja nicht wissen, wann sie aufgebrochen war. Unter dem Glyzinien-Vorhang in der Nähe des alten Torbogens, der zu einem andern Teil des Gartens führte, war ein besonders reizvolles Eckchen. Mit Kinza neben sich liess Jenny sich auf der Steinbank nieder und stürzte sich in ihre Geschichte.

Denn das war eine Geschichte nach Jenny's Herzen! Sie handelte von einem Kind, das ein eigenes Pferd besass und darauf ritt, genauso, wie Jenny es tun wollte, sobald sie wieder zu Hause war. Sie beachtete es kaum, dass Kinza aufgestanden war und über den Pfad dem Torbogen zustolperte. Kinza unternahm oft solche kleine Spaziergänge auf eigene Faust. Sie hielt dabei die Arme vor, um etwaigen Gefahren ausweichen zu können. Wenn sie den Eindruck hatte, sie sei weit genug gegangen, stand sie jeweils still und quiekte, damit man komme und sie zurückhole.

Ganz im Bann ihrer Geschichte las Jenny weiter. Sie musste bis zum Ende des Kapitels kommen, um zu wissen, ob Annabels Pferd bei der Springkonkurrenz gewonnen hatte oder nicht! Durch den einen Augenwinkel konnte sie Kinza im Torbogen stehen sehen. Gleich wollte sie sie zurückholen. Nur noch die eine Seite – und dann noch eine ...

Sie überflog die letzten Zeilen und erhob sich mit einem Seufzer der Erleichterung, denn Annabel hatte glänzend gesiegt. Jenny aber schlug das Gewissen, hatte sie Kinza doch allein durch den Torbogen weglaufen lassen. «Kinza!» rief sie laut und rannte durch Schatten und Sonnenschein in den andern Teil des Gartens hinüber. Dort stand sie still, und ihre Augen weiteten sich vor Schrecken: der grüne Platz war leer und verlassen, nirgends war eine Spur von Kinza zu sehen.

Mit wildschlagenden Pulsen lief Jenny von Busch zu Busch und suchte nach Kinza. Sie flog die Stufen hinauf und hinunter, zurück in den eingehegten Garten. Umsonst. Nichts deutete an, welchen Weg die stolpernden Füsschen eingeschlagen hatten. Kinza war und blieb verschwunden.

Halbblind vor Entsetzen rannte Jenny auf den Marktplatz hinaus, stiess rechts und links an die Leute und trat beinahe auf die Waren, die zum Verkauf ausgelegt waren. Manch einer schaute sie verwundert an, wie sie so mit bleichem, tränenüberströmtem Gesicht und grossen, schreckgeweiteten Augen wie irrsinnig hin und her rannte. Sie dachten, sie hätte ihre Mutter verloren, und wiesen in die Richtung des Hotels. Aber Jenny schüttelte bloss den Kopf, stürmte weiter und suchte verzweifelt nach Kinza.

Schliesslich hielt sie völlig ausser Atem inne. Sie hatte keine Ahnung, wo sie noch suchen gehen könnte, und konnte es kaum ertragen, dass die Leute sie so anstarrten. Deshalb kehrte sie in den Garten zurück, blieb unter dem verhängnisvollen Torbogen stehen und versuchte zu überlegen, was weiter zu geschehen habe.

Sie konnte unmöglich zu ihrer Tante zurückkehren. Tante Rosmarie hatte ihr Kinza anvertraut, und sie hatte ihr Vertrauen schmählich missbraucht. Was würde die Tante dazu sagen? Und – was ärger war – wo war Kinza? War ihr irgendetwas Schreckliches zugestossen? Hatte sie Angst, oder war sie verletzt? Weinte sie, weil Jenny ihr nicht zu Hilfe kam? Jenny wusste keine Antwort. Sie brach in Tränen aus und lief schluchzend zum Hotel, eilte die Treppe hinauf ins Zimmer der Eltern und warf sich in die Arme ihrer Mutter.

Frau Milton brauchte einige Minuten, bis es ihr gelang, den verworrenen Bericht zu entwirren. Als sie sich schliesslich zusammenreimen konnte, was geschehen war, erschrak auch sie zutiefst. Sie trocknete ihrem Kind die Tränen, fasste es bei der Hand und sprach:

«Wir müssen sofort mit Tante Rosmarie sprechen. Unterwegs schauen wir uns nochmals auf dem Marktplatz um.»

Jenny rührte sich nicht. «Ich kann nicht zu Tante Rosmarie gehen», sagte sie unglücklich. «Ich kann es einfach nicht, Mama. Du wirst allein gehen und es ihr sagen müssen.»

«Nein», widersprach ihre Mutter ruhig, aber bestimmt. «Du musst es ihr selbst sagen. Schau, Jenny, das ist nur geschehen, weil du ungehorsam und unzuverlässig gewesen bist, und nun bleibt dir nichts anderes übrig, als tapfer zu sein und den Tadel, den du verdienst, auf dich zu nehmen. Und zwar müssen wir sofort gehen. Falls nämlich jemand Kinza geraubt hat, kann jede Minute von Bedeutung sein. Papa sitzt auf der Sonnenterrasse und wird mit uns kommen.»

Es war ein schweigsames, bedrücktes Grüppchen, das vom Hotel aufbrach. Herr Milton schlug vor, dass er, um Zeit zu gewinnen, allein den Markt durchstöbern wolle, während seine Frau und Jenny nochmals den Garten durchstreiften. Sie trennten sich, doch nur, um eine Viertelstunde später ernst und sorgenvoll wieder zusammenzukommen.

«Nun», sagte der Vater, «es bleibt uns kein anderer Ausweg, als schleunigst Rosmarie einzuweihen. Sie kennt die Sprache und kann die Leute ausfragen.»

Auf halbem Weg begegneten sie Rosmarie. Es war Essenszeit für Kinza, und sie wollte die Kleine beim Hotel abholen. Herr Milton unterrichtete sie über das Vorgefallene. Mittlerweile stand Jenny mit zu Boden gehefteten Augen abseits; sie wagte nicht, ihrer Tante ins Gesicht zu schauen. Was würde sie wohl sagen? Würde sie ihr wohl gleich hier, vor allen Leuten, bittere Vorwürfe machen? Doch nichts Derartiges geschah. Im Augenblick schien ihre Liederlichkeit niemand zu kümmern. Alle Gedanken kreisten einzig um Kinza.

Sie kehrten zum Garten zurück, um den Ort, wo Kinza verschwunden war, genau festzustellen. Tante Rosmarie befragte die Händler, deren Verkaufsbuden an nächsten standen, aber keiner wusste etwas. Was auch geschehen sein mochte, es musste auf der andern Seite des Torbogens geschehen sein. Diesen aber verdeckte von der Strasse her eine hohe Mauer. Aus jenem Teil des Gartens gab es drei Ausgänge; einer davon führte geradewegs auf die einsame Landstrasse hinaus, die sich ein paar Kilometer weiter in ein Dutzend wilde Bergpfade verzweigte.

«Es gibt zwei Möglichkeiten», sagte Tante Rosmarie schliesslich, als alles Fragen fruchtlos blieb. «Entweder ist Kinza um ihrer Kleider willen geraubt worden, in welchem Fall uns die Polizei zu Hilfe kommen könnte; oder aber ihre eigene Familie hat beschlossen, dass sie sie zurückhaben will. In diesem Fall fürchte ich, dass sie endgültig verschwunden ist. Ihren Leuten gegenüber habe ich keinerlei Anrecht auf sie. Ich weiss ja nicht einmal, wo sie eigentlich herkommt; ich weiss nur, dass sie nicht von hier ist.» Und dann kam ihr ein neuer Gedanke, und sie fuhr lebhafter fort: «Wo steckt wohl Hamid? Ich habe immer gedacht, er müsse etwas mit Kinza zu tun haben. Vielleicht kann er uns auf die Spur helfen!»

Jedoch keiner der Buben, die sich angesammelt hatten, um zu sehen, was los sei, konnte über Hamids Verbleib Auskunft geben. Am frühen Morgen war er auf seinem Posten gewesen, und zuletzt hatte man ihn in Richtung auf die Berge davontraben sehen. Jeder bot sich an, ihn suchen zu gehen, und sogleich waren sie in alle Winde zerstreut, denn der reiche Ausländer würde bestimmt den glücklichen Finder freigebig belohnen! Aber keinem gelang es, Hamid zur Stelle zu schaffen. Der steckte noch immer irgendwo am Berg oben zwischen den Felsblöcken und warf mit Steinen nach den Affen. Er hatte solche Angst, seinem Stiefvater zu begegnen, dass er noch lange nach Sonnenuntergang wegblieb und zum erstenmal seit vielen Wochen in der Bibelklasse fehlte.

Als die Polizei die Geschichte erfuhr, war sie höflich und anteilnehmend, aber nicht eben ermutigend. Die Beamten versprachen, den Regierungsposten in den Bergen telephonisch zu benachrichtigen, damit die Hauptwege überwacht und verdächtige Reisende angehalten würden. Aber die zahllosen kleinen Seitenwege, die nur den Landbewohnern bekannt waren, entzogen sich ihrer Aufsicht. Übrigens, auch wenn das Kind gefunden wurde, wer konnte beweisen, dass es nicht seinen Entführern gehörte? Diese konnten für den Diebstahl der Kleider bestraft werden, was aber das Kind anbetraf . . . ? Der Polizeichef zuckte vielsagend die Achseln, hob die Augenbrauen, legte den Kopf schief und breitete beide Hände aus. Es gab nichts weiter zu sagen.

Es gab auch nichts weiter zu tun. So ging denn die betrübte kleine Gesellschaft mit Tante Rosmarie nach Hause, um einen Imbiss zu nehmen. Sie waren alle viel zu besorgt und aufgeregt gewesen, um an das Mittagessen zu denken. Aber auch jetzt war niemand hungrig, und nach einer Weile verabschiedeten sich Herr und Frau Milton mit Jenny, die bleich und elend war. Noch immer wagte sie den Blick nicht zu ihrer Tante zu erheben. Diese hatte zwar noch kaum einen Gedanken für die strafbare Handlungsweise ihrer Nichte gehabt, war sie doch viel zu sehr mit der Frage beschäftigt, was aus Kinza geworden sei.

Für Rosmarie war es eine Wohltat, allein zu bleiben. Sie trug das Teegedeck ab, kehrte in ihr kleines Zimmer zurück und kniete nieder, um für Kinza zu beten. Doch da sprang das Kätzchen an ihr herauf und verlangte miauend nach seiner Spielgefährtin. Und unter dem Kissen, auf das sie ihre Arme stützte, lag etwas Hartes, Unförmiges: Kinzas hölzerne Puppe. Rosmarie sah sich im Raum um: da lag Kinzas Ball, Kinzas Decke, Kinzas Zuckerdöschen, das Jenny ihr geschenkt hatte. Wohin sie schaute, waren Spuren des geliebten vermissten kleinen Wesens. Rosmarie barg plötzlich den Kopf in ihre Arme und liess sich von ihrer Sorge übermannen. Wo war Kinza? Und was war mit ihr geschehen? Wie erschrocken, wie heimwehkrank musste sie sein, wie hilflos auch in der sie umgebenden, beängstigenden Dunkelheit! «O Gott», schrie Rosmarie auf, «sorge Du für sie! Lass ihr nichts zustossen! Bring sie sicher zu mir zurück!»

Noch während sie betete, drang unterdrücktes Weinen an ihr Ohr, und sie merkte, dass sie nicht allein war. Rasch schaute sie auf. Vor ihr auf der Schwelle stand Jenny. Mit ihren vom Weinen geröteten Augen und den flehentlich ineinander verkrampften Händen sah sie zum Erbarmen aus.

«Aber Jenny!» rief Rosmarie überrascht. «Weiss deine Mutter, dass du hier bist?»

«Ja», erwiderte Jenny und schluckte. «Ich hab gesagt, ich müsse dich allein sehen. Mama hat mich bis zur Tür gebracht, und du hattest vergessen, den Riegel vorzuschieben, da bin ich einfach hereingekommen. Und sie sagt, du sollst so gut sein und mich heimbegleiten, wenn du mit mir fertig bist, und ... du willst wahrscheinlich überhaupt nicht mit mir reden ... weil ... weil ... weil ich doch ganz allein schuld bin wegen Kinza. Und – o Tante – was soll ich nur machen?»

Beim letzten Satz flossen die Tränen aufs neue, und Tante Rosmarie zog das bebende Mädchen ins Zimmer herein, schloss die Tür und setzte sich neben sie.

«Du kannst gar nichts machen, Jenny», sprach sie sanft. «Aber Gott liebt Kinza mehr als wir alle, und er kann alles. Komm, wir wollen ihn bitten, unsere liebe kleine Kinza zu bewahren und zu trösten.»

Seite an Seite knieten sie nieder, und Tante Rosmarie legte Kinza in die starken Arme des guten Hirten. Jenny hörte zu, wunderte sich und fühlte sich noch elender als zuvor. «Tante Rosmarie hat es gut», dachte sie. «Wenn ihr etwas Schreckliches zustösst, weiss sie immer, wohin mit ihrem Kummer. Und immer findet sie Vergebung, Frieden oder Trost. Aber ich habe keinen solchen Zufluchtsort. Ich bin ausgeschlossen, ich muss im Dunkeln bleiben. Nie werde ich mir verzeihen können, und nie wird man mir verzeihen – falls Kinza tatsächlich verloren ist.»

Zum erstenmal in ihrem Leben hatte Jennys Ungehorsam wirklich etwas ausgemacht, ja es schien kein Entrinnen zu geben vor den entsetzlichen Folgen. Bisher war sie fast jeden Tag eigenwillig gewesen, hatte ihr Köpfchen durchgesetzt und war aufgebraust, sobald man ihr widersprach. Aber Papa und

Mama waren immer so nett und verständnisvoll darüber hinweggegangen und hatten nicht vergessen, dass sie eben drei Monate lang krank gewesen war. Nun war sie gerade einmal zu oft ihren eigenen Weg gegangen und ungehorsam gewesen.

«Wenn nur Kinza zurückkommen könnte!» dachte Jenny. «Ich würde bestimmt nie mehr böse oder ungehorsam sein. Immer und ewig wollte ich lieb sein!»

Den grössten Teil des folgenden Tages brachte Rosmarie damit zu, Hamid aufzuspüren. Hamid aber war anscheinend entschlossen, sich nicht aufspüren zu lassen. Als er nämlich frühmorgens erfuhr, dass die Schwester nach ihm verlangte, liess er seine Arbeit Arbeit sein, machte sich schleunigst davon und eilte schnurstracks in die Berge. Warum wollte die Schwester ihn gerade jetzt dringend sprechen? Vielleicht hatte sein Vater mit ihr verhandelt, und sie sollte ihn ausliefern. Jedenfalls war die ganze Sache höchst verdächtig, und er beschloss, sich fernzuhalten.

Rosmarie erfuhr bald, dass Hamid sich davongemacht hatte. Es lag ihr aber so viel daran, ihn zu sehen, dass sie ihre Bubenklasse absagte und sich kurz vor Sonnenuntergang hinter einem Pfeiler des Stadttores versteckte, durch das er voraussichtlich zurückkehren würde. Und in der Tat, sie brauchte nicht lange zu warten. Bevor das Tageslicht über den Gebirgszügen im Westen ganz erloschen war, drückte sich eine müde kleine Gestalt den Schatten entlang zum Tor herein. Rosmarie griff augenblicklich zu und hielt den Flüchtigen bei den Fetzen fest, die von seinem Hemd übriggeblieben waren.

Zuerst wehrte er sich heftig. Aber Rosmarie redete sogleich auf ihn ein, und was sie sagte, bestürzte ihn derart, dass er stillstand. «Hamid», bat sie flehentlich, «ich habe Kinza verloren. Kannst du mir helfen, sie zu finden? Weisst du, wo sie sein könnte?»

Rosmarie hielt ihn noch immer fest, und er stand steif vor ihr und blickte unsicher zu ihr auf. Im ersten Augenblick war er so überrascht, dass in seinem Gehirn alles durcheinander wirbelte. Allmählich aber kam Klarheit in seine Gedanken, und er begann die Zusammenhänge zu erkennen. Wenn Kinza verschwunden war, so hiess das, dass der Vater sie nach Hause geholt hatte; und wenn die Schwester sie suchte, so hiess das, dass sie nichts vom Vater wusste. Und dennoch, es war ratsamer, nichts zu verraten! Wer weiss, ob er sonst nicht plötzlich die Polizei auf dem Hals hatte? Er als kleiner Landstreicher aber wünschte nicht, mit der Polizei in Berührung zu kommen. Vielleicht würde er auch mit seinen Leuten zusammentreffen, oder die ganze Sache war einfach eine geschickt gestellte Falle ... Wie dem auch sei, es war bestimmt besser, wenn er von nichts wusste und die Finger aus dem Spiel liess.

Das schon, aber – wenn er sich weigerte, auszusagen, war Kinza verloren, und all seine eigenen Bemühungen waren umsonst gewesen! Und Kinza war doch so glücklich, so kugelrund, so sicher gewesen! Nun würde man sie an den Bettler verkaufen – weshalb sonst wollte der Vater sie haben? Und er, Hamid, war nicht dort, um sie zu beschützen!

«Ich weiss nichts von alledem», sagte er vorsichtig, nach langem Überlegen. Aber beim Schein der Strassenlaterne entging es Rosmarie nicht, dass beim Gedanken an Kinza verhaltene Tränen in seinen Augen schimmerten. Mehr denn je war sie überzeugt, dass er sogar sehr viel von alledem wusste. Nun hiess es behutsam und weise vorgehen, um das Geheimnis nach und nach aus ihm herauszulocken.

«Komm, wir gehen nach Hause und essen erst mal etwas», sprach sie besänftigend. «Dort können wir besser miteinander reden. Du musst doch hungrig sein, wenn du den ganzen Tag auf dem Berg gewesen bist.»

Und ob er hungrig war! Zu Mittag hatte er mit einem Hirtenjungen ein Stück Roggenbrot geteilt, weiter hatte er seit dem gestrigen Abend nichts zu essen gehabt. Er hatte ja Arbeit und Verdienst in den Wind geschlagen. Nicht nur hungrig – ausgehungert war er. Ein nagender Schmerz in der Magengegend quälte ihn. Wenn er aber das Angebot der Krankenschwester ausschlug, so hatte er wenig Hoffnung, heute noch zu einer Mahlzeit zu kommen. Es mochte gewagt sein, ihr Haus zu betreten, denn wer konnte wissen, ob jetzt nicht eine Gefahr darin lauerte, aber schliesslich konnte kein Mensch auf der Erde ihn zwingen zu sprechen. Der Hunger behielt die Oberhand, und er liess die Vorsicht fahren. Seine schmutzigen Finger schoben sich in Rosmaries Hand. Sie umschloss sie mit festem Druck und liess dafür seinen Hemdkragen fahren. Aber die Hand hielt sie fest, bis sie beide im sichern Schutz ihres Hauses waren und die Tür hinter ihnen ins Schloss fiel.

Sie führte Hamid die Treppe hinauf in das Zimmer, in dem er einst die schlafende Kinza betrachtet hatte. Er liess sich mit gekreuzten Beinen auf dem Teppich nieder, voll freudiger Erwartung, und schnüffelte wohlig, denn der Topf stand schon auf dem Feuer, und das Haus roch herrlich nach Reis und Gemüsen, die im Olivenöl brodelten. Rosmarie brachte ihm eine Schale voll, dazu ein grosses Stück Brot, füllte ihren eigenen Teller und setzte sich ihm gegenüber. Solange er ass, hielt sie mit Fragen zurück, denn er war völlig in diese angenehme Beschäftigung vertieft. Aber sie betrachtete ihn gedankenvoll. Wie er Kinza glich! Er hatte dieselben schwarzen Augen unter einer breiten Stirn, dasselbe herzförmige Gesicht, in dem die breiten Backenknochen in einem schön geformten Kinn verliefen; denselben willensstarken Mund. Rosmarie wartete, bis der letzte, schmackhafte Bissen verschwunden und die Schale mit einer Brotrinde saubergerieben war. Dann sprach sie mit einer Überzeugung, die sie nicht besass:

«Hamid, weisst du, wer dein Schwesterlein Kinza gestohlen hat? Wenn du es weisst, musst du es mir sagen, weil ich sie zurückholen will!»

Rosmarie war recht müde, recht angegriffen und recht besorgt, sie möchte falsch geraten haben. Ihre Stimme, die erst so bestimmt getönt hatte, zitterte bei den letzten Worten, und eben dieses Zittern beruhigte Hamid. Da steckte kein Trick dahinter, kein Plan, um ihn zu fangen! Das war der ehrliche Schrei eines liebenden Herzens! Hamid rutschte näher an sie heran, schaute errötend zu ihr auf und sagte:

«Ich glaube, mein Stiefvater hat sie genommen. Ich habe gestern gesehen, wie er sie auf dem Marktplatz beobachtet hat. Er ist ihr über den ganzen Platz gefolgt. Aber ich habe gedacht, bei dir sei sie in Sicherheit.»

Rosmarie war zwar verblüfft über ihren Erfolg, aber sie liess es sich nicht anmerken. Der kleinste Fehler in ihrem Vorgehen konnte den Jungen so einschüchtern, dass er schwieg. Deshalb fuhr sie ganz ruhig mit Fragen fort:

«Wo ist dein Stiefvater?»

Hamid nannte das Dorf.

«Wusste er nicht, dass sie bei mir war?»

«Nein!»

Nochmals verlegte sich Rosmarie aufs Erraten.

«Warum hast du sie an jenem Abend in meinen Hausflur gesetzt?»

«Meine Mutter hatte es so gewollt.»

«Warum?»

«Weil mein Vater Kinza nicht mehr haben wollte. Er hatte vor, sie an einen alten Bettler zu verkaufen. Bei dem wäre Kinza sehr unglücklich geworden, deshalb schickte meine Mutter sie zu dir.»

«Und jetzt?»

«Mein Vater wird sie dem Bettler verkaufen. Er will Geld haben.»

Die Krankenschwester schauderte. Kinzas Aussichten standen noch schlechter, als sie befürchtet hatte. Sie musste ihr zu Hilfe kommen. Aber wie? Ruhig fragte sie weiter:

«Wie weit entfernt liegt das Dorf?»

«Zwei Tagereisen mit dem Pferd. Aber mein Vater ist wahrscheinlich auf einem Lastwagen auf der Hauptstrasse gefahren. Dazu braucht's nur etwa sechs Stunden.»

«Und du? Wie bist du hierhergekommen?»

«Ein Stück weit auf einem Lastwagen, das meiste aber zu Fuss.»

«Und Kinza?»

«Auf meinem Rücken.»

Er sprach nicht anders, als er von einem Spaziergang gesprochen hätte, und Rosmarie staunte über seine Tüchtigkeit. Sicher würde der Junge, der so viel für Kinza gewagt hatte, ihr auch jetzt zu Hilfe eilen!

«Und wenn ich nun in dein Dorf ginge und deinem Vater mehr Geld anböte als der Bettler? Meinst du, dass ich Kinza zurückkaufen könnte?»

«Ich weiss nicht, vielleicht schon. Aber wie willst du das Haus kennen? Das Dorf liegt über mehrere Hügel zerstreut.»

«Du musst mitkommen und mir den Weg zeigen.»

«Das kann ich nicht. Mein Vater würde mich ganz fürchterlich verhauen.»

«Du brauchst nicht ins Haus hineinzukommen. Du kannst es uns nur von weitem zeigen.»

«Aber im Dorf kennt mich doch jeder! Sie werden mich meinem Vater verraten.»

«Wir werden nach Sonnenuntergang mit dem Wagen meiner Freunde dort anlangen. Im Dunkeln wird dich niemand sehen können. Um Kinza zu retten, tust du's doch, nicht wahr?»

Es war ihr so ernst, dass sie ihm beide Hände auf die Schultern legte, und er sass da und kratzte sich in den Haaren. Er wusste nicht, was er sagen sollte, und kämpfte mit den wildesten Befürchtungen.

«Hamid», flehte Rosmarie, «wenn du nein sagst, kann ich Kinza nicht wiederfinden. Der Bettler wird sie bekommen, und sie wird leiden und kalt und hungrig auf den Strassen der grossen Stadt herumliegen; ihr ganzes Leben wird sie im Finstern zubringen. Wenn sie aber zu mir zurückkehrt, wird sie glücklich sein und den Herrn Jesus kennen lernen, und ihr Herz wird voller Licht und Freude sein. Ich habe dir so oft von Jesus erzählt, Hamid. Glaubst du noch nicht an ihn?»

Da erhellte eine scheue Liebe Hamids Züge, und er sagte schlicht:

«Ich habe den Herrn Jesus sehr lieb. Er hat meine Sünden weggenommen und mein Herz froh gemacht.»

Rosmarie klammerte sich an seine Worte.

«Dann kann er auch deine Angst wegnehmen und dein Herz tapfer machen. In Gottes Buch heisst es, dass die vollkommene Liebe Jesu in unsern Herzen die Furcht austreibt. Es bleibt kein

Platz mehr für sie. Komm, Hamid, wir wollen ihn jetzt bitten, deine Furcht auszutreiben und Kinza zu retten.»

Gehorsam schloss er die Augen und hielt die hohlen Hände hin, als wollte er einen ausgegossenen Segen in Empfang nehmen. Und als die Krankenschwester betete, sprach er ihr die Worte nach und machte sie zu seiner eigenen Bitte. Dabei drangen zwei Gedanken in sein Herz. Erstens: wenn Jesus ihn wirklich liebhatte, würde er dem Stiefvater nicht erlauben, ihn zu schlagen, und deshalb gab es nichts zu fürchten. Und zweitens: welch ein Spass wäre es doch, mit dem grossen, schnittigen Wagen des Engländers den weiten Weg bis zu seinem Dorf zu fahren!

So kam es, dass schon während des Gebets der Geist Gottes dem unruhigen, aufgewühlten Bubenherzen frohe, tapfere Gedanken eingab. Und als die beiden fertig gebetet hatten, war Hamid willig, den Vorschlägen der Krankenschwester beizustimmen. Schliesslich verliess er das Haus in einem Zustand angenehmer Erregung. Er sah sich bereits aufrecht am Wagenfenster sitzen und stolz seinen Freunden zuwinken, die gelb vor Neid seiner königlichen Ausfahrt nachschauten. Es durchfuhr ihn plötzlich heiss vor Wonne, und er konnte nicht anders, er musste ein paar gewaltige Luftsprünge machen. Die lauen Nachtlüfte streichelten ihm die feurigen Wangen, und er gab sich ganz seiner Abenteuerlust hin. Über den Ausgang der Expedition hegte er keinerlei Bedenken mehr. Für Geld war sein Vater zu allem bereit, und die Schwester würde bestimmt mehr bieten als der Bettler.

Kaum hatte Hamid das Haus verlassen, machte sich Rosmarie auf den Weg nach dem Hotel, um Herrn und Frau Milton ihren Plan darzulegen. Sie hatte sie am frühen Vormittag zuletzt gesprochen, als sie vorbeigekommen und ihr mitgeteilt hatten, dass sie für den Tag in die Berge fahren wollten, um das Kind etwas zu zerstreuen. Jenny hatte eine unruhige Nacht gehabt, und in ihrem Köpfchen spukten allerlei unmögliche Pläne für Kinzas Befreiung. Sie hatte gar nicht wegfahren wollen, aber ihr Vater hatte darauf bestanden. Das hatte zu einem ziemlich heftigen Wortwechsel geführt, und als sie wegfuhren, sass Jenny einer unheilverkündenden Gewitterwolke gleich auf dem Rücksitz des Wagens.

Rosmarie traf ihre Freunde müde und niedergeschlagen in der Hotelhalle an. Sie hatten auf dem Rückweg bei ihr hereingeschaut, sie jedoch nicht angetroffen, da sie zu jener Zeit beim Stadttor auf Hamid gelauert hatte. Herr und Frau Milton sprangen bei ihrem Anblick auf, und Elisabeth fragte gleich:

«Hast du Neuigkeiten?»

«Ja», erwiderte Rosmarie, die nicht imstande war, ihre Aufregung zu verbergen. Sie liess sich in einen Sessel fallen und sprudelte die ganze wunderbare Geschichte heraus.

«Freilich, ich habe da ohne euer Wissen alles mit Hamid abgemacht», schloss sie. «Ich war fest überzeugt, dass ihr einverstanden sein würdet. Ihr habt ja solchen Anteil an Kinza genommen. Wir müssen morgen nachmittag fahren, um bei einbrechender Nacht anzukommen. Hamid sagt, man müsse dann noch eine ziemliche Strecke zu Fuss zurücklegen. Wir könnten erst nach Mitternacht zurück sein. Aber ich dachte, für einmal würde es euch nichts ausmachen.»

«Selbstverständlich nicht», versicherte Elisabeth. «Mein Mann kann dich und Hamid fahren, und ich bleibe bei Jenny. Ich finde nicht, dass sie mitfahren sollte. Ich weiss wohl, sie könnte im Wagen schlafen, aber dann müssten wir sie mitten in der Nacht, wenn wir heimkommen, wecken.»

«Das wird wieder einen schönen Spektakel geben, wenn wir sie zu Hause lassen!» seufzte der Vater, und die frohe Zuversicht schwand von den Gesichtern der beiden.

«Schläft Jenny schon?» fragte Rosmarie. «Oder kann ich ihr alles erzählen?»

Herr und Frau Milton tauschten vielsagende Blicke aus. Schliesslich antwortete Frau Milton:

«Ja, geh und erzähl es ihr, Rosmarie. Und – ach, ich wollte, du könntest sie in eine bessere Verfassung hineinreden! Sie hat dich ja so gern. Ich selber kann heute abend nichts mit ihr anfangen. Wir haben einen schlechten Tag hinter uns. Vom

Augenblick der Abfahrt bis zum Augenblick der Heimkehr hat Jenny unaufhörlich geschmollt und gemurrt, bloss, weil sie nicht hatte mitkommen wollen. Sie hatte hierbleiben wollen, um dir zu helfen, Kinza zu suchen. Freilich, das Kind ist krank gewesen und so weiter, aber sie führt sich wirklich wie ein verwöhntes Baby auf, sobald nicht alles nach ihrem Köpfchen geht.»

«Und darum hab ich sie zu Bett geschickt, sobald wir heimgekommen sind», ergänzte Herr Milton. «Ihre Launen werden geradezu unerträglich. Sie ist es aber nicht gewohnt, bestraft zu werden, und nahm es furchtbar übel. Ich weiss also nicht genau, in welcher Verfassung Sie das Mädchen antreffen werden. Auf alle Fälle können wir uns auf etwas gefasst machen, wenn sie morgen nicht mitdarf.»

«Armes Kind», sagte Tante Rosmarie. «Ich will einmal nachsehen, ob sie noch wach ist.»

Langsam stieg sie die Treppe hinauf. Droben klopfte sie an die Tür. Keine Antwort. Sie öffnete und trat ein.

«Was willst du?» liess sich eine mürrische Stimme unter der Bettdecke hervor vernehmen. «Ich bin nicht gleich eingeschlafen, wie du gesagt hast. Du brauchst dir das gar nicht einzubilden!»

«Ich bin's, Jenny», sprach Tante Rosmarie ruhig und setzte sich auf die Bettkante.

Jenny kam augenblicklich zum Vorschein. Sie war recht verlegen, denn in Tante Rosmaries Gegenwart hatte sie bisher nie anders als höflich gesprochen, und es lag ihr daran, als nettes Kind bei ihr zu gelten. Nun hatten Papa und Mama sie bestimmt verpetzt, und sie musste versuchen, Tante Rosmarie ihren Standpunkt begreiflich zu machen. Die Eltern missverstanden sie ja völlig und tadelten sie, wenn sie sie hätten bedauern sollen! Aber bestimmt würde ihre Tante mehr Verständnis haben und einsehen, wie ungerecht sie behandelt wurde.

«Ach, Tante Rosmarie!» rief sie und brach in Tränen aus. «Ich bin ja so froh, dass du gekommen bist. Ich habe den ganzen Tag nur an Kinza gedacht.»

«O nein, das hast du nicht», entgegnete Tante Rosmarie sehr sachlich. «Du hast bloss an dich selbst gedacht, und darum bist du so unglücklich. Selbstsüchtige Menschen sind immer unglücklich, weil es ihnen so viel ausmacht, wenn sie nicht haben können, was sie wollen.»

«Ich bin doch nicht selbstsüchtig!» schluchzte Jenny entrüstet. «Du verstehst mich kein bisschen besser als Papa und Mama. Ich konnte doch gar nicht aufhören, mich zu fragen, wo Kinza ist. Und da fuhren sie mit mir davon, irgendwohin wo ich nichts herausfinden und keine Nachrichten bekommen konnte!»

«Und wenn du sie gehabt hättest, das hätte doch Kinza nichts genützt! Es hätte bloss deine Neugierde befriedigt. Und weil sie nicht befriedigt worden ist, hast du Vater und Mutter den ganzen Tag geplagt. Wenn das nicht selbstsüchtig ist?!»

Darauf wusste Jenny keine Antwort, deshalb wiederholte sie nur mit weinerlicher Stimme: «Du verstehst mich nicht.»

«O Jenny, Jenny, ich versteh dich so gut!» rief Tante Rosmarie aus, indem sie vor dem Bett niederkniete und das aufgebrachte, erhitzte Kind an sich zog. «Ich verstehe: du hast immer alles gehabt, was du wolltest, und deine Eltern haben dir stets so viel Schönes gegeben und sind so lieb zu dir gewesen, dass du meinst, es komme in der ganzen Welt auf nichts anderes an als auf dein eigenes Glück. Dein Herz ist wie ein kleiner geschlossener Kreis, in dessen Mitte du selbst stehst. Und jedesmal, wenn etwas dich verletzt oder ärgert, meinst du, die Welt müsse untergehen. Je älter du aber wirst, desto mehr Dinge wird es geben, die dich ärgern oder verletzen, und so wächst du zu einer tief unglücklichen, lieblosen Frau heran. Verstehst du, du hast ja kaum Zeit oder Platz in deinem Herzen, um jemand anders so richtig liebzuhaben: all deine Liebe schüttest du beständig über dich selbst aus!»

Jenny schwieg. Nie hatte jemand so geradeheraus zu ihr gesprochen. Bei ihren Eltern hörten die Szenen meist auf mit einem versöhnlichen: «Schon recht, Liebling; du hast es sicher nicht so bös gemeint. Vergessen wir's!»

Aber wer weiss, ob Tante Rosmarie nicht teilweise recht hatte? Es war beunruhigend, daran zu denken, wie oft man sich tief, tief unglücklich fühlte, bloss, weil es nicht immer möglich war, den eigenen Willen durchzusetzen. Wie schön musste es sein, zu der Sorte von Menschen zu gehören, die immerzu fröhlich waren und denen es gar nicht viel auszumachen schien, wenn nicht alles ging, wie sie es wünschten! Da war z. B. in der Schule ein Mädchen, das so gerne reiten gelernt hätte und auch gar zu gern für ein Fest ein neues Kleid gehabt hätte. Aber beides war nicht möglich gewesen, weil sein Vater das Geld dazu nicht hatte. Aber das Mädchen hatte sich deswegen nicht benachteiligt gefühlt und war strahlender Laune in einem von ihrer ältern Schwester geerbten Kleid auf dem Fest erschienen. So etwas konnte Jenny nicht begreifen, und sie schloss daraus, dass sie einfach anders veranlagt sein müsse.

«Ich kann doch nichts dafür, wenn mir alles so sehr zu Herzen geht», verteidigte sie sich schliesslich in kläglichem Ton. «Und ich habe manche Leute richtig lieb, Mama z. B. und Papa und dich und Kinza und eine Menge Leute.»

«Nur so lange, als wir deinen Willen tun», entgegnete Tante Rosmarie. «Sobald wir aufhören zu tun, was dir gefällt, macht es dir gar nichts aus, uns zu plagen, wie du es heute an deinen Eltern bewiesen hast.»

Wieder schwieg Jenny. Aber sie rückte immer näher an die kniende Gestalt heran. Es nützte nichts, Tante Rosmarie etwas vormachen zu wollen. Die schien sie ja durch und durch zu kennen. In diesem Wissen aber lag etwas seltsam Beruhigendes. Jenny fühlte auf einmal, dass sie alle Masken fallen lassen und ihr innerstes Verlangen in Worte fassen konnte, ein Verlangen, das, obwohl oft unerkannt, in jedem Kinderherzen lebt.

«Ich *möchte* doch gut und glücklich sein», flüsterte sie. «Und ich *möchte* Mama Freude machen. Aber ich *kann* nicht. Wenn mich etwas ärgert, dann ärgert es mich so sehr, dass ich nicht anders kann, als böse werden.»

«Ja», pflichtete Tante Rosmarie ihr bei, «ich weiss schon. Unser eigenes Ich mit seinem Eigenwillen und seiner Empfindlichkeit ist sehr, sehr schwer aus der Mitte des Kreises herauszubringen. Ich selber weiss nur einen Weg dazu, und das ist: den Herrn Jesus zu bitten, mit seinem Willen mitten in den

Kreis zu treten und das Ich hinauszuwerfen. Am Anfang fällt uns das gar nicht leicht, weil unser Ich immer wieder selber etwas will und wir uns beständig sagen müssen: ‹Nicht mein Wille, sondern Dein Wille geschehe.› Nach einer Weile aber geschieht etwas Wunderbares: Wenn wir den Herrn Jesus kennen lernen und mit ihm reden und er mit uns, lernen wir ihn nach und nach so sehr lieben, dass seine Wünsche unsre Wünsche werden, und wir fangen an, nur noch das zu wollen, was er will. Die Bibel sagt uns: wenn wir das gleiche wollen wie der Herr Jesus, brauchen wir nur darum zu bitten, so empfangen wir es. Dann sind wir freilich vollkommen zufriedene, glückliche Menschen.»

«Ich versteh nicht ganz, wie das zugeht», flüsterte Jenny betrübt.

«Nicht? Es klingt wohl ein bisschen kompliziert. Aber im Grund ist es ganz einfach. Alles fängt damit an, dass du den Herrn Jesus bittest, dir zu vergeben, deine Selbstsucht auszutreiben und statt dessen in die Mitte deines Lebens hineinzukommen. Wenn er kommt, gewinnst du ihn lieb, weil du merkst, dass er dich so sehr liebt. Wenn du aber jemand liebhast, willst du ihn gern ansehen und ihm nahesein. Und nun, wenn du Jesus anschaust und ihm nahekommst, wirst du ihm ähnlich und willst, was er will. Es ist, wie wenn du etwas ganz Helles ansiehst und den Schein widerspiegelst, so dass du selber leuchtend aussiehst.»

«Ach so», meinte Jenny. Sie weinte nicht mehr und lag ganz still. Tante Rosmarie wartete einen Augenblick, dann sagte sie:

«Eigentlich war ich heraufgekommen, um dir Nachrichten von Kinza zu geben. Wir haben herausgefunden, wo sie ist, und morgen fahren dein Vater, Hamid und ich hin, und ich werde versuchen, ihren Vater zu überreden, dass er sie mir zurückgibt.»

«Oh, wo? wann? wie?» rief Jenny und richtete sich im Bett auf. «Sag mir alles, aber ganz schnell! Darf ich auch mitkommen?»

«Nein. Deine Mutter sagt, es werde zu spät. Und je weniger Leute wir sind, desto besser ist es jedenfalls. Du hast jetzt die schönste Gelegenheit, den heutigen Tag wettzumachen, indem du ohne Widerspruch und Schmollen gehorchst. Jetzt will ich dir noch erzählen, wie alles zugegangen ist.»

Und während Tante Rosmarie erzählte, lag Jenny ruhig da und hörte mit ungewöhnlich demütigem Sinn zu. Vielleicht wurde doch noch alles gut? Verdient hatte sie es nicht. Hatte sie nicht am Abend zuvor eine Art Gelübde getan: «Wenn Kinza zurückkommt, will ich immer und ewig brav sein»?

«Tante», flüsterte Jenny reuig und versteckte das Gesicht zur Hälfte im Kissen, «mach doch bitte, dass Mama noch zu mir heraufkommt. Ich möchte ihr sagen, dass es mir leid tut und dass ich morgen lieb sein will.»

Der nächste Tag war wieder sonnig und schön. Die «Rettungskolonne» brach am frühen Nachmittag auf. Jenny war zwar tiefbetrübt, dass sie nicht mitfahren durfte, aber auch fest entschlossen, sich nicht gehen zu lassen. Sie stand Hand in Hand mit ihrer Mutter mitten auf dem sonnenbeschienenen Marktplatz und winkte den Wegfahrenden nach. Hamid hatte über seiner Begeisterung, den prächtigen Wagen diesmal von innen zu sehen, seine letzten Befürchtungen vergessen. Er thronte wie ein Prinz auf dem Rücksitz und nickte herablassend der Menge von bewundernden, Mund und Augen aufsperrenden Bengeln zu, die hinterher liefen. Sie folgten dem Auto mit flatternden Kleidern die Strasse hinunter; sie schrien und johlten, bis der Wagen schneller fuhr und sie hinter sich liess. Hamid streckte den struppigen Kopf weit zum Fenster hinaus und schrie triumphierend zurück. Schliesslich zog ihn Rosmarie sicherheitshalber auf den Sitz herab.

Es war eine prachtvolle Fahrt. Hamid dachte an den heissen, staubigen Abend zurück, da er sich mit Kinza auf dem Rücken denselben Hügel hinaufgeschleppt hatte. Damals war er zu müde gewesen, um die Aussicht zu geniessen. Heute aber wollte er alles, alles sehen, was nur irgend zu sehen war. Wie ein Äffchen in einem Käfig, so sprang er von einer Seite des Wagens auf die andere. Steile Kornfelder, die im Sonnenschein zartgrün schimmerten, wechselten mit bunten Blumenwiesen. Bächlein quollen unter der Strasse hervor und schäumten zu Tal, dem

Fluss entgegen, der sich als blaues Band tief unten zwischen den Oleanderbüschen hindurchwand. Kleine schwarze Lämmer und Zicklein hüpften auf ungelenken Beinen über die Weiden, und da und dort schritten Bauern mit groben, hölzernen Pflügen hinter rehbraunen, zusammengejochten Ochsenpaaren über ihre Felder. Sie pflügten auf Hoffnung, diese Männer, denn die Regenzeit war schon beinahe vorüber. Bald würde die sengende Sommerhitze die Flüsse und Bäche austrocknen, und die Landschaft, die jetzt wie ein Garten grünte, würde verdorrt und gelb aussehen.

Als der Wagen die ebene Strasse längs des Flusses erreicht hatte, verdoppelte er sein Tempo. Er sauste nur so zwischen den niederen Erderhebungen dahin, die mit weissen Blütenbüschen überwachsen waren. Die Luft war voll von ihrem Duft, und Hamid wurde auf einmal müde von seiner Turnerei. Er lehnte sich ins Polster zurück und döste. Er erwachte erst, nachdem der Wagen auf einer Anhöhe angehalten hatte. Wohin man hier sah, vorwärts, rückwärts, rechts und links, überall ragten Berge zum Himmel. Herr Milton und Schwester Rosmarie waren dabei, sich aus einer Thermosflasche Tee einzuschenken und Brote zu essen. Nun hatte es Hamid plötzlich eilig, sich bemerkbar zu machen. Und richtig, er erhielt einen grossen runden, mit Zucker bestreuten Wecken. Wohlig reckte er sich auf seinem Polstersitz, schleckte als erstes den Zucker oben weg und war restlos glücklich.

Langsam sank die Sonne gegen die Berge hinab und überflutete die Welt mit ihren langen, sanften Strahlen. Der graue Wagen aber näherte sich Hamids Dorf und seinem Vater. Dieser Gedanke war ein bitterer Tropfen im Glückskelch dieses Tages. Der grosse, starke Engländer und die Schwester hatten Hamid zwar versprochen, für seine Sicherheit besorgt zu sein, so dass keine regelrechte Angst ihn zu packen vermochte. Aber der Gedanke an den Vater wirkte doch sehr ernüchternd. Hamid legte den Kopf auf seine Arme und träumte zum Wagenfenster hinaus. Nicht nur seiner Heimat, nein, auch seiner Mutter kam er ja näher, immer näher. Wie schwer würde es ihm fallen, ihr ganz nah zu sein und sie doch nicht sehen und sprechen zu dürfen. Grosse Tränen rannen ihm auf einmal über die Wangen.

Die Schwester hörte ihn schluchzen. Erstaunt betrachtete sie ihren Reisegefährten und legte ihm teilnehmend die Hand aufs Knie. Aber er war nur wenig getröstet. Sie war gütig und lieb und der beste Freund, den er hatte – aber seine Mutter konnte sie nicht ersetzen.

Daraufhin bog der Wagen in eine Hauptstrasse ein und liess ein Städtchen rechts liegen. Herr Milton steuerte geradewegs auf die Hauptstadt zu; das konnte man schon an den grossen, schönen Wagen merken, die ihnen fortwährend begegneten. Hamid vergass einstweilen seinen Kummer und begann wieder, zwischen den Wagenfenstern hin und her zu pendeln, um ja nichts zu versäumen. Wenn sie nur gleich bis zu der Stadt am Meer fahren könnten, wo gewaltige Schiffe im Hafen verankert liegen mussten! Aber nein, sie schwenkten bald in eine Gebirgsstrasse ein und fuhren zwischen mit niederem Buschwerk bewachsenen Hügeln hindurch, in deren Vertiefungen sich die Dörfchen der Einheimischen mit ihren strohbedeckten Hütten duckten.

Hinter diesen Hügeln sank die Sonne in einer Flut blendenden Lichts. Kinder brachten ihre Ziegen heim. Der Wagen musste mehrmals anhalten, um solch ein geschmeidiges Persönchen und seine Herde die Strasse überqueren zu lassen. Dann schwand die Helle, und warm und gütig fiel die Dämmerung herab. Da konnte Hamid in der Ferne die Umrisse seines heimatlichen Berges erkennen und darüber zwei blinkende Sterne. Das Herz begann ihm wie wild zu schlagen, und seine Augen brannten.

Der Wagen rumpelte nur noch langsam über die steinige Landstrasse. Es war bereits völlig dunkel, als sie auf den wohlbekannten Marktplatz mit seinen rauschenden Eukalyptusbäumen und den im Mondschein weissglänzenden Regierungsgebäuden einbogen. Ohne angehalten zu werden, fuhren sie weiter, an den wenigen, geschlossenen Verkaufsbuden vorüber. Doch dann lief die Strasse in einen Feldweg aus, und Herr Milton brachte den Wagen zum Stehen.

Hamid purzelte heraus und rannte hinter einen Ölbaum in Deckung, denn die Schwester ging eben auf einen Jungen zu, der auf der Schwelle seines Hauses stand, und bat ihn, den Wagen zu bewachen. Hamid kannte den Jungen und wünschte nicht, von ihm erkannt zu werden. Wie dankbar war er, dass die Dunkelheit ihn schützend umgab und dass zu beiden Seiten des Weges das Korn aufschoss. Im Notfall konnte er wie der Blitz darin verschwinden. Er wartete, bis der Junge ihm den Rücken gekehrt hatte, dann schlich er aus seinem Versteck hervor und ging wortlos und eilig auf dem ihm wohlbekannten Weg voran, so dass seine Freunde ihm kaum zu folgen vermochten. Für ihn war diese Nacht randvoll mit Erinnerungen. Dies war der Weg, auf dem er an den heissen Sommerabenden Kinza nach Hause getragen hatte. Hier war der Brunnen, an dem er in taufrischen Morgenstunden bei Sonnenaufgang mit Rahma die Wassereimer gefüllt hatte. Zu seiner Linken lag der Friedhof mit den drei kleinen Gräbern, auf denen die Ringelblumen wuchsen. Der Fluss, an dem er so oft seine Ziegen getränkt hatte, schimmerte silbern im Mondlicht. Und dort vorn auf der Anhöhe glimmten die Lichter der ersten Hütten seines Dorfes. Noch fünfzig Schritt – und er konnte seinen eigenen erleuchteten Türrahmen und den sanften Schein des Kohlenfeuers erkennen. Hamid hielt an und winkte seine Begleiter zu sich heran. Sie waren ganz ausser Atem geraten, denn so leichtfüssig wie er waren sie nicht!

«Dort», hauchte er und wies mit dem Zeigefinger auf sein Heim. «Es ist das dritte Haus nach dem Feigenbaum. Stossen Sie nur das Tor auf, es hat keinen Riegel. Vor dem Hund brauchen Sie sich nicht zu fürchten, er ist angekettet. Und vergessen Sie nicht: Sie haben mir versprochen, meinem Vater nichts zu verraten!»

«Ja, Hamid», sprach Rosmarie ruhig. «Ich habe es versprochen. Sollte dein Vater uns an den Wagen begleiten, so musst du dich versteckt halten, bis er weggeht. Wir werden nicht ohne dich abfahren. Andernfalls treffen wir dich hier.»

Vorsichtig folgten sie dem ansteigenden, rauhen Pfad, und Hamid brachte sich hinter den Büschen beim Friedhof in Sicherheit. Und während er dort kauerte, die Arme um die Knie geschlungen, kam ihm in den Sinn, wie er auf seiner Flucht um Mitternacht den Hügel hinabgeschlichen war und sich im Dunkeln so sehr vor bösen Geistern gefürchtet hatte. Auf einmal fiel ihm auf, dass er sich diesmal nicht im geringsten fürchtete, und er fragte sich, weshalb.

Er wusste die Antwort bald. Es gab ein Lied, das die Schwester ihn gelehrt hatte und das mit den Worten anfing:

«Wenn nach der Erde Leid, Arbeit und Pein
ich in die goldenen Gassen zieh ein ...»

Für Menschen wie er, die gereinigte Herzen besassen, hatte der Tod nichts mehr mit Finsternis und bösen Geistern zu tun. Nein, er war eine Tür zum Licht und Sonnenschein der Gottesstadt. Die Schwester hatte sogar gesagt, dass alle kleinen Kinder, die noch nichts von Gut und Böse wussten, dort willkommen seien. Da waren wohl auch seine kleinen Geschwister jetzt geborgen und glücklich. Hamid wünschte fast, er könnte ebenfalls dorthin gehen, anstatt wie ein Ausgestossener mit verlangenden Augen sein Vaterhaus aus der Ferne betrachten zu müssen. Er sehnte sich nach einem Platz am Herdfeuer, nach den Ziegen, nach Rahma und vor allem nach seiner Mutter. Sein Herz schrie nach ihr. Ach, wenn sie ihn doch hören und zu ihm kommen wollte!

Mittlerweile stapften Herr Milton und Rosmarie beim Schein einer Taschenlampe im Gänsemarsch in den schmutzigen Fussspuren, die zu Hamids Haus führten. Niemand sah sie vorübergehen, und alles war genauso, wie Hamid es vorausgesagt hatte. Ein leichter Stoss gegen das Tor genügte, und dann traten sie aus der Dunkelheit heraus und blieben in dem Lichtstrahl, der aus der geöffneten Haustür drang, unschlüssig stehen.

Eine Kette rasselte, ein grosser schwarzer Hund sprang auf und bellte wütend. Ein bärtiger Mann, der nahe am Eingang sass, blickte hinaus, sah die beiden, erhob sich augenblicklich und durchquerte den Raum. Es folgte ein geschäftiges Hin und Her, ein rasches, unterdrücktes Stimmengemurmel, und dann erschien auf der Türschwelle ein lächelnder, sich verneigender und in höflichen Begrüssungsworten sich überbietender Herr des Hauses. Er bat seine Gäste, einzutreten, ihr Anliegen drinnen vorzubringen und an seinem Mahl teilzunehmen, obschon es dürftig sei. Sie bückten sich, um durch die niedere Tür einzutreten, und befanden sich in einem kleinen, schwach erleuchteten Raum.

Eine junge Frau mit traurigem, geduldigem Anlitz kauerte am Feuer, ein scheues, schwarzäugiges Mädchen neben sich. In einer finstern Ecke sass ein älteres Weib an eine zusammengerollte Wolldecke gelehnt. Sie erhob sich nicht, um die Gäste zu begrüssen; sie blieb schweigend und scharf beobachtend in ihrer Ecke sitzen. Der Herr des Hauses aber breitete ein Ziegenfell aus und forderte seine Gäste auf, sich darauf niederzulassen. Er selbst setzte sich so, dass sie der Alten den Rücken kehren mussten.

Von Kinza keine Spur! Rosmarie fühlte, wie ihr das Herz entfiel. War es möglich, dass sie umsonst gekommen waren?

Der Hausherr drückte mit höflichen Worten seine Verwunderung ob des späten Besuchs aus und befahl der jungen Frau, die Gäste mit süssem Pfefferminztee zu bewirten. Und während sie an ihren Tassen nippten, erkundigte er sich nach ihrem Begehr.

«Ich bin gekommen, um mich nach Ihrem kleinen, blinden Mädchen Kinza zu erkundigen», antwortete Rosmarie mit fester Stimme. «Vor etwa sieben Monaten ist sie mir von ihrem Bruder überlassen worden. Ich habe das Kind sehr liebgewonnen und wünsche dringend, es wieder zu haben. Es ist Ihr Kind, und Sie haben darüber zu verfügen. Aber ich bin bereit, Ihnen eine angemessene Abfindungssumme zu bezahlen, und selbstverständlich bin ich einverstanden, wenn die Mutter das Kind von Zeit zu Zeit besuchen will.»

Totenstille herrschte. Der bestimmte Ton, in dem die Krankenschwester gesprochen hatte, machte den Mann unsicher. Sie hatte von Bezahlung gesprochen – sicher würde sie mehr bieten als der Bettler! Anderseits konnte es ihm Unannehmlichkeiten bereiten, dass er Kinza einfach entführt hatte. Und dann war da noch die Sache wegen der schönen Kleider! Kinza war am vorhergehenden Tag nach Einbruch der Nacht, in einen Kartoffelsack gewickelt, ins Haus geschafft und seither allen Blikken ferngehalten worden. Ihre Kleider hatte er schon am selben Vormittag an ein paar Spanier verkauft ... Nein, das Risiko war allzugross. Er beeilte sich, seinem Gesicht den Ausdruck ahnungslosen Befremdens zu geben, und breitete die Handflächen aus:

«Aber ich weiss doch gar nichts von dem Kind», versicherte er in verletztem Ton. «Es ist wahr, ihr Bruder hat sie vor sieben Monaten aus meinem Haus weggestohlen, aber seither habe ich sie weder gesehen noch Nachricht von ihr erhalten. Wenn der Junge Ihnen gesagt hat, hier sei sie zu Hause, so hat er wahr gesprochen. Aber das Kind ist nicht da, und ich kenne seinen Aufenthaltsort nicht. Sollte ich wider Erwarten etwas von ihm hören, so will ich es Ihnen gern mitteilen.»

Es entstand eine lange Pause, während welcher Rosmaries Blicke sich mit denen der jungen Frau trafen. Unverwandt schaute diese sie an, und ... war es Einbildung? oder machte sie wirklich mit dem Kopf ein schwaches Zeichen gegen die alte Frau hin?

Rosmarie wandte sich und schaute sich im Zimmer um. Nur an einem einzigen Ort konnte hier etwas versteckt sein: unter der Decke hinter dem Rücken der Alten. Mit einem raschen Entschluss warf Rosmarie die Regeln guter Sitte von sich ab, sprang auf, durchquerte den Raum und rief dreimal, so laut sie konnte, Kinzas Namen. Die Alte griff nach dem Bündel, aber zu spät! Kinza, die plötzlich den Armen ihrer Mutter entrissen und in die Ecke geworfen worden war, döste nur. Beim Klang der wohlbekannten, geliebten Stimme gab sie laut Antwort und versuchte augenblicklich, sich aufzurichten. Die alte Frau wollte sie niederhalten, aber die verzweifelten Bewegungen unter der Decke verrieten alles. Rosmarie schob die Alte beiseite, schlug die Decke zurück, und im nächsten Augenblick klammerte Kinza sich an ihren Hals, als wollte sie sie nie mehr loslassen.

Kinzas Freude war unbeschreiblich. All das Entsetzen, das sie in den vergangenen zweieinhalb Tagen ausgestanden hatte, war vorbei, und sie lag wieder sicher in den Armen ihrer Beschützerin. Die letzten Tage waren ein einziger Schrecktraum gewesen: in einen Sack eingebunden hatte sie die ganze Nacht auf einem harten Brett im Lastwagen gelegen, und wenn sie weinte, wurde sie gepufft. Hunger, Angst, Verwirrung und roh zugreifende Hände, all das hatten diese endlosen zweieinhalb Tage enthalten. Aber jetzt war alles gut. Die geliebte Stimme hatte sie gerufen, und niemand, gar niemand, konnte sie je wieder dem sichern Schutz der liebenden Arme entreissen. Die Spannung in dem kleinen Körper löste sich, und das Kind lag friedevoll da. Rosmarie aber wandte sich, um dem Stiefvater entgegenzutreten.

Mit drohender Gebärde war er aufgesprungen, blass vor Zorn und Furcht, und Herr Milton hatte sich gleichzeitig erhoben und stand bereit, einzugreifen, falls es notwendig sein sollte. Herr Milton war breitschultrig und kräftig, und Si Mohammed erkannte im Bruchteil einer Sekunde, dass es jetzt nur einen Ausweg gab: einzulenken und womöglich ein gutes Geschäft zu machen! Sein Gesichtsausdruck wandelte sich fast augenblicklich: nun war nur noch erzwungene Belustigung über Kinzas Freude darin zu lesen!

«Haha», lachte er nervös, «da haben Sie sie ja gefunden, und jetzt soll sie Ihre Tochter sein. Sie sind ihr sehr willkommen, und ich weiss, dass sie es bei Ihnen gut haben wird. Nun sagen Sie mir, was Sie mir für das Kind geben wollen, und es gehört Ihnen!»

Rosmarie, die durch Hamid über alle Einzelheiten unterrichtet war, nannte eine wesentlich höhere Summe, als der Bettler angeboten hatte. Und Si Mohammed, vom Gedanken an die Kleider bedrängt, begehrte nur noch, seine ungebetenen Gäste möglichst rasch loszuwerden, und ging unverzüglich auf das Angebot ein. Mit vielen höflichen Bezeugungen der Freude über die Ehre, die Kinza erwiesen werde, trat er auf Rosmarie zu, um das Geld in Empfang zu nehmen. Kaum bemerkte Kinza aber, dass die gefürchtete Stimme näher kam, so stiess sie einen Schrei aus und klammerte sich entsetzt an Rosmaries Hals. Doch sie beugte sich über die Kleine, und während sie die Kaufsumme aushändigte, flüsterte sie ihr ins Ohr:

«Es ist alles gut, Kinza. Hab keine Angst. Er kann dir nichts mehr antun. Du bist jetzt m e i n Töchterlein.»

Worauf Kinza beruhigt und vertrauensvoll zwei Finger in den Mund steckte und still und zufrieden daran lutschte. Sie wusste nicht, dass um ihretwillen eine lange Reise unternommen und dass ein hoher Preis bezahlt worden war, um sie zurückzukaufen. Aber die Stimme, die sie noch nie getäuscht hatte, hatte gesagt: «Fürchte dich nicht, du bist jetzt m e i n Töchterlein.» Und damit fiel alle Furcht von Kinza ab. Vor den Augen ihres Feindes ruhte sie still in den Armen ihrer Beschützerin und schlief ein.

Nun galt es nur noch, unverzüglich wegzukommen, damit

nicht weitere Schwierigkeiten entstehen konnten. Rosmarie verabschiedete sich kurz von der alten Frau und dem Hausherrn und wollte mit der jungen Mutter sprechen. Aber der Platz am Kohlenfeuer war leer. Nur das kleine Mädchen sass noch dort, wachsam, mit ernstem Blick. Die Mutter selbst war unbemerkt hinausgeglitten. Was kümmerte sie der Zorn ihres Mannes oder das Ungebührliche ihrer Handlungsweise? Sie hastete den steilen Pfad hinunter, der vom Dorf wegführte, und rief leise den Namen ihres Sohnes.

Sie vermutete, dass er in der Nähe sein müsse – wie hätten die Freunde sonst das Haus finden können? Trotzdem schrak sie zusammen, als plötzlich eine kleine, weissgekleidete Gestalt, im Mondschein wie ein Gespenst anzusehen, aus dem Schatten der Olivenbäume beim Friedhof auftauchte und ihr die Hand küsste. Sie zog den Jungen ängstlich in den dunklen Schutz der Bäume zurück, lehnte sich an einen knorrigen Stamm und forschte sehnsüchtig in seinem zu ihr erhobenen Gesicht. Sie wusste, dass ihre Zeit kurz bemessen war.

«Kleiner Sohn, kleiner Sohn», flüsterte sie, «geht es dir gut? Geschieht dir kein Leid?»

Und Hamid flüsterte zurück:

«Mir geschieht kein Leid. Ich habe Arbeit in der Stadt, und alles ist gut. Aber Kinza? Und der Vater? Haben sie sie gefunden?»

Seine Mutter nickte. «Ja, die Ausländerin hat einen Preis für sie bezahlt und nimmt sie als ihre Tochter mit heim. Ich habe keine Sorge mehr um Kinza. Es wird ihr gut gehen, und sie wird nie Schläge bekommen oder betteln müssen. Aber du, kleiner Sohn, komm zu mir zurück. Du fehlst mir so sehr!»

Er schüttelte bedächtig den Kopf.

«Ich getrau mich nicht», flüsterte er. «Der Vater würde mich totschlagen. Ich habe Arbeit und kann leben, und am Abend gibt uns die Schwester zu essen. Und weisst du, sie hat ein Buch über Jesus, von dem sie dir gesagt hatte, dass er die Kinder in die Arme nahm. In diesem Buch ist der Weg Gottes, der in den Himmel führt, aufgeschrieben. Was die Schwester uns aus ihrem Buch sagt, das macht mein Herz froh, und ich muss mehr darüber wissen.»

Er sprach sehr ernst, und sie zog ihn an sich. Er war grösser geworden, aber so mager. Und ihr kam er immer noch so klein vor! Und doch hatte er auf eigene Faust einen Weg zum Glück gefunden. Ein Mondstrahl drang durch das Blätterdach, und sie konnte sehen, wie sein Gesicht sich beim Sprechen erhellte. Wenn sie nur mit ihm gehen könnte! Sie kannte kein Glück.

«Willst du nicht kommen und mir alles erzählen, kleiner Sohn?» drängte sie. «Ich möchte auch glücklich sein. Dein Vater wird dich nicht schlagen. Er muss einen Jungen bezahlen, um die Ziegen zu hüten, und er murrt oft, weil du nicht hier bist, um für ihn zu arbeiten. Er wäre froh, dich wieder zu sehen.»

Hamid lehnte den Kopf an ihre Schulter und überlegte angestrengt. Er war es so müde, heimatlos zu sein, müde, sich selbst durchzuschlagen und vor der Zeit ein Mann zu sein. Er wünschte sich nur eines: wieder ein kleiner Junge sein zu dürfen, unbehelligt eine Weile im Dunkeln am Herzen seiner Mutter zu ruhen und dann nach Hause zu gehen.

Wenn er es aber tat, konnte er niemals in dem Buch der Krankenschwester lesen lernen, und vielleicht würde er den Weg zum Himmel vergessen. Ausserdem fürchtete er sich noch immer vor seinem Stiefvater. Allmählich, nach langem Zögern, kam er mit sich ins reine und sagte:

«Ich will jetzt zurückgehen und das Buch, das den Weg zum Himmel weist, lesen lernen. Und dann, wenn die Ernte reif ist, will ich heimkommen und dir alles erzählen. Nur musst du meinen Vater bitten, dass er mich nicht schlägt.»

Schritte ertönten auf dem Fussweg, und der Lichtkegel einer Taschenlampe wurde auf sie gerichtet. Sie sprangen auf und traten ins helle Mondlicht hinaus. Die Mutter beugte sich über ihr schlafendes Kind und küsste es rasch, wünschte leise einen Segen auf die Krankenschwester herab und reichte ihrem Sohn die Hand. Dann, ohne ein weiteres Wort, wandte sie sich und schritt zufrieden und furchtlos der Strafe entgegen, die ihrer harrte. Kinza war für immer in Sicherheit, und sie hatte ihren kleinen Sohn gesehen. Es ging ihm gut, und er hatte versprochen, nach Hause zu kommen. Darüber hinaus war nichts von Bedeutung.

Die kleine Gesellschaft aber eilte dem Tal zu. Herr Milton hatte Kinza auf den Arm genommen, und Rosmarie hielt die Taschenlampe. Hamid stürmte voran, denn er kannte jeden Meter Erdboden. Sie waren beinahe beim Wagen angelangt, als auf einmal rasche Schritte und zornige Rufe hinter ihnen ertönten. Es war Si Mohammed, der seinem flüchtigen Jungen nachjagte. Das Verschwinden seiner Frau hatte einen Verdacht in ihm geweckt, und die stille Freude auf ihrem Gesicht, als sie zurückkehrte, hatte ihn bestätigt.

«Mein Vater!» keuchte Hamid und schoss auf den Wagen zu. Doch er fand die Tür verschlossen. Er klammerte sich an die Klinke und zappelte und quiekte angstvoll. Die Krankenschwester, die trotz ihrer ersten grauen Haare noch recht beweglich war, folgte ihm auf dem Fuss, und Herr Milton warf ihr Kinza in die Arme, als wäre sie ein Wäschebündel, zwängte den Schlüssel ins Schlüsselloch, stürzte sich in den Wagen, trat auf den Anlasser und öffnete die hintere Tür. Die Krankenschwester, Kinza und Hamid purzelten alle auf einmal hinein, und im selben Augenblick sprang der Motor mit triumphierendem Geratter an. Mit 50 km in der Stunde und unter fürchterlichem Gerüttel fuhr der Wagen über den leeren Marktplatz und liess Si Mohammed samt seinem Schatten und seiner kochenden Wut allein unter den Eukalyptusbäumen zurück. Sein respektloser Stiefsohn aber sank ins glänzende Polster zurück und brach in schallendes Gelächter aus.

Fünf Minuten später war die Aufregung überstanden, und jeder hatte es sich auf seine Weise bequem gemacht. Kinza schlief tief und selig, war sie doch erschöpft von den Schrecknissen der vergangenen Tage. Hamid liess den Blick zum Fenster hinauswandern bis zu den Gipfeln über seinem Heimatdorf, die hoch und erhaben bis in die himmlischen Gefilde zu reichen schienen. Zu ihren Füssen kuschelte sich sein Dorf, wo der Name Jesus noch nie auch nur genannt worden war. Aber Hamid fühlte weder Heimweh noch Verlassenheit mehr. Er wusste, dass er zurückkehren würde, allein und zu Fuss, an einem Sommerabend, wenn die Felder der Ernte entgegenreiften. Und er würde sich nicht arg fürchten, denn bestimmt würde ihm auf dem Heimweg ein Licht leuchten, das noch heller war als Sonnenschein oder reifes Korn, ein Licht, das die Finsternis der Sünde und der Furcht vertreibt. Denn Jesus hatte gesagt: «Ich bin das Licht der Welt; wer mir nachfolgt, der wird nicht im Finstern wandeln, sondern wird das Licht des Lebens haben.»

Als Hamid im Wagen wegfuhr, stand Jenny auf dem Marktplatz und winkte. Tapfer schluckte sie die bittere Enttäuschung hinunter und zwang sich zu einem Lächeln. Sie war fest entschlossen, lieb zu sein und alles zu tun, damit ihre Mutter einen schönen Tag hatte. Aber sie fand es recht schwer, den Vorsatz nun auch auszuführen. Man denke: nach Hamids Heimatdorf in den Bergen zu fahren und mitzuhelfen, Kinza einem grausamen Stiefvater zu entführen, das wäre doch das prächtigste Abenteuer gewesen, das man sich träumen konnte – so aufregend wie die allerspannendste Geschichte! Doch da war sie nun, mitten auf dem Marktplatz, zurückgelassen, während der Wagen ohne sie davonfuhr. Und der Gipfel der Trübseligkeit war: sie hatte versprochen, lieb zu sein! Wenn sie jetzt wenigstens in eine rechte kochende Wut geraten und um sich schlagen dürfte, dann wäre das Ganze irgendwie leichter zu ertragen! Doch nein, sie wusste es aus Erfahrung: am Ende wäre alles noch schlimmer, als es schon war.

Jenny hielt also tapfer an ihrem Versprechen fest, wandte ihrer Mutter ein entschlossenes Gesicht zu und erkundigte sich sanftmütig, was sie für heute vorhabe. Die Mutter merkte wohl, wie sehr ihr Töchterchen mit sich kämpfte, und war nur zu gern bereit, ihr auf halbem Weg entgegenzukommen und ihr den Sieg so leicht wie möglich zu machen. Es war ein wunderschöner Tag, und die Bergeshänge sahen in ihrer Blütenpracht verlockend aus.

«Heute ist ideales Ausflugswetter», sagte sie munter, «und die Annabel-Geschichte ist noch nicht fertig. Komm, wir gehen und kaufen uns etwas Gutes zum Essen, und dann wandern wir zur andern Talseite hinüber und setzen uns an die Sonne. Du hast in der letzten Zeit auch gar keine wilden Blumen mehr gesucht für deine Schulsammlung, und wir fahren doch schon in ein paar Tagen nach Hause.»

Jenny taute ein wenig auf. So richtig interessieren konnten sie zwar weder Annabel noch wilde Blumen noch irgendetwas anderes, solange sie nicht wusste, ob Kinza in Sicherheit war. Aber trotzdem: mit ihrer Mutter zusammen zu sein, war etwas Schönes, und vielleicht würde die Zeit dabei schneller vergehen. Wie sollte sie auch durch die endlosen vor ihr liegenden Stunden kommen, ohne dass sie etwas Bestimmtes zu tun hatte? Sie half ihrer Mutter deshalb gern beim Einkaufen. Der Bäcker schlief zwar in der Sonne, aber sie weckten ihn. Im Hotel füllte man ihnen die Thermosflasche mit heissem Tee. Dann machten sie sich auf den Weg. In einem Körbchen lagen die Esswaren, das Geschichtenbuch, Jennys Blumenpresse und Mutters Zeichnungsblock. Und Jenny, die doch von Natur recht bequem war, fiel es wahrhaftig ein, dass sie das Körbchen tragen könnte! Die Mutter streifte sie mit einem nachdenklichen Blick. Ob das Kind sich nicht wohl fühlte? Es sah aber ganz frisch und rosig aus. Nur war es ernster und schweigsamer als sonst.

Hand in Hand wanderten die beiden über die gepflasterten Strassen dem Stadttor zu, das den Blick ins Tal freigab. Im Torbogen konnten sie die steil angelegten Olivenhaine jenseits des Flusses in der Sonne flimmern sehen. Hinaus traten sie in das Licht und die Weite des offenen Landes. Sie überquerten eine gewölbte Steinbrücke, über deren altersgraues Mauerwerk Efeu kroch. Dann stiegen sie durch Obstgärten und Haine bergan, bis sie den unbebauten Abhang erreichten, an dem Ringelblumen, Massliebchen und Butterblumen ihre eigenen Gärtchen zwischen den Felsblöcken angelegt hatten. Hier liessen sich die beiden nieder. Jenny legte sich flach auf den Rücken und träumte in den blauen Himmel hinauf, während ihre Mutter ihr zwei Kapitel aus der Annabelgeschichte vorlas. Als sie aber bemerkte, dass die Gedanken ihres Kindes anderswo waren, legte sie das Buch beiseite und schlug vor, sie wollten essen.

Das Essen war nun allerdings ein ungetrübtes Vergnügen. Auch liess es sich dabei so schön zu der weissen Stadt hinüberschauen, die sich an der steilen Berghalde festzuklammern schien, und die Hotelfenster abgucken, um herauszufinden, welches die eigenen Schlafzimmerfenster seien. Tante Rosmaries Hausdach und das Storchennest oben auf der Festung waren ebenfalls zu sehen. Zum Glück für den vollen Korb entsann sich Jenny, dass sie mittags vor Betrübnis kaum gegessen hatte, und entwickelte jetzt einen beträchtlichen Appetit. Ihre Mutter war überglücklich und füllte ihr die Hände mit guten Sachen, bis auch nicht eine Krume mehr übrigblieb. Dann ging sie daran, das Stadttor mit der Efeubrücke abzuzeichnen, und Jenny machte sich davon, um Blumen zu suchen.

Sie empfand ein starkes Bedürfnis, allein zu sein. So viele neue Gedanken beschäftigten sie seit einigen Tagen. Und bei diesen Gedanken konnte sogar ihre Mutter mit all ihrer Liebe und ihrem Verständnis ihr nicht folgen. Jenny hätte es keinem Menschen sagen können, wie verzweifelt nahe ihr Kinzas Geschick ging. Wenn sie doch nur zurückkam! Dann, so empfand Jenny, konnte ihre eigene Vergangenheit vergeben und vergessen werden, und sie konnte irgendwie neu anfangen. Ach, sie hatte ja mehr als genug von ihrem alten Leben, von all der Launenhaftigkeit, dem Elendsein und Andere-elend-Machen! Ob sie es wollte oder nicht, immer wieder verdarb sie, was schön und gut hätte sein können! Bis vor ein paar Tagen hatte sie gedacht, da sei nichts zu machen. Aber Tante Rosmarie hatte ihr versichert, dass es einen Ausweg gebe. Und Jenny glaubte ihr, auch ohne sie ganz zu verstehen.

Sie vergass die Blumen, die sie hatte pflücken wollen, setzte sich auf einen Felsblock, stützte das Kinn in die Hände und suchte sich zu erinnern. Zuerst konnte sie sich nichts Rechtes mehr zusammenreimen. Dafür stach ihr der Teppich aus Butterblumen in die Augen, der sich zu ihren Füssen ausbreitete. All die Blumenköpfchen streckten sich dem goldenen Sonnenlicht entgegen. «Es ist, wie wenn du etwas Helles ansiehst und den Schein widerspiegelst», so hatte Tante Rosmarie sich ausgedrückt. Und tatsächlich, all diese weitgeöffneten Blumenkelche, deren Blumenblätter sich in glücklichem Empfangen zurückgelegt hatten, schienen den ganzen Himmelskörper widerzuspiegeln. Allerdings gab es unter den Butterblumen auch Knospen; diese hielten ihre Blumenblätter fest über ihrem finstern Herzchen verschlossen. Vielleicht würden sie sich morgen öffnen! Jenny fragte sich, wie es sich wohl anfühlte, wenn das erste Blumenblatt sich aufschloss und der erste Sonnenstrahl hineindrang. Ob die Blumen sich am frühen Morgen öffneten, wenn das Licht klar und kühl war? Oder am Abend, wenn es golden und mild schien? Jenny wusste es nicht. Weil aber Gottes heiliger Geist sie suchte und lehrte, so wusste sie nun, dass Herzen, die sich dem Herrn Jesus verschliessen, den Blumenknospen gleichen, die sich vor der Sonne verschliessen.

Wenn sie doch mehr über den Herrn Jesus wüsste! Oder wenn sie wenigstens eine Bibel hätte, um die Geschichten über ihn zu lesen. In Gedanken sah sie das Bild in der Poliklinik vor sich, und das beruhigte sie. Jesus hatte die Kinder so lieb, dass sie sich nicht vor ihm zu fürchten brauchten. Auch sie, Jenny, brauchte sich nicht zu fürchten! Er wollte ja in ihr finsteres, verschlossenes Herz einziehen und es mit Licht erfüllen, mit seinem tröstenden, vergebenden, heilenden Licht. Und dann würde nach und nach, vielleicht auch ganz schnell, ihr übelgelauntes, verwöhntes, hochmütiges kleines Ich dem leuchtenden Gast weichen müssen, und der starke, frohe, liebende Heiland in ihr würde aus ihr herausstrahlen, so dass sie ebenfalls stark und froh und liebend wurde. «Wie eine Kerze, die ihre Strahlen durch die Scheiben der Laterne wirft», hatte Tante Rosmarie gesagt. Dieser Satz war ihr im Gedächtnis haftengeblieben.

«Bitte, komm herein, bitte, komm herein!» flüsterte sie. Eins im Geist mit den weitgeöffneten Blumenkelchen wandte sie das Gesicht erwartungsvoll der Sonne zu. Da hörte sie ihre Mutter nach ihr rufen. Sie stand auf und rannte ihr in die Arme. Ihre Augen leuchteten über der neugewonnenen Erkenntnis.

«Liebe, liebe Mutter!» rief sie aus und umarmte sie stürmisch. Doch gleich darauf war sie verlegen, hüpfte lachend und singend den Abhang hinunter und schwenkte die Arme wie jemand, der von einer grossen, innern Freude bewegt ist. Ihre Mutter folgte ihr und wunderte sich, was geschehen sei.

Aber sie war zu weise, um Fragen zu stellen. Sie wusste, dass die köstlichsten Kindergedanken nie ausgesprochen werden können. Sie sind wie Musik, die nicht in Worten ausgedrückt werden kann, und wie zerbrechliche Gebilde, die nicht berührt werden dürfen.

Die Mutter holte Jenny bei der Efeubrücke ein. Das Mädchen war in ein fesselndes Spiel vertieft: sie warf oben an der Brücke kleine Zweige ins Wasser und stürzte sich sodann auf die andere Seite, um sie hervorschwimmen zu sehen. Sie hatte eine Anzahl für ihre Mutter bereit, und nun gab es ein aufregendes Wettschwimmen. Als sie genug davon hatten und die steinernen Stufen zum Hotel hinaufstiegen, war die Sonne am Untergehen, und der Himmel hatte die Farbe von reifen Aprikosen. Der Tag, von dem Jenny gedacht hatte, er werde ewig dauern, war unerwartet rasch zu Ende gegangen. Eine Stunde später lag sie bereits im Bett.

«Mama», sagte Jenny, «ich kann ganz sicher nicht einschlafen, bevor sie kommen. Aber wenn ich aus Versehen doch einschlafen sollte, dann weckst du mich, nicht wahr? Versprich es mir!»

Frau Milton zögerte. Jenny aus dem Schlaf zu reissen, war das letzte, was sie zu tun wünschte. Aber das Kind war den ganzen Tag so lieb und nett gewesen. Wenn sie ihr nun diese Bitte abschlug, war vielleicht die gute Laune und damit der ganze schöne Tag verdorben. Darum sagte sie:

«Nun gut, Liebling. Wenn Kinza bei ihnen ist, wecke ich dich, damit du sie begrüssen kannst. Wenn nicht, erfährst du es am Morgen noch früh genug.»

Ein Schatten flog über Jennys Gesicht. Mit todernsten Augen blickte sie ihre Mutter an und flüsterte:

«Wenn Kinza nicht dabei ist, möchte ich nie mehr aufwachen, nie!»

Trotz Jennys Voraussage dauerte es keine Viertelstunde, bis sie fest schlief. Als das Licht gelöscht war und nur noch das Rauschen des Flusses aus dem Tal zu ihr hereindrang, fielen ihr die Augen von selbst zu. Das nächste, dessen sie sich am

Morgen entsinnen konnte, war, dass ihre Mutter sie sanft schüttelte und dass Tante Rosmarie lachend am Fussende des Bettes sass und ein eingemummtes Bündel auf dem Schoss hielt.

«Kinza!» rief Jenny und stürzte sich auf das Bündel. Sie küsste und drückte und liebkoste es, bis sich zwei schläfrige Äuglein öffneten. Aber sie vermochten sich nicht offen zu halten und fielen sogleich wieder zu. Jenny schwamm in Seligkeit. Sie lehnte den Kopf an ihre Tante und liess sich die ganze wunderbare Geschichte im Flüsterton erzählen. Es war zwei Uhr nachts, und sie waren nicht die einzigen Gäste im Hotel.

Jedermann war hungrig geworden. Die Mutter holte den Kocher aus dem Schrank und kochte Tee. Den Vater hatte die erfolgreiche Rettungsaktion in geradezu übermütige Stimmung versetzt, er balancierte mit seiner Teetasse auf dem Bettrand und verrührte den Zucker mit dem Griff seiner Zahnbürste, während die Mutter Brote mit Butter und Honig bestrich und herumreichte. Es war das fröhlichste Mitternachtsfest, das man sich denken konnte. Jenny war überzeugt, dass sie diese Stunde bis an ihr Lebensende im Gedächtnis behalten werde. Kinza war wieder da. Nun waren ihre Sünde und deren furchtbare Folgen für immer vergeben und vergessen! Sie konnte neu anfangen und ein anderes Kind mit einem neuen, glücklichen Leben werden. Da sass sie nun in ihrem Bett, umgeben von den Menschen, die ihr am liebsten waren, und hatte den Mund voll Honigbrot – ach, in ihr war genau soviel Glückseligkeit, wie Sonnenschein in den Butterblumen gewesen war! Ihre reine Freude erhöhte die der andern, und obwohl die Mutter schon viermal mit allerdings nicht sehr überzeugter Stimme behauptet hatte, dass es höchste Zeit sei, zu Bett zu gehen, achtete kein Mensch darauf. Sie fuhren ruhig fort mit Essen und Tuscheln. Als Herr Milton berichtete, wie sie Si Mohammed entwischt waren, purzelte er vor Aufregung rücklings vom Bett, und sie zerplatzten fast vor verhaltenem Gelächter. Davon erwachte Kinza und richtete sich verwundert auf. Sie sah zerzaust und über alles erhaben aus und blinzelte ernsthaft wie ein Käuzchen auf die übermütige Gesellschaft. Anscheinend fand sie diesen mitternächtlichen Heiterkeitsausbruch sehr unpassend; sie verkroch sich bald wieder in ihre Wolldecke und schlief weiter. Daraufhin sagte Frau Milton zum fünftenmal, dass es nun wirklich an der Zeit wäre, schlafen zu gehen, und Herr Milton meinte: «Ja, du hast recht. Aber gib mir nur noch ein Honigbrot, das Herunterfallen hat mich nämlich wieder hungrig gemacht.» Tante Rosmarie wünschte ebenfalls noch eins, und Jenny selbstverständlich auch, und schliesslich fand ihre Mutter, sie könne ebensogut auch noch eines nehmen.

Dann sagte sie zum sechstenmal, dass sie nun unbedingt zu Bett gehen müssten, und diesmal hörte man auf sie. Jenny erhielt drei Gutenachtküsse und wurde dreimal zugedeckt, und dann verschwanden die Erwachsenen mit unterdrücktem Gelächter im Flur, denn Herr Milton, der in seinen grossen, quiekenden Schuhen leise aufzutreten versuchte, erinnerte lebhaft an einen Elephanten, der auf den Zehenspitzen gehen möchte. Jenny aber blieb mit ihrem überströmenden Glück allein in der Dunkelheit zurück.

Gott hatte ihre Gebete für Kinza erhört. Nun konnte sie sich ruhig und dankbar schlafenlegen. Ihre Gedanken überflogen den Tag, der hinter ihr lag, und die Butterblumen kamen ihr wieder in den Sinn. Jetzt waren sie wohl alle geschlossen, und die Kelchblätter wölbten sich schützend über den Herzen. Allem, ausser der Berührung des Lichts, hielten sie sich fest verschlossen. Vielleicht waren sie deshalb so leuchtend.

Am nächsten Morgen schliefen alle aus, bis die Sonne schon hoch am Himmel stand – alle ausser Hamid und Tante Rosmarie. Diese beiden standen zur gewohnten Zeit auf. Hamid, weil er die ganze Nacht auf dem Rücksitz des Autos herrlich geschlafen hatte, und Rosmarie, weil sie einen vollen Arbeitstag vor sich hatte. Es war noch früh, als sie durch lautes Klopfen an der Tür gestört wurde. Sie erhob sich mit einem Seufzer und wünschte, sie könnte ihre Patienten ein- für allemal dazu bringen, nicht schon um 7.30 Uhr zur Poliklinik zu kommen, wenn diese um 14.30 Uhr geöffnet wurde. Aber an der Tür stand Hamid. Er wollte gern die Schwester besuchen. Sein Gesicht war rot und glänzend, denn er hatte es soeben unter die Brunnenröhre gehalten. Im übrigen sah er wie immer schmutzig und vernachlässigt aus. Und doch war er so voll überströmender Lebenslust wie der helle Frühlingsmorgen selbst. Er küsste der Schwester die Hand, kicherte und schlüpfte unaufgefordert in den Flur. Er schien irgendeinen besonderen Zweck zu verfolgen, denn er blieb auf einem Bein stehen und kratzte sich eine ganze Weile den Kopf. Schliesslich erkundigte er sich, wie um Zeit zu gewinnen, nach Kinza.

«Es geht ihr gut», sagte die Schwester. «Möchtest du sie sehen?»

Anstelle einer Antwort sprang er ihr voran die Treppe hinauf zu der Ecke, wo Kinza wieder wie in alten Tagen lag. Der dunkle Haarschopf ruhte auf ihrem einen Arm, und sie schlief noch fest. Hamid nickte erfreut und blickte dann erwartungsvoll um sich, um zu sehen, ob Aussichten auf ein Frühstück beständen. Er hatte die Besuchszeit gut gewählt: die Krankenschwester war eben am Frühstücken gewesen, als er angeklopft hatte. Hamid liess sich mit untergeschlagenen Beinen in höflicher Entfernung vom Tisch auf dem Boden nieder und äugte mit unverhohlener Vorfreude nach dem Tisch. Er hatte in der Nacht keine Honigbrötchen gehabt und war recht hungrig.

Die Schwester reichte ihm eine Schale süssen Kaffee und einen grossen, dicken Kanten Brot. Er schlürfte das Getränk geniesserisch und lachte vor Vergnügen. Als er ausgetrunken und die Schale mit dem Finger ausgeleckt hatte, um ja nichts vom Zucker zu verlieren, rutschte er ein wenig näher an sie heran und bat vertraulich:

«Lehre mich lesen!»

Die Schwester mass ihn mit einem zweifelnden Blick.

«Viele Leute möchten lesen lernen, aber sie geben es schon nach 14 Tagen auf, und ich habe dann wieder meine Zeit verloren.»

Er schüttelte mit Nachdruck den Kopf und sagte:

«Ich würde bis zur Zeit der Ernte weitermachen, dann muss ich nach Hause. Mein Vater wird froh sein, mich für die Ernte zu haben, weil er dann so viel zu tun hat. Kann ich bis dahin lesen lernen?»

«Ich glaube wohl, aber nur, wenn du wirklich jeden Tag weitermachst.»

Im Geist überschaute Rosmarie ihre ausgefüllten Tage und fragte sich, wie sie es anstellen müsse, um dieser neuen Bitte zu entsprechen. Hamid schien es ernst zu sein.

«Warum willst du lesen lernen?» fragte Rosmarie.

Da schaute er sie ernsthaft an und erzählte ihr seine schlichte kleine Geschichte.

«Ich will nach Hause gehen», sagte er. «Wenn ich aber nach Hause gehe und nicht lesen kann, wer soll mich dann noch den Weg zum Himmel lehren?»

«Du glaubst also, dass es wirklich der Weg zum Himmel ist?»

«Ja. Ich habe einen Traum gehabt. Ich habe den Herrn Jesus gesehen. Er hielt die Arme ausgestreckt. Ich glaube, er hing am Kreuz. Und hinter dem Kreuz war eine Tür, die stand weit offen, und er sagte mir, das sei der Weg zu Gott. Er sagte mir auch, ich solle zu dir kommen, weil alles in dem Buch steht.»

«Gut», antwortete die Krankenschwester ruhig. «Du kannst jeden Tag ungefähr um diese Zeit kommen. Fangen wir heute an!»

Sie holte ihr arabisches Lesebuch hervor und entdeckte bald, dass Hamid eine sehr rasche Auffassungsgabe besass. Nach einer halben Stunde kannte er bereits eine ganze Anzahl Buchstaben und war ausserordentlich zufrieden mit sich selbst.

«Aa–d–dd–rr–z», wiederholte er stolz und mit singender Stimme. «Jetzt kann ich lesen!»

Hocherhobenen Hauptes sprang er davon, und Rosmarie räumte mit frohem Herzen den Frühstückstisch ab. Sie hatte jahrelang in dieser Stadt gearbeitet, und Dutzende von heimatlosen Kindern hatten durch sie vom Weg zum Himmel gehört. Aber dieser kleine Junge hatte sie anscheinend verstanden. Er war beim Kreuz Jesu durch die weitgeöffnete Tür eingedrungen in die Heimat der Heimatlosen am Herzen Gottes.

Die Abreise der Familie Milton stand bevor. Der letzte Samstag war herbeigekommen, und sie wollten ihn zu einem Tagesausflug in die Berge benutzen. Papa, Mama, Tante Rosmarie, Jenny, Kinza und ein bauchiger Proviantkorb wurden alle miteinander sicher im Auto verstaut.

Vorbei an kleinen Dörfern und abschüssigen Halden voll Heidekraut fuhren sie höher, immer höher. Der Blick tauchte in dunkelgrüne Schluchten hinunter, über denen sich schneebedeckte Firne türmten. Nach einer Weile nahm der kühle Schatten eines Pinienwaldes sie auf. Hier blühten zu den Füssen riesenhafter Bäume grosse Teppiche von gelben Primeln. Der Wagen hielt an, und Tante Rosmarie, die seit Jahren keinen europäischen Frühling mehr erlebt hatte, griff mit Wonne nach den heimatlich anmutenden Blumen. Die Luft war auf dieser Höhe würzig und rein, dafür sorgten der Wald und die Nähe des Schnees. Jedermann wurde schweigsam und atmete tief. Jenny flatterte von einer Blumengruppe zur andern, bis ihre Hände nichts mehr fassen konnten. Da liess sie sich auf einem Baumstumpf an der Sonne nieder und band ihre Blumen zu Sträussen. Sie fand, sie sei noch nie in einem Wald gewesen, in dem es so viele Primeln und Lichtungen mit blassvioletten Krokussen gab. In der Nähe hörte sie ein Bächlein rauschen und wusste, dass sich da der geschmolzene Schnee zu Tal wälzte, die Erde tränkte und den Saft in den Bäumen hochtrieb. Und wie hübsch waren die Blumen auf ihrem Schoss! Sie sahen nicht so kräftig und munter aus wie die Butterblumen. Schliesslich hatten ja auch die Butterblumen nicht vier Monate lang unbeweglich unter dem Gewicht der Schneemassen liegen müssen. Aber darin waren sich alle Blumensorten gleich: unter der zarten Berührung des Lichts öffneten sie sich weit, warfen ihre Kelchblätter zurück und gaben sich ganz der Wohltat dieser

Berührung hin. Jenny hatte es drei Tage zuvor selbst erfahren, wie das sich anfühlte.

Und nun hätte sie Tante Rosmarie gern davon erzählt. Sie musste es versuchen, denn wer konnte wissen, ob das nicht die letzte Gelegenheit dazu war? Aber wie sollte sie anfangen und wie es überhaupt sagen? Sie konnte es sich ja nicht einmal selbst erklären, was geschehen war! Doch eins wusste sie: etwas *war* geschehen, und nun musste sie wissen, wie alles weiterging. Tante Rosmarie allein konnte ihr das sagen. «O Gott», seufzte sie in die glitzernde Luft hinaus, «mach, dass Tante Rosmarie zu mir kommt und mit mir redet, damit ich es ihr sagen kann!»

Und Gott hörte die Bitte. Wenige Minuten später löste sich Tante Rosmarie von der übrigen Gesellschaft, kam auf Jenny zugeschlendert und setzte sich neben sie auf den Baumstumpf. Obwohl das nun eine feine Gelegenheit gewesen wäre, vermochte Jenny keine Worte zu finden. Wenn nur Tante Rosmarie den Anfang machen wollte! Aber sie tat es nicht. Sie sprach von den Wäldern der Heimat, wie sie Hunderte von Kilometern von hier entfernt und vor Dutzenden von Jahren gewesen waren. Das interessierte Jenny nicht im geringsten. Nur eines zählte jetzt für sie: das Grosse, Wunderbare, das in dieser Woche an ihr geschehen war. Je mehr sie aber nach Worten suchte, um es auszudrücken, desto mehr regten sich die Zweifel in ihr. Hatte sie überhaupt etwas erlebt? Vielleicht war alles nur Einbildung gewesen, und die Freude würde vergehen und das Licht verlöschen. Die Tränen stiegen ihr auf einmal in die Augen vor lauter verhaltener Sehnsucht. In diesem Augenblick rief die Mutter zum Essen. Die Gelegenheit war vorbei und würde vielleicht nie wiederkehren. Gott hatte ihr Gebet wohl doch nicht erhört.

Das Essen munterte Jenny wieder etwas auf, denn die Bergluft hatte ihren Appetit angeregt. Und nach dem Essen ging sie mit ihrem Vater auf Entdeckungsreisen, was ihr grossen Spass machte. Und doch sass die ganze Zeit tief in ihrem Herzen die Enttäuschung fest. Zweifel hatten sich eingeschlichen, Licht und Freude waren verschwunden.

Im goldenen Abendschimmer fuhren sie nach Hause. Jenny lehnte sich an ihren Vater, und durch das offene Fenster strömte der Abendwind herein. Es war ein warmer, mit Arnika-Duft geladener Wind, der Jenny schläfrig machte. Durch die halbgeschlossenen Lider betrachtete sie die vorbeiflitzende Landschaft. Auf einmal erblickte sie eine feuchte Wiese, auf der zu Tausenden weisse Narzissen im Schilf wuchsen. Sie wurde wieder hellwach: war nicht morgen Ostern?

Jenny hatte den Ostersonntag gern. Auf dem Frühstückstisch standen dann zu Hause immer weisse Lilien und Narzissen, und grosse, bunte Ostereier lagen um ihren Teller. Sie selbst trug stets ein neues, weisses Kleid und eine weisse Schleife im Haar. Nach dem Frühstück ging sie mit ihren Eltern zur Kirche, was für sie etwas Aussergewöhnliches, Festliches war. Und soweit Jenny zurückdenken konnte, war der Park immer voll Sonnenschein und Sternhyazinthen gewesen, und der Obstgarten hatte in Blüte gestanden. Auch die Kirche prangte in österlichen Farben: sie war mit Maiglöckchen, Narzissen und goldenen Osterblumen geschmückt.

Hier würden sie nicht zur Kirche gehen, weil es keine Kirche gab. Aber wie, wenn sie Tante Rosmarie frühmorgens mit weissen Blumen überraschte? Vielleicht könnten sie dann eine Art Gottesdienst miteinander halten? Dann würde Tante Rosmarie bestimmt wieder von Gott zu reden anfangen, und so würde es ihr selbst leichter fallen zu sprechen. Sie legte die Hand auf den Arm ihres Vaters und sagte:

«Halt, Papa!»

Herr Milton bremste. «Was gibt's?» erkundigte er sich gutgelaunt. Worauf Jenny erklärte:

«Ich muss schnell etwas holen gehen.» Sie sprang aus dem Wagen und rannte ein Stück zurück, damit Tante Rosmarie nicht sehen sollte, wohin sie ging. Dann lief sie querfeldein, pflückte rasch einen Armvoll Blumen, wickelte sie in ihre

Strickjacke und rannte zum Wagen zurück. Keuchend purzelte sie hinein.

«Was hast du da?» fragte der Vater. Und Jenny antwortete:

«Ein Geheimnis!»

Die Mutter hatte ihre Tochter durch das hintere Wagenfenster verfolgt, lächelte und schwieg. Doch erst, als Jenny gut eingepackt im Bett lag und die Narzissen bis zum Hals hinauf in einem Wasserkrug standen, begriff sie, worum es ging, denn Jenny erklärte ihr:

«Morgen ist doch Ostersonntag, und da haben wir immer weisse Blumen. Darf ich ganz früh aufstehen und Tante Rosmarie als Oster-Überraschung meine Narzissen bringen?»

«Warum nicht?» willigte die Mutter ein. «Sie wird sich bestimmt freuen. Sie ist ja so lieb zu dir gewesen, Jenny. Du darfst gehen, sobald du bereit bist. Wir werden nicht mit dem Frühstück auf dich warten, da Tante Rosmarie dich voraussichtlich einladen wird. Ich will dir deine Sonntagskleider schon jetzt zurechtlegen.»

Sie hing Jennys schönstes Kleid und saubere, weisse Socken über einen Stuhl, gab ihrem Kind einen Gutenachtkuss und ging hinaus. Und Jenny schlief sogleich getröstet und erwartungsvoll ein. Es musste doch alles gut werden!

Als der Wächter auf der Moschee seinen morgendlichen Gebetsruf erschallen liess, erwachte Jenny. Es war noch früh. Zu Hause hoben jetzt wohl die Glocken zu läuten an, um die Menschen daran zu erinnern, dass Jesus Christus auferstanden ist. Ein paar Minuten lang kostete Jenny die duftschwere Luft, lauschte dem Rauschen des Flusses und sah zu, wie der Feuerschein des Sonnenaufgangs an den Felswänden jenseits des Tales zunahm. Dann sprang sie mit einem Satz aus dem Bett, wusch und kleidete sich aufs sorgfältigste, weil ja Ostern war, und machte sich auf den Weg zu ihrer Tante.

In der Stadt war anscheinend noch niemand wach. An den Ruinen der alten Burg zitterte das Efeu im Morgenwind, und auf den ausgetretenen, 500 Jahre alten Stufen lagen ein paar heimatlose Bettelkinder und schliefen. Und durch dieses Boll-

werk der Armut, der Unkenntnis und geistigen Finsternis schritt das kleine, blaugekleidete Mädchen, sauber, geliebt und liebend, die Arme voll weisser Blumen, weil Christus auferstanden war und Leben und unvergängliches Wesen an das Licht gebracht hatte.

Sie klopfte leise an die Tür, und Tante Rosmarie, die bereits beim Frühstück sass, streckte verwundert ob des frühen Besuches den Kopf zum Fenster hinaus. Als sie sah, wer unten stand, eilte sie erfreut die Treppe hinunter, um die Tür zu öffnen. Jenny sprang ins Haus und hielt ihre Narzissen hoch.

«Weisse Blumen zum Osterfest!» verkündete sie triumphierend. «Ich habe sie gestern gepflückt, ohne dass du es gemerkt hast!»

Hand in Hand stiegen sie die Treppe hinauf. Im Esszimmer war auf weissem Tuch der Frühstückstisch gedeckt. Eine Schale mit Primeln stand in der Mitte. Die Narzissen wurden in eine Vase gesteckt und hinter die Primeln gestellt. Hübsch sah das aus!

«Fast wie in der Kirche am Ostersonntag, nicht wahr?» meinte Jenny. Nun trat auch noch die Sonne hinter dem Berg hervor und sandte ihre warmen, hellen Strahlen ins Zimmer. Jenny war es unbeschreiblich wohl. Sie setzte sich an den Tisch und griff unaufgefordert zu. Als sie sich satt gegessen hatte, sagte sie:

«Am Ostersonntag gehen wir daheim immer zur Kirche. Es ist schade, dass es hier keine Kirche gibt, nicht wahr, sonst könnten wir jetzt alle miteinander hingehen.»

«Ja», pflichtete ihr die Tante bei, «ich vermisse die Gottesdienste sehr. Aber siehst du, Jenny, in einem gewissen Sinn sind sie nicht das, worauf es vor allem ankommt. Das Wichtigste ist doch, Gott zu begegnen. Und das können wir überall. Ich begegne ihm jeden Tag hier in meinem Zimmer. Eben jetzt, bevor du gekommen bist, habe ich die Ostergeschichte gelesen und bin dabei sehr glücklich gewesen.»

«Willst du sie mir vorlesen, bitte?» bat Jenny. Aufmerksam hörte sie zu, während Tante Rosmarie von jener Frau las, die in der Morgendämmerung im Garten weinte. Jenny stellte sich einen Garten voll Narzissen vor, die so weiss waren wie die Flügel der Engel, die das leere Grab hüteten. Aber Jesus war jener Frau begegnet und hatte sie beim Namen gerufen. In jenem Augenblick ging bestimmt die Sonne hinter dem Felsengrab auf und verwandelte all die Blumenblätter und Tautropfen in glitzerndes Silber, und Maria schaute mit tränenüberströmtem Antlitz auf und rief: «Meister!»

«Er begegnete Maria im Garten», sprach Tante Rosmarie. «Und einigen seiner Jünger begegnete er in einem kleinen Zimmer, zwei andern auf der Strasse und Petrus am Meeresstrand. Du siehst also: um ihm zu begegnen, ist es nicht unbedingt nötig, in ein bestimmtes Gebäude gehen zu können.»

«Ich weiss», sagte Jenny und schaute froh zu ihrer Tante auf. «Das wollte ich dir eben erzählen. Letzthin, an dem Tag nämlich, da du Kinza holen gingst, ist er mir, glaub ich, auch begegnet. Es war am Berg oben, wo die schönen Butterblumen wachsen. Da hab ich ihn gebeten, zu mir hereinzukommen und in mir zu leben, wie das Licht in der Laterne. Nachher bin ich so glücklich gewesen und habe gedacht, er sei wirklich gekommen. Aber gestern war ich gar nicht mehr glücklich, und ich habe Angst bekommen, es sei alles nur Einbildung gewesen. Glaubst du, dass er wirklich gekommen ist, Tante Rosmarie? Ich spüre eigentlich nichts Besonderes.»

Tante Rosmarie antwortete nicht sogleich. Nach ein paar Augenblicken fragte sie ruhig:

«Jenny, wann kam wohl Maria zur Überzeugung, dass Jesus ihr wirklich begegnet war?»

«Als er ihren Namen sagte», erwiderte Jenny. «Für sie war es leicht, sie konnte ihn hören und sehen.»

«Ja, ich weiss. Aber eigentlich ist das auch für uns nicht schwer, wenn wir nur glauben wollen, dass Gott die Wahrheit sagt. Ich will dir einen Bibelvers zeigen, Jenny, und dir dann eine Geschichte erzählen.»

«Fein», freute sich Jenny, denn sie liebte Geschichten über alles. Eng an ihre Tante geschmiegt, beugte sie sich mit ihr über ihre Bibel. Tante Rosmarie hatte Jesaja 43, 1 aufgeschlagen:

«So spricht der Herr: Fürchte dich nicht, ich habe dich erlöst, ich habe dich bei deinem Namen gerufen, du bist mein.»

«Dieser Vers erinnert mich an Kinza in der Nacht, da wir sie suchen gingen», sprach Tante Rosmarie mit einem liebevollen Seitenblick auf das schlafende Kind. «Kinza lebte glücklich und zufrieden mit mir. Dann wurde sie gestohlen und davongetragen. Ich liebe Kinza aber innig, und ich wusste, dass sie unglücklich sein musste. Darum ging ich ihr nach und fand sie. Sie war hungrig und voller Angst und hatte mich dringend nötig. Sie wusste nicht, dass ich in der Nähe war; aber ich wusste, dass sie dort sein musste. Was tat ich also?»

«Angeschrien hast du sie!» rief Jenny mit funkelnden Augen. Sie kannte die Geschichte gut und wurde nie müde, sie wieder zu hören.

Tante Rosmarie lachte:

«Ja, so ist's. Aber jetzt wollen wir's ein bisschen anders sagen. Wir könnten sagen, dass ich sie bei ihrem Namen gerufen habe. Ich rief: ‚Kinza!' und was tat Kinza?»

«Im Handumdrehen krabbelte sie unter der Decke hervor», lachte Jenny vergnügt.

«Jawohl, im Handumdrehen! Sie war todunglücklich gewesen und hatte sich gefürchtet; aber sie wusste, bei mir würde sie geborgen sein. Darum besann sie sich nicht lange, wie oder warum sie kommen solle, und fragte nicht, ob ich es auch wirklich wäre. An der Art und Weise, wie ich ihren Namen rief, wusste sie, dass ich es war. So purzelte sie mir schnurstracks in die Arme und fühlte sich sogleich wieder in Sicherheit. Sie wusste, dass sie ihrer ‹Ima›, wie sie mich nennt, vertrauen konnte. Und schau, Jenny, genauso ist es dir am Berg draussen ergangen. Du hast nicht viel von Jesus gewusst. Du bist einfach unglücklich gewesen und hast genug gehabt von dir selbst. Aber Jesus wusste alles über dich und wollte dich gut und glücklich machen. Deshalb rief er dich beim Namen, und du hast gewusst, dass er es war. Du bist zu ihm gekommen und hast dich vollkommen in Sicherheit gefühlt.»

«Bloss während zwei Tagen», ergänzte Jenny vorsichtig.

«Ja, eben. Und genauso erging es Kinza. Sie lag noch keine fünf Minuten in meinen Armen, da begann ihr Stiefvater zu sprechen und sich ihr zu nähern, und Kinza fing an zu zittern und zu schreien. Ich hielt sie noch ebenso fest und liebte sie ebensosehr wie vorher, aber sie hörte bloss noch die Stimme des Mannes, der sie gestohlen und geschlagen hatte. Da wurde es ihr wieder angst, und sie begann sich zu fragen, ob wirklich alles in Ordnung sei. So ist es auch mit uns. Sobald wir zu Jesus kommen, beginnt Satan, unser früherer Meister, der es nicht ausstehen kann, uns gut und glücklich zu sehen, recht laut in unserem Herzen zu sprechen und versucht uns einzureden, es sei alles nur Einbildung gewesen. Und solange wir auf ihn hören, sind wir ängstlich und unruhig. Dabei kommt es im Grunde gar nicht auf unsere Gefühle an, denn Jesus verändert sich nie. Er hält uns ebenso fest und liebt uns ebensosehr, ob wir nun daran zweifeln oder nicht.»

«Ich verstehe», nickte Jenny. «Ich hatte nicht an Satan gedacht.»

«Du brauchst auch gar nicht viel an ihn zu denken», sagte Tante Rosmarie. «Wenn du wirklich eins bist mit Jesus, kann Satan dir nichts anhaben, sowenig wie der böse Mann Kinza aus meinen Armen reissen konnte. Er kann dir nur Angst machen, wenn du auf ihn hörst. Nun denk daran, was nachher geschah: Ich trat vor Si Mohammed, zog das Geld aus meiner Tasche und zahlte es ihm. Und wenn Kinza alt genug gewesen wäre, um es zu verstehen, hätte ich zu ihr gesagt: ‹Fürchte dich nicht, Kinza, ich habe dich erlöst, das heisst zurückgekauft. Ich habe dich gerufen, und du bist gekommen. Nun kann niemand mehr dich mir wegnehmen. Du bist mein Töchterchen und gehörst für immer mir.›

Wir alle gehören von Rechts wegen Gott, denn er hat uns erschaffen. Durch das Böse, das wir getan haben, entfernten wir uns aber von unserem rechtmässigen Meister, und Satan konnte behaupten: ‹Ihr gehört jetzt mir.› Aber Jesus liebte uns und wollte uns zurückhaben, und er war bereit, jeden Preis zu bezahlen, um uns zu erlösen, uns zurückzukaufen. Der Sünde Sold, das heisst Lohn, ist der Tod, und Jesus war sogar bereit, diesen Lohn oder Preis zu bezahlen, so wertvoll waren wir ihm. Er starb am Kreuz und bezahlte damit den Preis. Und nun, wenn er uns ruft und wir zu ihm kommen, sagt er: ‹Fürchte dich nicht. Ich habe für dich bezahlt. Du wirst nie mehr einem andern gehören. Du bist für immer mein!›

Das mit dem Preis konnte ich Kinza nicht erklären, denn sie ist noch zu klein. Aber ich flüsterte ihr doch zu: ‹Hab keine Angst, Kinza, du bist jetzt m e i n Töchterlein.› Da tat Kinza etwas sehr Vernünftiges: sie glaubte mir und fürchtete sich nicht mehr. Obwohl der grausame Mann noch immer vor ihr stand und redete, schmiegte sie sich einfach an mich und schlief ruhig in meinen Armen ein. Und schau, damit wir uns nicht mehr zu fürchten brauchen, gibt es ein einziges Mittel: ganz einfach zu glauben, was Jesus sagt. Er starb, um den Preis für deine und meine Sünde zu bezahlen. Am Ostersonntag aber ist er auferstanden, um im Herzen jedes einzelnen zu wohnen, der seinen Ruf hört und ihm Folge leistet. Und wenn Satan behauptet: ‹Es ist nicht wahr, du gehörst immer noch mir›, brauchst du bloss zu antworten: ‹Jesus sagt, dass er mich erlöst hat, er hat mich beim Namen gerufen, ich bin auf ewig sein; ich glaube an ihn und will mich nicht fürchten›.»

Nachdenklich hörte Jenny zu. Die Sonne schien ihr warm aufs Haar, und sie war nun vollkommen glücklich, weil sie begreifen konnte, was geschehen war. Jesus hatte sie geliebt und war für sie gestorben. Er hatte für sie bezahlt, sie gerufen und zu seinem Eigentum gemacht. Sie brauchte nichts als zu kommen, da konnte sie kaum fehlgehen. Von nun an würde Maria ihre liebste biblische Gestalt sein, hatten sie beide doch so vieles gemeinsam! Sie waren beide am Ostermorgen früh aufgestanden; mitten in den Blumen und im Sonnenschein hatte Jesus sie beim Namen gerufen, ihre Furcht weggenommen und sie froh gemacht.

Inzwischen war Kinza erwacht und verlangte ihr Frühstück. Jenny verabschiedete sich und rannte leichten Herzens zu ihren Eltern zurück. Rosmarie aber blieb still sitzen und schaute ihrem kraushaarigen Kindlein zu, wie es das Gesicht in seiner Milchschale vergrub.

In den letzten Tagen war es ihr klar geworden, dass es für Kinza gefährlich war, länger bei ihr zu bleiben. Sobald der Stiefvater wieder Geld brauchte, konnte er nach Lust und Laune falsche Zeugen beschaffen und Kinza zurückverlangen. Sie musste für ein paar Jahre aus seiner Reichweite verschwinden. Offensichtlich war Jennys Blindenheim der richtige Ort.

Und doch – eines wünschte sich Tante Rosmarie beim Gedanken an Kinza mehr als alles andere, und das war, dass sie von jemand erzogen werde, der sie lehren konnte, von klein auf den Heiland zu lieben. Aus diesem Grund hatte sie gezögert, das freundliche Anerbieten ihrer Cousine anzunehmen. Heute wusste sie, was sie zu antworten hatte. Sie würde Jenny bitten, Kinza zu unterweisen, und sie würde Gott bitten, durch seinen Heiligen Geist Jenny zu unterweisen.

Nachdem die drei Erwachsenen sich eingeschlossen und eine volle Stunde miteinander verhandelt hatten, erfuhr Jenny endlich, dass Kinza mit ihnen fahren werde. Sie geriet vor Freude und Aufregung völlig aus dem Häuschen und tanzte ausgelassen herum. Die Aussicht, auf der Fahrt für Kinza sorgen zu dürfen, milderte um ein Beträchtliches ihren Abschiedsschmerz. Ausserdem sollte es kein Abschied auf ungewisse Zeit sein. Tante Rosmarie würde bereits im kommenden Sommer auf Urlaub nach Hause fahren und hatte versprochen, eine Zeitlang zu ihren Freunden zu ziehen.

Am Vorabend der Abreise machte Jenny mit ihrer Tante und Kinza einen letzten Spaziergang hinaus an die Stelle, wo die Butterblumen wuchsen. Dort sassen sie eine Weile still beieinander und schauten in die sinkende Sonne. Auf einmal fragte Jenny:

«Tante, bist du traurig, dass Kinza weggeht?»

«Natürlich wird sie mir schrecklich fehlen, aber ich bin ganz beruhigt, dass alles so richtig ist. Weisst du, am meisten liegt mir am Herzen, dass Kinza den Herrn Jesus kennen und lieben lernt, solange sie noch klein ist. Und da du ihn nun kennst, wirst du es sie lehren können. Ich denke wohl, dass sie auch im Blindenheim vom Heiland hören wird. Aber ein so kleines Kind braucht jemand, der ganz persönlich mit ihm redet und ihm hilft.»

Jenny sah sehr ernst aus, als sie nun zögernd einwendete:

«Aber ich weiss doch selbst noch so wenig! Wer soll denn mich lehren? In der Schule spricht man nicht so von Jesus wie du. Wir lernen hauptsächlich die Namen aus der Bibel auswendig. Vielleicht könnte ich zur Sonntagsschule gehen? Aber die ist am Nachmittag, und da fahren wir meist alle miteinander aus.»

«Das ist allerdings eine Schwierigkeit», gab Tante Rosmarie zu. «Aber es wird schon recht werden, denn du hast ja deine Bibel. Und in deinem Herzen hast du den Heiligen Geist, der dir das Wort Gottes erklärt. Es war einmal vor langer Zeit ein König, der hiess David. Er wollte gern die Bibel verstehen. Da betete er: ‚Öffne mir die Augen, dass ich sehe die Wunder in deinem Gesetz'. Gott erhörte sein Gebet, und jedesmal, wenn er im Wort Gottes las, sah er den Weg zum Himmel darin aufgezeichnet. Da sagte er: ‚Dein Wort ist meines Fusses Leuchte und ein Licht auf meinem Wege'.

Wenn du jeden Tag treu die Bibel liest und dabei den Heiligen Geist bittest, dir das rechte Verständnis zu schenken, so wirst du erfahren, dass er dir viele schwierige, unverständliche Stellen klarmacht.»

«Aber es gibt doch so viele lange Wörter in der Bibel!» warf Jenny ein.

«Nicht in den Evangelien», tröstete Tante Rosmarie. «Fang mit denen an! Sicher werden auch Papa oder Mama dir gern die schwierigen Wörter erklären, wenn du sie darum bittest. Sie interessieren sich ja immer für alles, was dich interessiert. Hast du ihnen erzählt, was du erlebt hast und weshalb du die Bibel lesen willst?»

«Nein», erwiderte Jenny stirnrunzelnd. «Ich hätte es gern getan, aber irgendwie konnte ich es nicht erklären.»

«Nun, es wäre schön, wenn du es ihnen mit Worten sagen könntest. Viel wichtiger ist es aber, du sagst es ihnen mit Werken. Wenn du wirklich den Herrn Jesus in die Mitte deines Lebens gestellt hast, wenn du jeden Tag seiner Stimme, die du in der Bibel hören kannst, gehorchst, dann wird er sehr bald ein ganz anderes Kind aus dir machen. Anstelle deiner Selbstsucht wird seine Liebe treten, anstelle deiner Launenhaftigkeit seine Geduld, anstelle deiner Bequemlichkeit seine Dienstbereitschaft. Und sobald das geschieht, werden deine Eltern, ohne dass du etwas sagst, die Veränderung merken. Aber ich würde gleichwohl versuchen, ihnen etwas zu sagen. Es wäre doch schön, diese Erfahrung mit ihnen zu teilen, meinst du nicht auch?»

Jenny war einverstanden und meinte:

«Es wird sie bestimmt freuen, wenn ich wirklich lieb und gut werden kann und nicht mehr gleich aufbrause. Und dann werden sie wissen wollen, wie das zugeht. Ich glaube fast, ich will es ihnen zuerst zeigen; dann glauben sie mir, wenn ich es sage. Lass uns jetzt heimgehen, ich möchte ihnen zeigen, dass ich beim Packen helfen will!»

So eilten sie denn heimwärts. Kinza musste getragen werden; warm, mollig und schläfrig lag sie in Tante Rosmaries Armen. Als sie ankamen, schlief sie bereits fest und merkte es kaum, dass man sie auszog. Für sie war die Trennung nichts Schmerzhaftes. Sie wusste, dass sie mit Jenny eine lange Reise im grossen Auto machen sollte, und das bedeutete nichts als Freude für sie. Friedlich atmend träumte sie einen goldenen Baby-Traum. Neben ihr lagen saubere Kleidungsstücke für die Reise und ein kleines Bündel mit ihren persönlichen Sachen.

Am nächsten Morgen früh versammelte sich die kleine Gesellschaft beim Hoteleingang, um sich Lebewohl zu sagen. Aus irgendeinem geheimen Schlupfwinkel tauchte Hamid auf, um sein Schwesterchen abfahren zu sehen. Herr und Frau Milton trafen ihre letzten Anordnungen, und Tante Rosmarie betrachtete die drei Kinder, die sie inniger liebte als alle andern Kinder auf der Welt. Das Trio stand beim Gepäck: die zierliche, verwöhnte Jenny, der zerlumpte Hamid, die blinde Kinza. Was für weit auseinanderlaufende Lebenswege mochten vor ihnen liegen? Gottlob gab es einen Hirten, der sich um einsame Lämmer kümmerte, und ein Licht, das ihre schwankenden Schritte leiten konnte! Gottlob würde bald ein Tag kommen, da Kinder aus allen Völkern und Rassen und Sprachen vor dem Thron Gottes stehen würden! An jenem Tag würden sie alle wieder vereint sein: die von sich selbst befreite Jenny, der von seiner Furcht erlöste Hamid, und Kinza, die endlich das Licht schauen durfte. Dann würden sie sich alle miteinander freuen!

Wenige Minuten später war der Abschied vorüber, und der Wagen fuhr dem grünen Tal zu. Jennys Augen standen voll Tränen. Kinza, die reisefiebrig an die Fensterscheibe trommelte, war sich noch nicht bewusst, dass ihre geliebte «Ima» nicht mit ihr im Wagen sass. Und wenn sie es dann merkte, würde ein Stückchen Schokolade sie wahrscheinlich rasch über die Enttäuschung hinwegtrösten. Der Wagen verschwand um die Ecke, und Rosmarie empfand es als einen Trost, dass wenigstens eines von «ihren» Kindern noch in ihrer Nähe geblieben war. Hamid schneuzte sich und presste die schmierigen Fäuste gegen die Augen. Nun war wahrhaftig das Schwesterlein, für das er alles getan und alles aufs Spiel gesetzt hatte, von einem Auto davongetragen worden! Die grosse Aufgabe seines jungen Lebens war mit vollem Erfolg zu Ende geführt. Aber Kinza würde ihn nie mehr nötig haben. Schöne Kleider, Autofahrten – das war ihr Los; ein verlassener Marktplatz, Hunger, Heimatlosigkeit und Lumpen das seine.

«Komm zum Frühstück zu mir», ertönte eine freundliche Stimme an seiner Seite.

Seine gedrückte Stimmung schlug augenblicklich ins Gegenteil um. Der Gedanke an heissen Kaffee, an Brot und Butter tauchte die ganze Welt in ein rosiges Licht. Er hüpfte neben der Schwester her und rieb sich die Hände vor Freude. Er war heute arbeitslos, weil sein Meister für den Tag weggefahren war, und somit hatte er viel freie Zeit vor sich und, ausser dieser Einladung, keine Aussicht auf eine Mahlzeit.

Nach dem Frühstück kam die tägliche Lesestunde an die Reihe. Die Krankenschwester staunte über die raschen Fortschritte des Jungen. Sie hatte schon alle möglichen Kinder unterrichtet: wohlbehütete kleine Töchter aus gutem Hause ebenso wie verwilderte Strassenbuben, und sie staunte immer wieder, wieviel rascher die letzteren lernen konnten. Ihre geistigen Fähigkeiten und ihr Gedächtnis waren wohl vom Lebenskampf, den sie so frühzeitig führen mussten, geschärft worden; sie hatten es sich angewöhnt, zu schauen und festzuhalten. So beherrschte Hamid nach einer Woche das gesamte Alphabet und kannte die Wiederholungs-Übungen auswendig. Was wunder, dass er ziemlich aufgeblasen war!

«Jetzt weiss ich alles», erklärte er strahlend, als er sich mühsam durch ein paar Drei-Buchstaben-Worte hindurchgeschafft hatte.

«Ach nein, Hamid! Du fängst erst an! Jetzt musst du dich üben und wieder üben, diese Buchstaben zu Wörtern zusammenzusetzen, und du musst weiter jeden Tag herkommen, wenn du bis zur Erntezeit das Wort Gottes lesen lernen willst.»

Er nickte zuversichtlich und wiederholte:

«Bis zur Erntezeit ... Dann geh ich heim und lese meiner Mutter das Wort Gottes vor. Dann wird sie den Weg zum Himmel auch wissen, und wenn mein Stiefvater sie schlägt und ihr nicht genug zu essen gibt, wird der Herr Jesus ihr Herz froh machen.»

«Wird dein Stiefvater dir erlauben, ihr das Wort Gottes vorzulesen?»

«O nein! Er sagt, alle Bücher ausser dem Koran seien schlecht. Aber ich werde im Kornspeicher lesen, während meine Mutter das Korn mahlt. Und ich werde meiner Schwester Rahma vorlesen, wenn wir die Ziegen auf den Bergen hüten. Mein Vater wird es nicht erfahren.»

«Aber später, Hamid, später wird er es doch erfahren müssen, wenn du dem Herrn Jesus treu nachfolgen willst. Einmal wirst du es ihm sagen müssen. Und dann wird er dich wohl schlagen. Aber Jesus hat viel mehr für dich ausgestanden, weil er dich liebhatte. Wenn du ihn liebst, musst du willig sein, auch ein wenig für ihn zu leiden.»

Hamid schaute die Schwester nachdenklich und merklich beunruhigt an. Dann antwortete er:

«Ich liebe ihn sehr.»

Und damit erhob er sich und verabschiedete sich von seiner grossen Freundin. Seine Antwort befriedigte sie restlos. Er hatte weder geprahlt noch ein grossartiges Bekenntnis abgelegt. Er hatte sich bloss auf die grösste Macht der Welt berufen. «Ich liebe ihn», hatte der einsame kleine Junge im Blick auf seine unsichere, gefahrvolle Zukunft gesagt. Sie aber wusste: «Grosse Wasser können die Liebe nicht löschen noch die Ströme sie ertränken».

Das Ende kam früher, als die Schwester erwartet hatte, nämlich zur Zeit der grossen Pilgerfahrten, als der Weizen brusthoch auf den Feldern stand und die Hitze auf Menschen und Vieh lastete. Wer es nur immer konnte, begab sich zum Schrein eines mohammedanischen Heiligen, der etwa 30 Kilometer weiter südwestlich auf dem Gipfel eines hohen Berges stand. Scharen von Menschen strömten aus den umliegenden Gegenden herbei, die Reichen hoch zu Ross, die Armen zu Fuss. Einige kamen mehrere Tagereisen weit her, in bunte Seidengewänder gehüllt und mit grellen, orangefarbenen Turbanen auf dem Kopf. Sie alle hielten in der Stadt an, um sich mit Proviant für die Weiterreise zu versehen. Der Markt sah wie der reinste Lagerplatz aus, denn zahlreiche müde Pilger liessen sich für die Nacht auf den Pflastersteinen nieder. Alle freuten sich des Lebens, denn für Unterhaltung war reichlich gesorgt. Da war einmal der Grab-Tänzer, dessen Körper sich nur von der Taille an abwärts zu bewegen schien; die Pfeifenspieler, die ihre klagenden Weisen zum besten gaben; und das Schönste von allem waren, so fanden wenigstens die Kinder, die zahmen Affen, die an einem Stab auf und ab kletterten und auf der Spitze eine Verbeugung machten.

Es gab so vieles zu sehen, dass an solch einem Abend nur fünf kleine Jungen bei der Krankenschwester erschienen. Sie kamen erhitzt und sonnenverbrannt an, denn sie hatten den ganzen Tag ausserhalb der Stadt am Strassenrand gestanden, dem Pilgerstrom zugesehen und die Reichen angebettelt. Sie trugen ihre Beute aus den Kornfeldern in den Armen und kamen schmutzig und vergnügt im Gänsemarsch daher. Jeder legte seinen bunten Strauss Mohn-, Wucher- und Kornblumen auf den Tisch. Der Kleinste war etwas zurückgeblieben und kam dann hinterher gerannt. Die ganze Strasse war mit seinen Mohnblumen bestreut. Er war ein drolliger Zwerg, dem die Vorderzähne und das Hemd fehlten und der in unbeschreiblich weiten, schwarzen Hosen steckte, die mit einem Stück Seil an der Taille festgehalten waren.

Als Rosmarie die fröhliche Gesellschaft musterte, fiel ihr auf, dass heute irgend etwas anders war als sonst. Sie waren alle sehr aufgeregt, und jeder hielt einen Pilgerstab in der einen Hand und einen zerbeulten Korb in der andern. Um die Füsse hatten sie sich grobe Lederriemen gebunden.

«Wir ziehen zum Schrein des Heiligen», klärten sie Rosmarie bereitwillig auf. «Wir werden die ganze Nacht mit den Pilgern reisen, der Hitze wegen, und morgen bei Tagesanbruch ankommen. Fünf Tage lang werden wir beim Schrein bleiben und eine Menge Leute sehen. Wir werden den Musikanten zuhören und den zahmen Affen zuschauen. Sieh, wir haben genug Brot für die Reise gespart, und wir sind fix und fertig, um bei Sonnenuntergang aufzubrechen. Aber wir haben noch Zeit für die Geschichte und das Abendessen.»

Stolz öffneten sie ihre Körbchen, und jeder wies eine trockene Ansammlung von alten, braunen Brotrinden und eine Flasche Wasser vor. Einzig Hamids Körbchen enthielt daneben noch etwas anderes. Er trug sein kostbares Neues Testament bei sich, das er sich erst in der vorigen Woche verdient hatte, als es ihm gelungen war, durch das erste Kapitel des Johannes-Evangeliums hindurchzustolpern. Er allein hatte etwas Trauriges an

sich, und die Schwester betrachtete ihn mit einiger Besorgnis. Die Buben mochten die ganze Sache als eine Art Ausflug auffassen, das änderte nichts an der Tatsache, dass ein Christenkind an einem heidnischen Schrein nichts zu suchen hatte. Darum forschte sie:

«Wie lange wirst du dort bleiben, Hamid?»

«Ich bleibe nicht dort», war die ruhige Antwort. «Ich gehe nach Hause. Heute nacht kann ich mit den Pilgern reisen und morgen ausruhen. Die Nacht darauf werden viele weiterziehen zu einem andern Schrein in der Nähe meines Dorfes, so dass ich mich ihnen anschliessen kann. Ich kann jetzt lesen, und die Ernte ist beinahe reif. Wenn ich zuwarte, muss ich die lange Strecke auf der Landstrasse machen, denn den Weg über die Berge könnte ich nicht allein finden. Es ist besser, ich gehe jetzt.»

«Ja, es ist wohl besser so», bestätigte Rosmarie. Dann setzten sich die Jungen um sie herum auf den Boden, und sie erzählte ihnen von den weinenden Pilgern aus alter Zeit, die ein Grab besucht und es leer gefunden hatten. Sie berichtete, wie zwei von ihnen am Abend einen langen Spaziergang machten, wie der auferstandene Herr Jesus sich ihnen genaht hatte, mit ihnen gewandelt und ins Haus eingetreten war. Hamid sass ihr zunächst und wandte kein Auge von ihr.

Daraufhin brachte Rosmarie das einfache Abendessen herein, und die Jungen griffen gierig und mit blossen Händen zu. Die dicken Brotscheiben aber verstauten sie in ihren Körben. Dann sprangen sie auf und konnten es auf einmal kaum mehr erwarten wegzugehen. Rosmarie geleitete sie zur Tür. Auf der Strasse war es noch hell, und die Jungen sahen aus, als hätten sie eine Vergnügungsreise vor sich. Muntere, verschmierte Gesichter strahlten ihr beim Abschied entgegen. Sie blickte auf die Kinder herab, und das Herz tat ihr weh beim Gedanken an die lange, schlaflose Nacht, die vor ihnen lag, an die Kälte der Morgenfrühe und an die trockenen Brotrinden. Sie eilte ins Haus zurück, holte eine Schüssel mit frischen Kirschen und gab jedem eine grosse Handvoll. Sie lachten und schrien vor Freude, doch Rosmarie konnte nicht anders, sie musste ein letztes Mal versuchen, ihnen die Hauptsache klarzumachen.

«Ihr sucht das Grab eines Toten auf», sagte sie eindringlich, «und wir denken gern an die Toten, sofern sie gut und edel gewesen sind. Aber ein Toter kann niemandem helfen. Der Herr Jesus ist von den Toten auferstanden. Er lebt jetzt und hat euch lieb, und er wird euch auf dem ganzen Weg begleiten.»

Vier Köpfe nickten pflichtschuldig. Es drängte die Jungen wegzukommen. Hamid aber trat dicht an die Schwester heran. Obwohl blasser als sonst, blickte er nun mit heiterer Miene zu ihr auf.

«Ja», wiederholte er, «der Herr Jesus lebt. Er lebt in unsern Herzen und wird den ganzen Weg mit uns gehen.»

Schon stürmten die andern mit schwingenden Körben und klappernden Pilgerstäben die Strasse hinunter. Der Kleinste spie bereits Kirschensteine aus. Da legte die Krankenschwester segnend die Hände auf Hamid und sandte ihn aus als einen einsamen kleinen Boten Jesu Christi. Und er folgte seinen Kameraden. Aber er schaute mehrmals zurück und lächelte unter Tränen. Er hatte viel weiter zu gehen als die anderen. Doch wohlverpackt zwischen den Krusten, der Wasserflasche und den Kirschen trug er den Stab des Lebens und das Brot vom Himmel mit sich. Nachts würden seine jungen Füsse in den rauhen Bergen nicht allzuoft straucheln noch allzuweit vom Weg abirren. Hatte Jesus nicht gesagt: «Ich bin das Licht der Welt. Wer mir nachfolgt, wird nicht im Finstern wandeln, sondern er wird das Licht des Lebens haben»?

An der Strassenecke schauten alle fünf zurück und winkten. Die fröhlichen Bubengestalten hoben sich schwarz vom hell erleuchteten Abendhimmel ab. Dann verschwanden sie um die Ecke. Sie waren im Sonnenglanz untergetaucht.

Von der gleichen Verfasserin sind in unserem Verlag ferner erschienen:

Das Geheimnis von Wildenwald
198 Seiten, 9. Auflage, 22 Zeichnungen
Eine spannende Geschichte, die schon vielen zum Segen wurde.
Ab 8 Jahre

Spuren im Schnee
216 Seiten, 11. Auflage, 25 Zeichnungen
Bei einem Streit mit dem Nachbarsjungen verunglückt Dani schwer. Seine Schwester Annette ist voller Haß- und Rachegedanken. Um das Böse wiedergutzumachen, ist Lukas zu Außergewöhnlichem fähig. Eine Geschichte aus den Schweizerbergen.
Ab 8 Jahre

Überraschung im Morgengrauen
112 Seiten, 2. Auflage, 20 Zeichnungen
Drei Geschichten aus Marokko (»Überraschung im Morgengrauen«, »Der Umhang«, »Die vier Kerzen«).
Ab 9 Jahre

Lucys Entdeckungen
152 Seiten, 2. Auflage, 10 Zeichnungen
Lucy, die bei ihren Großeltern aufwächst, sucht ihren Vater.
Ab 10 Jahre

Wo der Fluß beginnt
136 Seiten, 15 Zeichnungen
Ist Francis ein Nichtsnutz, wie sein Vater behauptet?
Die Suche nach der Quelle des Flusses, an dem Francis viele spannende Abenteuer erlebt, wird gleichnishaft für ein neues Leben.
Ab 10 Jahre

Bitte fordern Sie unser Gesamtverzeichnis an!

DER BIBELLESEBUND ist eine internationale, überkonfessionelle Organisation. Sein Ziel ist es, durch seine Literatur und seine Veranstaltungen das tägliche, fortlaufende Lesen der Bibel zu fördern und Menschen mit Jesus Christus in Verbindung zu bringen.

Als Hilfe für das persönliche Bibellesen gibt der Bibellesebund folgende Zeitschriften und Broschüren heraus:

Gott spricht mit mir – ich spreche mit ihm
Eine Anleitung für Kinder ab ca. 4 Jahre. 45 Seiten, farbig illustriert

Erste Schritte mit der Bibel
4 Bibellesehefte mit je 91 Erklärungen (3 Monate) für Kinder ab ca. 7 Jahre, je 96 Seiten, farbig illustriert

Guter Start
Vierteljährlich erscheinender Bibelleseplan mit Erklärungen für Kinder ab ca. 9 Jahre, mit Illustrationen, Rätseln, Fragen zum Beantworten, Liedern und Bastelvorschlägen

Geradeaus
Vierteljährlich erscheinender Bibelleseplan mit Erklärungen für Teenager ab ca. 13 Jahre, mit Illustrationen, Fotos und Comics, Fragen, Gebeten, Liedern und Rätseln

Profil
Vierteljährlich erscheinender Bibelleseplan mit Erklärungen für junge Erwachsene ab ca. 17 Jahre, mit Illustrationen, Denkanstößen und Fragen zum weiteren Studium

Orientierung (In der Schweiz auch in Großdruck erhältlich)
Vierteljährlich erscheinender Bibelleseplan mit Erklärungen für Erwachsene, mit Büchertips und Berichten aus der weltweiten Arbeit des Bibellesebundes

Anschriften des Bibellesebundes

Schweiz	Römerstrasse 151 8404 Winterthur
Deutschland	Postfach 1129 5277 Marienheide I
Österreich	Kreuzplatz 6 4820 Bad Ischl